まさみティー
MasamiT
ill. イコモチ
icomochi
3
黒鳶の聖者
～追放された回復術士は、
有り余る魔力で闇魔法を極める～

JN132208

ラセル
Russell
フレデリカ
Frederica

発展した建物と、それに似合わぬ無音の街。降りそうで降らない陰鬱とした雲が、まるで俺達を押し潰すように空を低くして一面を覆う。
シビラ
Sybilla
エミー
Emmy

フレデリカが、恥ずかしそうに上目遣いでちらちら見ながら、その聖職者にしては目の毒になるものを両腕で抱き寄せる。俺は昔からの癖で、目を逸らす。

黒鳶の聖者 3

～追放された回復術士は、有り余る魔力で闇魔法を極める～

まさみティー

OVERLAP

Contents

第1章

第2章

Saint of Black Kite
The banished healer masters dark magic with abundant magical power.

イコモチ Icomochi

第1章

01 新しい出会いを期待しても、決して良い出会いばかりではない

海の街『セイリス』から出た馬車に揺られること、数時間。すっかり海も見えなくなった窓から目を離し、俺は一緒に乗っている三人に視線を向けた。

隣には、幼馴染《おさなな じ》みの【聖騎士】であり【宵闇の騎士】でもあるエミー。

正面には、すっかり見慣れた残念美女シビラ。これでも本物の女神である。

シビラの隣にいるのは、セイリスで合流したシスターのフレデリカだ。今回の旅は、フレデリカの仕事を聞き、俺達《たち》が満場一致で手伝いたいと申し出たことが始まりとなる。

つい先日知ったばかりだが、俺達の姉代わりでもあったフレデリカは『教会孤児院の管理代表メンバー』の一人。その役目は、様々な孤児院の手助けをして国内の孤児院を管理把握すること。穏やかさを絵にしたようなこの人が、そこまで偉い人だったとは驚いたな。

その経歴を感じさせないシスターは、桃色の髪を揺らしながら説明を始める。

「セイリスから北東にある、魔道具屋さんの多い『マデーラ』の街。その孤児院で働いている後輩シスターから、手が足りないということで救援依頼があったの」

この真面目な人の後輩なら、きっと信頼できる人なのだろう。セイリスでのイヴと同様、

今回もいい出会いになると期待したいところだ。

「マデーラ！　アタシも大分前に遊びに行ったし、もっと前だと街がない頃にも、しばらく滞在したことがあるわよ。いやー懐かしいわねー」

「懐かしいとかいうレベルじゃないだろそれ」

時間に対するスケールが違いすぎる。実際に『宵闇の女神』として黒い羽を顕現させた姿を見なければ、大ホラ吹きだとしか思えないな。

「人間関係にも悩んでいるって言ってて。ちょっと気になったのよ～」

「救援の理由に人間が係《かか》わっているなら、解決は骨が折れるわね。人間同士の問題は、魔物相手と違って単純じゃない。魔王を倒せばオッケー！　とはいかないもの」

確かにな。闇魔法を使えるようになっても、人間同士のトラブル対処能力が上がったわけじゃない。厄介事には巻き込まれたくないものだ。

フレデリカからの話が終わると、彼女はセイリスで俺達が何をしたかを聞いてきた。戦う力のないフレデリカでも魔王との戦いは興味を惹《ひ》くものだったようで、特にイヴの投げナイフが決まった瞬間などは、珍しく歓声を上げていた。

俺達全員にとって、イヴはまさに女神の一手だった。シビラもエミーも、その活躍を手放しで褒めていた。……ふ、イヴのヤツは今頃くしゃみでもしてそうだな。

しばらくはそうして時間が過ぎていったが……突如、馬車が急停止した。揺れに踏ん張ると同時にシビラが叫び、緊張が走る。

「魔物！　エミーちゃん、装備！　ラセルも武器、フレっちを守るよう馬車の前で待機！」

「――っ！　わかりました！」

「ああ！」

　魔物と断言したということは、ずっと索敵魔法を使ってたなこいつ。シビラのことだから油断はしていないとは思ったが、こういうところは頼りになる。俺はフレデリカの心配する声に軽く手を上げて応え、防御魔法を唱えて馬車の前で様子を見る。

　エミーは襲いかかってきた魔物――緑の豚人間らしきもの――を切り裂いていた。

「《ストーンジャベリン》！　ちょっとあんた達、大丈夫!?」

　シビラの視線の先には、白いローブ姿の集団がいた。あちらにも剣士が数人いるようだ。見知らぬ魔物相手といっても、そこはシビラとエミー。すぐに全ての魔物を倒した。

「無事だったようですね、良かったです」

　エミーが集団の無事を確認して、ほっと一息吐《つ》いている。ローブの男は一歩前に出ると、フードを外した。その中から現れたのは、白髪交じりの金髪をした初老の男。

「なんと素晴らしい力、ありがとうございます！　我々の司祭様を守っていただいて」

　男の一言を聞いた瞬間、シビラが一瞬こちらに目配せをした。……嫌な予感がする。

「ところであなたは――」

男がローブのピンを外した瞬間、馬車で聞いた話が繋《つな》がった。フレデリカへの救援依頼、人間関係に悩む話にシビラが『解決は骨が折れる』と予測したこと。

男はローブの中に、真っ赤な服を着ていた。

「──神を信じますか？」

随分と、嬉《うれ》しくない再会をしてしまった。やれやれ、出発早々厄介事か……。


この連中は、その名も『赤い救済の会』という面倒な宗教団体だ。出会うのは二度目。

以前会ったときは、幼馴染みの中でも賢く情報通だったジャネットにより、無言でその場を去るという方法で事なきを得た。

あの時との大きな違いとして、今回はシビラがいる。あいつが後れを取るとは全く思えないが……確か『迂闊《うかつ》に返事すると、宗教に入らされる』だったな。

さあて、シビラはどう対処をするか──。

「もちろん信じてるわよぉ～！」

──思いっきり返事したぞこいつ！

男は随分と含みのありそうな笑みを湛《たた》えて懐に手を入れる。ここで『教義の真実』という口実とともに、自分たちの宗教へ勧誘してくるはずだが。

「特に！　教義の七章十五節なんかはいいわよねぇ～！」

ぴたりと、男の動きが止まる。

シビラは大きく手を広げ、まるで舞台女優のように踊りながら大きな声で演説を始めた。

「マニエルム様の、『人の上に人を作らず、人の下に人を作らず』という言葉！　同じ人間で格分けすることを否定して、太陽の女神様が微笑《ほほえ》むところなんかは最高よね！」

「っ！　え、ええ……」

「更に！　十五章に渡る『お金で立場を買った者の破滅』の話は、気分爽快だわ！　あの考え方こそが、アタシたちみたいな民にとって一番大切な部分よね！」

ああ……俺は何を要らぬ心配をしていたんだ。

シビラは記憶力抜群の、本物の『女神』なのだ。その上、相手を手玉に取るのが得意なこいつに対して『教義の内容』でマウントを取ろうとするなど、愚かにも程がある。

ぱっと見で女神と分からないシビラの言葉。男は冷や汗を流しながら、再び懐深くに手を入れていた。あれは、出しかけた『女神の書』を懐に仕舞い込んだな。

「アタシ達みたいな孤児院出にとっては、金で格付けしない教義って超素敵なのよ！」

「こ、孤児院の出身ですか……」

「そう！　お金で立場を作る人が大嫌いな、教会大好き孤児なの！　馬車の中には今、『太陽の女神教』の管理メンバーさんがいるのよ。アタシたちは護衛任務ね！」

よく言うぜ、お前は孤児じゃないのにな。ローブ姿の連中、明らかに焦った様子で動き出した。赤い服を見せていた男は、急いでその服を見せないように白い外装を着直す。

そりゃそうだろう。『赤い救済の会』は、『太陽の女神教』の自称派生宗教だ。王国の中心である女神教を主軸にしつつも、一致していない解釈があるが故に分かれたもの。その女神教の中心側に近い人物が、馬車にいるとなると慌てもするというものだ。

「まー貧乏暮らしなだけあって、お金は大事って思うわよ？　でも何よりも、お金で立場を買わずに自立することが大事！　もしも金さえ払えば救ってやるとか、そーんなクソふざけたこと言う人がいたら――」

それまで大声を上げていたシビラが、声を止めて男の近くに行き……静かに一言。

「――アタシが全力で灰にするわ」

地の底から湧いたような声に、男は一歩後ずさった。

「ま、あなたたちは見たところ【神官】系の人みたいだし、『女神の書』の教義のお話なんて、ただの【魔道士】のアタシが言うのもおこがましかったわねー」

「は……はは……いえいえ……」

ただの魔道士とか、どの口が言うんだろうな全く。シビラの口か。なら言うだろうな。

「あなたたちのことはよく知らないけど、お互い無事だったことを女神様に感謝しましょ。平等に救われました！　よかったわねー、運がよくて女神様に感謝感謝感謝」

よくここまで白々しいことを堂々と言えるよな、あの詐欺師女神。あとエミーがそっぽ向いて頬をぱんぱんに膨らませて震えている。笑うなよ、俺も我慢してるんだから。

シビラは明確に連中を敵視している。ただし、敵意を持って話をしていたかどうか、相手は確認できない。何故《なぜ》ならシビラが言った通り『人間同士の問題は、魔物と違って単純じゃない』のだ。それは相手が、こちらを疑う場合にも、当然利用できる。

シビラは孤児でもなければ『赤い救済の会』も知っているため、言った内容は嘘《うそ》だらけ。ただし、馬車の中のフレデリカは本物の教会側だ。迂闊に疑惑をかけようものなら、『太陽の女神教』そのものに明確な敵意ありと認識される。

——結果、『赤い救済の会』が取れる手段はない。

ははっ、完全にあいつら呑《の》まれてるじゃないか。こういう部分は、さすがシビラだな。

「とりあえず、そちらの子が無事か見せてもらってもいいかしら？」

「——なっ!?」

「ほいっと」

シビラは、周りのローブ姿の人達が油断している間に、中心にいて守られていた、その男から『司祭様』と呼ばれていた背の低い人物のフードを思いっきり外した。

中から現れたのは……赤いロングヘアの、幼い少女。その子はシビラを呆然《ぼうぜん》とした顔で見て、一瞬エミーに視線を向けた直後、俺の方に視線を向けた。

俺は、軽く左手を挙げて応える。まあ見えていなかったら、それでいいだろう。

「い、いけません司祭様！」

男は少女に再びフードを被《かぶ》せ、俺達から隠すように動く。振り返りざまに、表面上は穏やかな顔をしながら頭を下げた。

「そ……それでは、我々はこれで……」

「そういえばあなたたち、何か言いかけてたわよね。名前なんていうの？」

「いえ！　名乗るほどのものではありません」

シビラの質問にびくりと震えて、大型の馬車の中へと集団は戻っていった。……あんな小さい子を『司祭』と呼ぶとは。連中は一体何を考えているんだろうな。


相手の馬車へと、当てつけのように笑顔で両手を振りながらシビラが見送る。馬車が見えなくなると……こちらに振り返り、腐ったトマトでも食べたかのような顔で舌を出した。

「うぇ～っ、めんどっちーのに会ったわねー」

「全く面倒そうに見えなかったんだが」

「ま、アタシにかかればあんなもんよ。フレっちの前で待つ人員がいて助かったわ」

実に余裕そうなシビラと顔を合わせると、お互いに軽く手の甲を合わせる。俺達の行動を確認してから、ようやくエミーが動き出した。

「……わ、わーっ！　シビラさんすごい！　あの人達をぱぱーっとあしらっちゃった！」

「んもーエミーちゃんってば反応も可愛《かわい》いんだから、アタシの疲れも吹っ飛んじゃうわ」

シビラがエミーの頭を笑顔でわしゃわしゃと撫《な》で、馬車へと戻る。

「ありがとう、ラセルちゃんに守ってもらっちゃったね」

「俺は何もやってないさ」

「ううん、いてくれるだけで私にとってはとっても心強いの。大きくなったね」

「いつのことを言ってるんだか」

年下であることは変わらないし、いつまで経《た》っても弟扱いは抜けないか。エミー達《たち》にも礼を言ったフレデリカは、魔物を見ないように窓から視線を外した。

「それにしても、この辺りに魔物なんていたかしら」

「それなのよねー、アタシも気になってるの」

シビラは、フレデリカの言葉に同意する。そもそも馬車が通るような道に魔物がいること自体が珍しいからな。

世界に突然現れる『ダンジョン』なるもの。その中で発生する魔物は、ダンジョンの魔物が飽和しない限り外に現れることはない。つまり逆に言うと、現在この道に魔物が現れているということは、どこかのダンジョンから溢《あふ》れ出したということだろう。

この場合、王国管理下にある『冒険者ギルド』に連絡が行っているはずだ。

魔物の襲撃のことは、マデーラに到着してから確認するとしよう。

以降は何事もなく、馬車に揺られること十分程度だろうか。馬車が街の中に入り、人通りの少ない道で止まる。シビラが御者にタグで支払ってお礼を言い、笑顔で御者を見送った後……真剣な表情で街を見渡す。

俺もシビラに倣って街に目を向ける。最初に覚えた違和感だが、活気が感じられない。それどころか、人を探し出すことすら困難なほどだ。

決して遅い時刻ではないはずだが、異様だな……。

発展した建物と、それに似合わぬ無音の街。降りそうで降らない陰鬱とした雲が、まるで俺達を押し潰すように空を低くして一面を覆う。

「結構根が深そうな問題ね……。とりあえず、着いてからいろいろ考えましょ」

「そうだな」

「さて、蛇が出るか『赤会《あかかい》』が出るか」

シビラお前、それもう『赤会』が出るって言ってるようなもんだろ……。

02 元気のある人は、それだけで周りを明るくできるもの

案内されたマデーラの孤児院は、傷み具合が少し歴史を感じさせるも、子供達を保護するには十二分に広そうな建物である。フレデリカがその少し錆《さ》びた扉を開けると、ちょうど扉の近くで遊んでいた少年が、驚いた顔でフレデリカを見つめる。

「えっ、フレデリカ先生……？」

「ベニー君、久しぶり～っ！」

互いに知っている顔だったらしく、少年――ベニーという名らしい――に近づき、フレデリカは頭を撫でてから目線をベニーに合わせた。

「アシュリーはいる？」

「うん。アシュリーさんは、多分、部屋に――」

ベニーが後ろを振り返ると、フレデリカと同じシスター服を着た赤いショートヘアの女性がいた。その女性は目を見開いて驚き、フレデリカへと小走りで近づく。

「フレデリカさん!?　もう到着なさったのですか！」

「ええ。久しぶりね、アシュリー。救援にすぐ来られなくてごめんなさい」

「セイリスの事情は聞いておりますので。というかセイリスを優先したとお聞きしたのですが、フレデリカさんは今こちらにいらして大丈夫なのですか？　後そちらの方は……」

「はいは～い、一つずつ説明するわね」

赤いショートカットの快活そうなシスターのアシュリーは、見た目通りに随分とお喋《しゃべ》りな人だ。短い会話の中でもフレデリカが敬語を使われているあたり、年齢的には近いかアシュリーの方が年上に見えるぐらいなのに、二人からは明確な立場の差を感じる。

そういえば故郷のジェマ婆《ばあ》さんはフレデリカを呼び捨てにしていたが、あの婆さんも案外偉いのか？　あの婆さんなら有り得るかもな。

「応接間、使えるわよね。そちらに行きましょうか。その前に――」

フレデリカは俺達の方に向き直ると、そのシスターに紹介した。

「アシュリー、みんなはアドリアの孤児院出身で、選定式が終わって約半年。逞《たくま》しく成長してくれた私の護衛なの！」

「マデーラ孤児院担当の、アシュリーです！　いち職員として接していただければ！　あ、でも選定したてなら結構年下かな？　呼び捨てでもお姉さんでも先生でもいいですよ！」

びしっと背筋を伸ばして、勢いよく頭を下げるシスターアシュリー。元気そうな人だ。だが、やはり一人で面倒を見るのは大変なのか、その顔には疲れが見える。髪も、服も、手入れする暇はないのだろう。寝不足なのか、うっすら目元に隈《くま》もあるな。

「アタシはシビラ、ふつーの【魔道士】よ。それから」

シビラがエミーのタグを持つ。そこに現れた情報は……以前とは大分違う情報だった。

『アドリア』――エミー【聖騎士】レベル2。

エミーのレベルは、【宵闇の騎士】になる際に大幅に下がっていた。それでも、どんなにレベルが低くても最上位職。その存在感は絶大だ。

「【聖騎士】のエミーです、よろしくお願いしますね」

「えっ、モノホンの【聖騎士】……!? す、すごい！　あっ、よろしくお願いします！」

アシュリーが何度も頭を下げたところで、次に俺を見る。シビラに目配せすると、タグを握って職業《ジョブ》を表示させた。

『アドリア』――ラセル【聖者】レベル8。無論、この職業《ジョブ》は教会にとって特別なもの。

「せ……【聖者】様、こちらも、ほんとに本物の……？」

「いや、俺自体はそういう柄じゃなくてな。それよりあんた、相当疲れているだろう。後フレデリカもだ。《エクストラヒール・リンク》、《キュア》、《キュア》。どうだ？」

折角なので、この場にいる全ての者に回復魔法と治療魔法を使った。【聖者】の回復魔法は、ただの回復魔法ではない。疲労、更には衣類の洗浄や装備の傷まで回復する。

魔法を使った直後、アシュリーはフレデリカを見て目を見開き、自分の顔に手をぺたぺた当てて、髪に指を通して……奥の方へ大げさに足音を立てて走って行った。

「何かあったか……？　いつっ！　おい何すんだシビラ」

いきなり叩《たた》かれた。まさか不意打ちチョップをこいつに食らうとは。

「何じゃないわよ、あんたね……いや、今の無自覚か。そーよね、あんたらしいわ……」

何なんだよ一体、最後まで言え。と言う前に、建物の奥から「ふおーっ！」とアシュリーの咆哮《ほうこう》が聞こえてきて、再びどたどたと戻ってきた。何なんだ。

「ふ、フレデリカさん！　私の寝不足や疲れの顔、全部綺麗《きれい》になってるんですけど!?　最近鏡の前に立つのもダウナーだったのに、院で働く前ぐらいお肌つるすべなんですけど！ていうか私の目の前でフレデリカさんがめっちゃ綺麗になって気付いたんですけどぉ!?」

「やっぱりそうよね！　私もアシュリーを見てすぐに変わったって気付いたんだもの！」

どうやら二人とも、お互いの顔が健康的になったことで気付いたらしい。俺にはそこまで大きな変化には見えないが……。

アシュリーは俺の近くに来ると、地面に膝を突いて俺の手をその両手で取った。

「聖者様ラセル様神様！　このアシュリーめに、何か御用があれば、何なりとご命令を！」

「おいおい、綺麗にしたばかりの膝が汚れるぞ。対等に接してくれる方が気が楽だ」

「超謙虚！　ありがとうございます！　私はラセル様を信仰します！」

話聞いてねえ。シビラやエミーとは別ベクトルで、随分とテンションの高い女だなおい。

「あっ、応接間でしたよね！　今すぐお茶の準備をさせていただきますので、ゆっくりお寛《くつろ》ぎ下さいませ！」

　アシュリーがばたばたと忙《せわ》しなく出て行き、ベニーも他の子のところに行ったようだ。

俺は当然の疑問を、他の三人にぶつける。

「やれやれ、元気がいいのはいいことだが……何故《なぜ》あんなに気に入られたのか」

　そう言った瞬間——三人が『信じられない』と言いたそうな顔で驚いた。

「ラセル。一つ言っておくことがあるわ」

　皆同じ意見なのか、堂々と三人を代表してシビラが俺の目の前に指を突きつけた。

「女性の、美を保つための努力と、それを維持できないことの悔しさを侮っちゃ駄目よ。

目元の小ジワの一本が、あんたのかつて味わった絶望ぐらいの重さと考えなさい」

　そんなにか……。フレデリカとアシュリーはお互いを見てすぐに分かったようだしな。

「ふふっ、今の私は既にセイリスのお悩みも解決してもらったしぃ、さっきの旅の疲れも
取れた感覚があったから、き〜っとここ最近で一番、綺麗になっちゃってるわね〜」

「いやフレデリカは元々綺麗なままだろ」

「や、やだわ、ありがとぉ！」

　いや本気で全く違いが分からないだけなんだが、俺の感覚が鈍いだけなのか……いてっ。

「……なんだよ」

「いや、今のアタシにはこれをする義務があると思っただけよ」

叩いてきたシビラに文句を言おうとしたが、エミーが首を縦に振って同意したので、喉まで出かかった反論の声は呑《の》み込んだ。何なんだ……。

「そろそろいいですよ！」

奥からアシュリーの呼ぶ声が聞こえてきたところで、フレデリカの目がすぐに真剣なものとなる。その表情に感化されて、俺達《たち》の気も引き締まった。

奥の応接間に入ると、外観通り建物は立派なのか、それなりの広さがあった。

「まずはフレデリカさん、すぐに来ていただきありがとうございます。心強い仲間も来ていただけて本当に嬉《うれ》しい限りなのですが、セイリスの汚職の件はどうなったのですか？」

汚職の件。セイリスの孤児院は、フレデリカともう一人の神官が担当していた。

教会の管理メンバーとして各地の子供達を教えているフレデリカは、セイリスの神官に孤児院を任せて、俺の出身地であるアドリアに来た。俺が【宵闇の魔卿《まきょう》】になった日だ。

その直後、セイリスの神官が孤児院の財産を持って逃げ出した、という流れだった。

「連絡を受けて、すぐに当該神官を指名手配したわ。でも犯人の懲罰なんかよりも先に」

「孤児達の生活、ですよね。私もセイリスの話を聞いて、こりゃすぐに来てもらうのは無理かなって。だから、しばらく頑張るぞーと気合いを入れ直してたところなのですが」

「ふふっ、それがね……」

イヴは本当に才能があった。シビラが与えたチャンスを摑《つか》み取り、実力をつけて魔王討伐における最後の鍵となったのだ。スリのことは、あの子の本心ではないので伏せた。

「セイリスの子が、最有力パーティーに勧誘された!?　す、すごいですね」

「ええ。イヴちゃんの身なりも綺麗に整って、【アサシン】レベル21という実力者になっていたの。この流れを全部作ってくれたのが、こちらのとっても素敵なシビラちゃん！」

話を振られ、堂々と腰に手を当ててドヤ顔で威張るシビラ。

「そう、全てアタシのお陰ってわけ！　全力で褒めていいわよ！」

「すごい、偉い、最高！　シビラさん尊敬します！　いよっ女神！」

「おっノリいいわね、気に入ったわ！　アタシは女神様だからねー！」

こういう時に遠慮するどころか堂々と褒めろと言い放つあたり、ほんとお前らしいよ。

しかしシビラの軽い振りに全力で乗っかるアシュリーも、なかなか弾《はじ》けてるシスターだな。

「ってわけで、私のやることはなくなっちゃったの。イヴちゃんは、セイリスの冒険者にとって欠かせない人材になった。もうあの子は、私の手を離れて自立したわ」

最後にそう言うと、フレデリカは少し寂しそうな顔をして微笑《ほほえ》んだ。

……自分の手を離れていった感覚があるのだろう。それでもフレデリカは、あの子の新しい道を祝福している。今まで何人も、こうやって育てて見送ってきたのだろう。

ああ、そうか……その中には、俺達四人組もいたんだったな。

フレデリカは別の場所に行っている時期もあるとはいえ、アドリアにいる時期が比較的長かった。俺達を送り出した時にも、きっと今のような表情をしていたのだろう。

だが、フレデリカは見送りの日、最後まで笑顔だった。本当に、強い女性だ。

「目処《めど》、立ちましたか。孤児院の子による資本自立運営、教会の最終目標ですからね」

「……ええ、ええ。本当に良かったわ。今日こっちに来るのも一人のつもりだったのに、シビラちゃんがその場で提案してくれて、三人とも来てくれることになったのよぉ」

「シビラさんって、色々孤児とは思えないぐらい凄《すご》いですね。実は偉い人だったり？」

「ま、アタシは自分のこと女神様だなって思ってるけど、両親知らずの普通の美少女よ」

「その自己紹介が嫌味にも感じないぐらい、マジ美少女っすね……」

お調子者っぷりを出すことで女神であることを隠したぞこいつ、面の皮城壁かよ。

「さて、こちらの状況はお話しした通り。マデーラの事情を聞きたいわ」

フレデリカが本題に切り込んだ瞬間、アシュリーは溜息《ためいき》を吐《つ》いて机に突っ伏した。

「聞いてくださいよぉ～……もーほんと、最近大変で……」

「はいはい、愚痴は夜にたっぷり聞いてあげますからねぇ」

よほど堪えているのか、アシュリーは不満を隠しもせず街の事情を話し始めた。そんなアシュリーだが、小さくても聞き取りやすい、とてもよく通る声をしている。

「あまり大きな声では言えませんが、まず、見ての通り人が全然いないです。これはもちろん、住人が減ったからではありません。外に出るのを避けているのです」

それは、俺も感じた。建物内には人が居るようなのだ。老人ばかりという雰囲気でもないし、実際に屋内から子供の声が聞こえてきた家もあった。

だが、誰も家から出て来ていない。

「一つは、少し流行《はや》り病《やまい》があることでしょうか。慢性的に体調が悪くて……つまりいつもダルいんですね。みんな外出を避けています」

風邪か何かだろうか、話からすると緊急性はなさそうには感じるが……。治すにしても、あまり迂闊《うかつ》なことはできない。シビラの判断を仰ぐか。

「もう一つの理由ですが、魔物が街の外に度々出ることですね」

「あ、ちょうど馬車で街へと道を進んでいる途中で、私達も魔物に襲われたわよ」

「えっ、フレデリカさん大丈夫だっ……たから、今ここにいらっしゃるのですよね。うう、あいつらに捕まらずご無事で良かった……」

「……どうしたの？　あの魔物、そんなに危険な魔物なの？」

アシュリーは、非常に言いづらく気まずそうに目を逸《そ》らす。

「あの魔物、女性に対してだけ服とか破ってくるみたいで……。今のところ、助けが間に合っていて被害者はいないんですが、なんかもー嫌だなーって」

うげっ、マジか。エミーも表情豊かに心底嫌そうな顔をし、シビラも同様に……と思ったが、シビラは無表情で首を傾《かし》げている。……何か、引っかかったか？

「買い出しとかも男性が多いですね。街の中ですが、不安はあるので」

マデーラの現状を聞いて、いろいろと事情が摑めた。

この街を襲っているのは、様々な『原因不明の不安』というものだ。聖者は病気も治せるが、心の病気だけは手の出しようがない。

シビラは既に今の段階で考察できるだけの情報があるのか、それまでとは違い真剣な顔で口に指を当て、じっとテーブルの上を見ている。こういう時は、遠慮なく頼らせてもらおう。俺も自分に自信はあれど、自惚《うぬぼ》れてはいない。

テーブルの上ですっかり冷めた紅茶を飲みながら、窓の外の曇り空を見る。時刻に合わないほど、どこか薄暗いマデーラ。この街を覆う陰鬱な空気、晴らせないものだろうか。


空き部屋は多いらしく、予定外の来客である俺達にも泊まる部屋を宛《あて》がってもらえた。

フレデリカは、まだアシュリーと細かい話を詰めるとのこと。

……あまり方針が固まらないな。こういう時は、やはりこいつに聞いてみるか。

「シビラ。お前ならどう動く？」

「んー……まだまだ情報が欲しいけど、とりあえずやっときたいことは決まったわ」

既に予定を考えていると聞いて、エミーと目を合わせて頷《うなず》く。

「マデーラの冒険者ギルドに行くわ。オーク……あの豚顔のことね、ダンジョン上層の魔物だから、きっと討伐依頼があるはずよ。情報を集めつつ、ガンガン狩りましょ」

魔物の名前を言ったということは、オークという魔物は経験済みというわけか。

さて、ここでシビラにもう一つ確認したいことがある。

「シビラ。あまり目立つことは避けたいが、俺はこの街全体に治療魔法をかけるのも手だと思う。ばれないだろうしな……どう思う？」

「やらない方がいい」

意外なことに、シビラは拒否した。しかも、かなり強めだ。こいつは俺の魔力のことを知っているし、やってしまえと言うと正直思ったのだが。……何か、あるな。

「理由は？」

「キュア・リンクを見せびらかすのは、『赤会』に敵対すると思われるかもしれない。とはいえ、こっそり使った場合はもっとまずい。匿名の功績は利用されやすいから」

「匿名の……功績？」

「つまり治療の功績を、『赤い救済の会』に利用される可能性がある。『我々『赤い救済の会』が街の治療を女神に祈ったお陰です』ってね」

……聞くだけで腹が立ってくるな。成る程、それだけは絶対に避けなければならない。

俺自身別に褒められたくてやるわけではないが、利用されるのだけは勘弁だ。

「ま、原因が分かり次第すぐ言うわ。魔法を使うタイミングも」

話のキリが良くなったところで昼食の時間となり、食べながら予定をいくつか考える。

フレデリカはここでも料理を作り、子供達が喜んで食べていた。

俺もエミーも、フレデリカの料理がある日は嬉しかったものだ。決してジェマ婆《ばあ》さんの料理が下手だったわけではなく、フレデリカの料理が格段に美味《うま》かったのだ。

どれだけの皆の支えになっているのやら。

アシュリーも子供達に交ざって笑っているが、このフレデリカと同世代の明るい大人が助けを求めたということに、問題の重さを感じる。

同時に、こんな状況すらも一人で解決するつもりでいたフレデリカの強さも。


正直、こういった問題解決は得意分野ではない。それでも今回来たのは、フレデリカの力になれる機会があればいいと思っていたからな。思いの外、その時が来るのが早かっただけだ。

それに今回、俺は一人ではない。最良の結果になるように導いてくれる、頼もしい味方がいる。何でも自分一人で解決することが、主役《おれ》の役割ではない。

何故《なぜ》なら『自分一人では不可能なことを成し得るからこその喜び』があるからな。

そうだろ、相棒。

03 この街のかつての姿に思いを馳せ、討伐任務を受ける

食後は部屋に戻ったが、可能ならすぐに出発したいことをシビラに告げる。

「いいわよ。ただ、状況を考えるとフレっちを一人にするのは避けたいわね」

そうか、確かに『赤い救済の会』と会ったばかりだからな。

「あ、じゃあ私が残ります」

そこで立候補したのは、なんとエミーだった。

俺自身も、エミーが俺を守りたいと強く思っていることを知っている。シビラも無論気付いているので、この提案にはシビラも珍しく驚いていた。

「言いだしたアタシが言うのも何だけど、いいの？」

「私も、今のこの街が謎だらけなのは分かります。こういう時にラセルが実力を発揮するためには、シビラさんが隣にいるのが一番だと思いますし」

「任せていいんだな？」

「もちろん。『守る』となったら、私が一番向いてると思うし」

シビラは目を閉じると、数度頷いて手の甲を前に差し出した。

エミーはきょとんとその姿を見ると、嬉《うれ》しそうに手の甲を軽く合わせた。

「任せなさい！　一気に暴いて、解決してやるわ」

「はいっ！」

エミーなら誰にも負けないだろう。陰りのない返事に、懸念事項はなくなった。

「よっしラセル、行くわよ！」

「了解だ」

フレデリカに一言告げてエミーを残すと、俺とシビラは孤児院を後にした。


曇天の下、俺達《たち》は人通りの少ないマデーラの街を歩く。初めての街であり、普段の姿が全く想像できないほど人が少ない。

「シビラはこの街を知っているんだよな。前来た時はどうだった？」

俺の質問に、細く長い溜息を吐きながら立ち止まる。

道の脇にあるポストの隣を足の裏で叩《たた》いた。

「ここに、紙芝居のお爺《じい》さんがいたわ。勿論《もちろん》、大分前だから亡くなってると思うけどね」

「……」

「『減るモンじゃねぇだろ』なんて笑って……孤児院の子にも平等に接してくれた。奥さんが、子供の好きな揚げ菓子を売っていて、孤児の子には小さな切れ端を最後にあげるの。

余り物だけど、味はとっても良くてね。みんなそれを、楽しみにしていた……」

シビラは下げた視線を戻し、ぐるりと街を見渡す。その視線を追っても、周りには子供達の姿や買い物をする母親どころか、もはや人そのものを見かける方が少ない。

まるで幽霊街《ゴーストタウン》だ。シビラの言った話が同じ街の話なのかすら、分からなくなるほどに。

「シビラ」

少し強めに名を呼び、視線を強制的に自分へと向けさせる。

「その賑《にぎ》やかな街を取り戻すために来たんだろう。……さっさと行くぞ」

目を見開いたシビラから顔を背けるように、誰もいない道の先を見る。

「……ふふ、生意気。そうね、さっさとこんなの終わらせましょ」

調子を戻したシビラが俺の隣に並び、再びマデーラの道を歩き出した。

お前みたいな能天気な子供好きには、暗い顔は似合わない。さっさと孤児達にタメ口で遊ばれる、威厳も陰りも宵闇っぽさのカケラもない、いつものお前に戻ることだな。

冒険者ギルドには、受付に男が一人という閑散とした状態だった。

最初に驚いたことだが、マデーラのギルドの壁には、オークやゴブリンの生き写しが掲げてあった。そうか、これが本で読んだ、『姿留《とど》め』の魔道具か。

こうして日常的に使われているあたり、この街にとってこのクラスの魔道具というものは冒険者ギルドなら常備されていて当然のものなのだろう。

まずシビラは、受付の姿をじっと見た後――あまりじろじろ見るんじゃない――自分の情報を提供した。俺達のパーティー名は『宵闇《よいやみ》の誓約《せいやく》』で、Aランク。

「Aランクの方に来ていただけるとは……」

「シスターの護衛で来たの。オーク、平野に溢《あふ》れてたし、討伐依頼出てるわよね？」

「はい。オークはここ数ヶ月、急激に増え出した魔物でして……」

「ダンジョンならいざ知らず、街に近い場所で溢れた魔物は危険扱いを受けるわ。他の街に依頼は出しているのよね」

「勿論そのはずです。しかし、未《いま》だ返事はなく……」

ダンジョンの魔物は、基本的に外に出てくることはない。溢れ出した時点で、どこかのダンジョンが飽和状態に陥っているはずだ。そのダンジョンを調査し、可能な限り上層でも魔物を減らす……それが冒険者ギルドの戦士達の役割である。

オークは強くないらしいが、何故救援がまだなのか……。

「分かったわ。とりあえずこの街にもダンジョンはあるけど、そっちはいいのよね」

「はい。そちらはゴブリンぐらいですので、地元の冒険者達で対処しております。オークの討伐依頼もあるのですが、なにぶん範囲があまりに広く」

シビラはここで、孤児院に居たときと同じように考えるポーズを取った。

「オークだけど、明確な被害ってあるかしら」

「討伐報告はあれど、被害報告は……女性が狙われている、ぐらいですかね」

「結構」

回答に満足したのか、シビラは次の質問へと移る。

「それじゃ、他の討伐者のこと、教えてもらえる？　姿とか特徴とか」

「い、いえ……さすがに他の方の情報は……」

「なるほど、ね。あんたが処罰されないよう、気に掛けてあげる。……今からあんたはイエスもノーも言わなくていいし、首を縦にも横にも振らなくていいわ」

シビラはよく分からないことを先に言った後……男に強烈な一撃を囁《ささや》いた。

「オークを討伐してる人って、全身白い布被《かぶ》ってるでしょ」

男は直立不動のまま……目を見開く。言葉も喋《しゃべ》ってないし、首も動いていない。だが、俺ですら明確に分かった。これは、イエスという返答以外の何物でもないと。

白い布——即《すなわ》ち、『赤い救済の会』のカモフラージュ用の姿だ。

最後に男へ「言いふらさないから安心なさい」と伝えたシビラは、討伐依頼を受けてギルドを後にした。

街の外に出たところで、シビラは小さく「よし」と呟《つぶや》き俺へと振り返る。

「魔法でも確認してるけど周りに人はナシ。ここからは闇魔法オッケーよ」

「了解だ。《エンチャント・ダーク》」

俺は構えていた剣に、闇属性を付与する。

どんな防御も容易《たやす》く斬り裂く、【宵闇の魔卿《まきょう》】にだけ使える剣だ。

「さて、討伐任務を受けたわけだが当てはあるのか？」

「索敵魔法の範囲は知れている。魔法って基本的に、ダンジョン攻略向きになってるって前言ったわよね。だから外に出るときは、索敵のための道具も必要になるわ」

そう言ってシビラは、小さな板状のものを取り出し、立体に変形させる。

「それはもしかして、オペラグラスか？　遠くのものが大きく見えるという」

「……あんたってどの辺りが孤児院出身なのか意味不明なぐらい、いろんな知識あるわね。ええ、歌劇《オペラ》を遠くから見るために作られたオペラグラスよ」

大体の知識は本か、ジャネットから知ったものだ。今回も後者。

黙って差し出されたそれを目に当てると、驚いたことに小さな穴から見える視界が明らかに大きくなっていた。本で知るのと、実際に体験してみるのは違うな。

「とはいえ、一応この道具がなくても、当てはあるわ」

「理由は？」

「『赤会』の連中、なんであの場所にいたと思う？」

話が急に飛ぶいつものシビラが出たなおい。

普通はオークに襲われて立ち往生し、司祭を守っていたと考えるのが妥当だ。

そういえば、その直後に勧誘されたんだったか。……まさか。

「あそこで、俺達みたいな通行人を待っていた？」

「多分そうよ、だからあんなに近いのにオークが一匹も倒されていなかったの。『赤会』が襲われた人を助けた後に、恩を売る形で勧誘する計画だったんじゃないかしら」

なるほど……連中は危ない状況に陥っているような様子はなかったものな。

――そうか。俺達が魔物を倒さなければ、恩を売られていたのか。

今更だが、心からフレデリカについてきてよかったと思えるな……。フレデリカも、さすがに魔物の襲撃から助けられた上で、勧誘を断るのはやりづらいだろう。

「……おっ！　第一村人もといオーク発見！」

シビラが楽しそうに声を上げて、道を進んでいく。ようやく、一体目か。

上層の弱い魔物であるオークは、やや近くで見ると俺より背丈が低いな。

シビラの方をじろじろ見ていて何だか腹が立ったので、その姿を隠すように俺が前に出る。……おいシビラ、「ふふっ」とか笑ってんじゃない。勝手に変な想像するな。

気を取り直してオークの方を見ると、明らかに先ほどより機嫌が悪そうな顔をしていた。

「魔物のくせに生意気だな、かかってこいよ」

『ググァ！』

言葉を理解したかのように、俺の手招きで襲いかかってきた。手に持った粗悪な木の棒を軽く打ち払い、首を斬り飛ばす。なるほど、これならゴブリンと大差ないな。

「ラセル、次々来てるわ。仕留めるわよ」

シビラが顎で指した方から、更にオークが二体、三体……もっと来ている。

先ほどのオークが叫んだ声で、集まってきたのだろうか。だが、問題ない。

「ウォーミングアップには多少物足りない連中だが、相手になってやろう」

俺は剣を持つ手を片方離し、魔物へと向けた。

「《ダークスプラッシュ》」

二重詠唱で撃った闇の散弾が、オークの身体《からだ》に叩き付けられる。視界に入っていた三匹は、当然のように一撃死。体力も大したことはないらしい。

俺が後ろを振り返ると、シビラは二体のオークを火だるまにしていた。

「背中をお前に預ける、乗り切るぞ」

「ふふっ、背中を任せる男は、完全に女に惚《ほ》れてるのよね！」

何でそうなるんだと突っ込む前に、背中から軽い圧迫感があった。

シビラと背中合わせで戦うか。——なるほど、悪くない。

俺の背後をこいつが守ってくれるのなら、俺も前方だけに意識を集中できるな。

「どっちが沢山討伐するか、競争しましょ！」

「俺に勝てると思っているのか？」

「アハハ、すっかり言うようになったじゃない！《ファイアジャベリン》！」

最後まで妙に楽しそうな声を上げて、シビラは戦い始めた。

さて。言った手前、意地でも負けたくないな。頑張らせてもらうか！

「《ダークスフィア》、《ダークスフィア》……」

（……《ダークスフィア》《ダークスフィア》）

剣を一旦地面に刺した俺は、かつてアドリアの最下層ボスを討伐した時のように、両手から魔法を連続発射させた。

着弾と同時に黒い爆風が広がり、オークがばたばたと倒れる。

……心なしか、この爆風かなり大きくなっていないか？

途中で大きめのオークが交ざった気がしたが……ダークスフィアの直撃と爆風を受けると、小さい個体と差異なく倒れていった。

少し余裕が出てきたので、後ろのシビラにも目を向ける。

オークの喉を一突き。直後別個体に目を向け、オークが喉を手で塞いだ瞬間、シビラの魔法が炸裂《さくれつ》して相手を火だるまにする。

最後に残ったオークがシビラに先制しようと一歩踏み出した瞬間、足元から石の壁が現多い。


れて足を滑らせた。無論、シビラは余裕の一閃《いっせん》で首を切り飛ばす。

巧《うま》い。単純なレベルではなく、こうした魔法と組み合わせた戦い方はさすがに強いな。

剣技でも魔法でも負けるつもりはないが、それでもシビラの戦う姿は参考になる部分が多い。

やれやれ、自分のことを棚に上げさせてもらうが、お前が魔道士なのか実に疑わしいな。

本当に、どこまでも女神らしさがなくて……誰よりも頼りになる相棒だ。


ものの数分で、辺り一面はすっかり緑の魔物の死体で埋め尽くされた。

シビラは早々に、嬉《うれ》しそうな顔で耳をさくさく切り取っている。

「自分から言っておいて、どちらの討伐数が多いか数えないのか？」

「あら、そぉ～んな昔のこと覚えていたのぉ～～～っきゃん！」

俺の方が多かったと分かる、シビラらしい反応に感謝する。お礼はチョップでいいな。

ふとシビラが、オークのうちの一体を見て動きを止める。

「グレートオークじゃない。明らかに他の個体より大きいわ」

「ああ、確かに大きめの個体がいたな」

シビラはその個体の耳を切り取った後、俺を見て……俺の視線から直線上の向こう側に視線を合わせると、オペラグラスを再び取り出した。

「ラセル、もうちょい歩くわ」

「分かった」

何かに気付いたのだろう。俺は再び、シビラの向かう先へと進んだ。


ある程度歩いたところで、シビラはふと難しい顔をする。

「これ、なんだか帰ってる気がするわね」

「マデーラにか？」

シビラは頷《うなず》いた後、俺の近くに来て腕を取った……って近いなおい。

「ラセル」

「何だ」

「ウィンドバリア」

シビラに突然言われた、防御魔法の名前。

「《ウィンドバリア》。……何故《なぜ》だ？」

シビラは顔を近づけ、その驚くべき予想を呟いた。

「……もしも、よ。オークが意図的に、外に溢《あふ》れさせられていると言ったら信じる？」

「そんなこと、許されるわけないだろう。第一不可能だ」

「そうね、だからこれはあくまで仮定の話。アタシだって、こういうことを疑いたいわけじゃないわ。だけど、そうなると当然、疑う相手は限られてくる」

「……まさか」

シビラが視線を向けると、マデーラの街……から少し離れた場所に、それはあった。

広い平野を潤沢に使った、妙に巨大な建物。

縦にも横にも広いのはもちろんのこと、高さも半端ない。何階あるんだこの建物。

だが、何よりも目を惹《ひ》くのは……その建物の全面が、真っ赤に塗られていること。

「露骨すぎる建物が出てきて笑いそう」

ああ……全く、同意するしかないな……。

マデーラの街からは見えなかった場所に、明らかに『赤い救済の会』関連だろっていうぐらい、不自然な建物があった。

04 『赤い救済の会』による、女神の書の解釈と行き着いた先

「マデーラの東側の門から、真《ま》っ直《す》ぐ伸びているわね。専用の通路があるみたい」

「『赤い救済の会』本部でいいだろこれ」

「コレより大きな建物がなければ、本部でいいわね」

「恐ろしいことを言うんじゃない」

　これより大きな赤一色の建造物とか、想像するだけで頭痛が三割増しだな……。

　シビラはオペラグラスを手に取り、建物を遠くから見る。

「何か分かるか？」

「んー、窓が閉まっていて、カーテンまで徹底的に赤い。つまり分かることは」

　分かることは？

「マデーラの布と塗料、赤ばっか売れて品薄！　冗談よ冗談ホラ手上げるのやめて」

　冗談言ってる場合か。いや冗談でも言わないとやってられないか。カーテンまで赤いとは、本当に徹底して全部赤いんだな。赤の何がそんなに救済に繋《つな》がるのやら。

　――ふと、自分で自分の言葉に疑問を持つ。

そもそも俺は、『赤い救済の会』というものがどういうものか知らない。ジャネットからは、その姿と内部事情と簡単な対処方法だけを教えてもらったのみだ。

「なあ、シビラ。『赤い救済の会』が『上納金つきの上位ランクになると救われる』とかいう怪しい集団ってのは知ってるが……何故連中は赤ばかりそんなに信仰してるんだ？」

シビラなら、もしかすると知っているんじゃないかと思い、聞いてみることにする。

「そうね。例えばラセルは、『空が泣いている』って言われたらどう思う？」

また唐突な質問だな……。

「空が泣いているのは、女神が涙を流している……というわけではなく、単に雨が降っているだけだと思うが」

「いいわね、そのドライな解答。それじゃあ『身体からワインが溢れる』っていうのは？」

ワイン……ワインか。飲み物で、ワイン指定。身体からワインが溢れるとなると……。

「赤のワイン、つまり血が流れているということじゃないのか？」

「正解～！」

シビラは明るく俺の答えに返事する。だとすると……。

「『赤い救済の会』は、教義である『女神の書』のワインが流れた部分を、流血ではないと解釈しているのか？」

「アンタも大概、勘がいいわよね」

どうやら当たっていたようだ。シビラが視線を、再び赤い建物へと戻す。

「『女神の意志を受け継ぎし者により、人型の人ならざる者はこの地より離れる。産み落とされた恵みだけが残り、人々には赤いワインが注がれる。こうしてその土地には永久の平和が約束され、人はその恩恵のみを得られるようになったのである』っていうのが、多分その一節なんだけど」

「シビラは『女神の書』を暗記しているのか」

「してないと思う？」

愚問だったな、そもそも書いた女神の一人がお前だし。

俺も聖者だっていうなら、ある程度は暗記した方がいいのかもしれないが……やはり太陽の女神に直接でも謝りに来てもらわないと、今更覚える気はないな。

「問題は『解釈』なのよ。人ならざる者が魔神で、恵みがダンジョン。赤いワインが血であり経験値というのが、正解よ。ちなみに魔王連中が信仰してるのが魔神で、人間にとっての神々みたいなものね。黎明期《れいめいき》の神同士の戦いで、こっち側が勝ったってわけ」

なるほど、言っている内容はしっかり辻褄《つじつま》が合うし、人々への教えになる。

平民でも貴族でも、職業《ジョブ》を得てダンジョンの魔物を倒せば、平等にレベルが上がる。

その女神の意志というのが、魔王討伐でありダンジョン攻略というわけだ。

「ところが、この人型の人ならざる者を『人型で人じゃないのなら、別の神なのでは？』

というトンデモ解釈をしたのが、『赤会』の連中ね」

……ここで『赤い救済の会』に戻るわけか。

「だから、この地を離れた遠い世界の女神が、人々に直接ワインを与えているみたいな、そんな解釈をしているの。『女神の書』の解釈は自由だけど、全身赤にして金積む信者囲うって、そりゃおかしいわ」

同じ文章が、見方一つでそんなに変わるとは……解釈の違いとは恐ろしいな。

『女神の書』自体は、絶対の存在。だが『女神の書』を利用する人間自体は、絶対の存在ではないのだ。

しかし、その人間が『女神の書』のことを話すと、女神の教えを代弁しているかのように感じてしまう。……その結果が、この上納金組織、というわけか。

「上部の連中は、あまり信仰心でやってるわけじゃなさそうだな」

「それも案外分かんないのよね」

シビラから返ってきた回答は、意外なもの。もっと散々に叩《たた》くかと思っていたが。

「あんたはアタシを何だと思ってるのよ。連中がヤバいのは、それだけ『太陽の女神の上位存在がいる』という解釈が真に迫るからよ」

シビラは話の途中でオペラグラスを仕舞うと、俺の方まで下がってきた。

「おっと、建物から出てきた人あり。あんまり見られるのも嫌だし、一旦街に帰るわ」

「分かった」

今日の予定はこれで終了……といったところで、少し街中を見て回る。

魔道具の街というだけあって、マデーラの街灯は専用の魔道具であり、夕暮れの街並みを淡く照らしている。

シビラと二人で街を見て回っていると、保存食を買い込んだ客が道の端を足早に通り過ぎた。

道を歩いていると、あまり出会いたくなかった顔と道のど真ん中で遭遇した。

「……おや、これは奇遇ですね」

そこにいたのは、部下を引き連れた『赤会』の男。少し硬い笑顔でシビラに声をかける。

「あら、よく会うわね。このあたりが住まい？　人が少ないけど、理由知ってる？」

シビラも一見お気楽な旅人を装い、相手の出方を窺《うかが》う。

「ええ。あなた方は今日着いたばかりですね。この街には病気が蔓延《まんえん》しているのです。原因は分かりませんが……」

「こんなに大きな街なんだもの。『太陽の女神教』の回復術士《ヒーラー》だっているでしょう？」

その問いに、男は——一瞬口角を上げ——答えた。

「ええ、いますよ、東門を出た先で、治療を受けられるようになっています」

東門の先にあるもの。それが何であるか、俺達《たち》は知っている。……シビラの言った通り、キュア・リンクは控えて正解だな。間違いなくこいつは、自分の功績として利用する。

「あら、ちゃんと【神官】がいるのね！　シスターの護衛で来ている私も安心だわ！」

「ええ、ええ。料金を頂かない、とても寛大で慈悲深い【神官】です。代わりに——」

「——そういえば」

シビラが、男の話を遮る。それも、かなり強めの声で、だ。

「人の心は、その人のもの。対価は、モノに限らない。自我には何よりも重い価値がある。女神の教えよね。え～っと、遮っちゃってごめんなさいね。ところで何だったかしら？」

「……いえ、何でもありません。……。…………」

全部予測して、牽制《けんせい》したな。男の目が薄く開き、光のない濁った目でシビラの顔をじっと見ている。……あまり見ていて気持ちいい視線ではない。

「あら～、アタシに見とれちゃったかしら？　世界一の美少女だもの！」

「……ええ、そうですね。大変綺麗《きれい》な目だ。目、いいですね。目は……本当に、良い」

男は最後に一礼し、一切言葉を発さない部下を引き連れて、東門へと去って行った。

——シビラの視界から外れる僅か一瞬、男は恐ろしく冷たい目をした。

その後ろ姿を、シビラは何者にも——他人の赤だろうと——染まらない、誰よりも強い自我を感じさせる赤い瞳でじっと射貫《いぬ》いていた。

男が見えなくなったところで、シビラにひとつ提案をする。

「少し別行動してもいいか？」

「あんたから？　珍しいわね。ま、アタシもちょいと色々見て回りたいし、いいわ。フレっちの夕食までには戻るのよ。迷子にならない？　大丈夫？」

「母親か何かかお前は」

俺のツッコミに対し、シビラは街中の空気を吹き飛ばす勢いでカラリと笑った。完全にからかって言ったな、このお調子者女神が。やれやれ……。

ま、暗い顔して別れるよりはよっぽど気楽でいい。あいつの暗い顔など、夏場でも雪が降りかねない……なんて言うと、また怒りそうだな。


翌日、孤児院内部の修繕を手伝う。とはいっても、建物そのものが老朽化して危険、というほどではない。椅子のガタつきなどの修繕だ。重そうな毛布の洗濯なども担当したが、こちらは予想通り治療魔法《キュア》で綺麗になった。聖者の魔法も、生活に役立つものだな。

「すごいわぁ！　こんなに綺麗になるなんて、さすが聖者様ね」

「俺自身の頑張りとは程遠いが、折角便利な魔法があるんだから使わせてもらおう。フレデリカの方は終わったのか」

「ええ、アシュリーと一緒に調理器具や魔石の調整、あとベッドの位置も調整したわ」

「ベッドの位置って……力仕事は俺かエミーに振ってくれてもよかっただろ」

「エミーちゃんには洋服箪笥《ワードローブ》を移動してもらったわ。可愛《かわい》くて泣き虫だったエミーちゃんが、あんなに力持ちになってたなんてびっくりね～！」

いやそれ何年前の話だよ？　エミーが聞いたら苦笑しそうだな。

しかし……つまりこの人は力がある人に頼んだりせず、自分で力仕事をしたんだな。きっと一人で来ていたら、調度品の修繕や洗濯も含めて、全部一人でしていたのだろう。

そもそも腕力も大して強くないはずなのに、この働きっぷりだからな。

「頑張りすぎるなよ、《エクストラヒール》」

「あら？　まあっ、疲れが一瞬でなくなったわ。やっぱりラセルちゃんは凄《すご》いね」

いや、本当に凄いヤツってのは、あんたみたいな人のことだと俺は思うよ。自分に能力がなくても自然と全部やってしまおうとする、そんな人だ。

ちなみにシビラは、子供達の相手をしていたようだ。何かのゲームで負けたらしく、子供相手にマジで悔しそうにしていた。実にシビラらしい精神年齢子供女神っぷりである。

孤児院での大仕事を終えると、時刻はそろそろ晩へと移る頃だ。エミーには今日もフレデリカの傍《そば》にいてもらい、俺はシビラに白いローブを渡す。

「昨日のうちに、近いものを買っておいた。シビラは赤い布を持っていただろ？」

「あんた、もしかして……へえ、実に大胆でいいわね」

シビラならすぐに察してくれると思ったから、俺も提案したんだよ。エミーは正直すぎるから十中八九ボロが出そうだからな……。

今回俺が提案したのは、『赤い救済の会』の建物への潜入だ。連中が赤い服の上から白い服を着ていたため、あの姿を真似《まね》れば行けるのではないかと思ったのだ。そのため昨日の別行動中、他の信者の服装を観察した。セイリスでシビラは赤会の服を持っていたし、後は信者によってばらばらな白いローブさえ用意すれば良さそうだったからな。

礼拝時間もちょうどこのぐらいだった。だから昨日あの男と出会ったのだろう。

昨日オーク討伐に出た南門ではなく、東門から赤会の建物を目指す。途中でシビラは俺の手を引き、道の脇へと移動してオペラグラスを取り出した。

「どうした？」

「昨日は潜入してないんでしょ、決まりみたいなものがあれば見ておきたいなと思って」

シビラがじっと、建物の方を観察する。少し唸《うな》ると、オペラグラスを仕舞った。

「なるほど、ね。……ラセル、アタシの動作の真似をして」

何かに気付いたシビラに頷《うなず》き、後ろを歩く。建物から現れたのは、白い集団。シビラは集団に礼をした。何か理由があると思い、俺も礼をする。……だが、相手は礼なしだ。

俺達を無視した集団が通り過ぎると、シビラが俺の隣で、首元のあたりを指した。

「ここ。赤いネックレスをかけていたわ」

「ジャネットから聞いたことがあるな。上位の信者、ってやつか」

「でしょうね。上納金を納めた印。……全く、下らないわねー」

シビラの呆《あき》れたような声に頷き、俺はシビラと並んで建物へと足を踏み入れる。

建物は大きく、近くに行くほど威圧感がある。下手な城より大きいかもな……。

「ラセル。あんたは大丈夫だと思うけど、気負いなく入ることを意識するわよ。他のものに視線を向けないこと。いいわね」

セイリスの時のような呑気《のんき》なお上りさん気分で入るわけにはいかない。

建物の扉をシビラが開くと、白い壁と赤い絨毯《じゅうたん》の半端に赤に拘《こだわ》る廊下から、他の信者が集まる部屋へと足を踏み入れる。内部は、大聖堂のようになっていた。

大きな建物の上層の殆《ほと》どは、この部分が突き抜けているのか。

――ただし、太陽の女神の神殿とは似ても似つかない。

ステンドグラスは赤と黒のみ。恐らく正午には赤い人型の光が差すのだろう。想像してもあまり美しく思えないし、何より目に悪そうだ。

シビラは、大聖堂の中央にある身廊の通路……ではなく、左周りに外壁側の側廊を通る。

それから前の方に進むと、一旦足を止めて戻った。

周りの視線が少し集まったが、すぐに興味を失ったように外れる。シビラは一番後ろの端の席に着くと、一つ内側に座る。つまり俺が、一番後ろの左端の席だ。

少し待っていると、大聖堂には百ほどの人数が集まった。多いか少ないかは分からないが、それなりにいるようだな。

ある程度時間が経《た》つと壇上に大人と子供が現れた。あれは……。

「……っ」

シビラが革手袋を強く握った僅かな音を聞いた。

「司祭様の言の葉です。さあ皆様、今宵《こよい》も救済の共鳴を」

大人の男がそう言うと、白い布に手をかけ赤い服を見せる。やはり、あの男だった。なら、隣にいるのは……赤い髪の少女。

周りの人も白い布を外し始め、シビラに倣って俺も外した。

予《あらかじ》め、ローブの赤いフードを深めに被《かぶ》って、顔が見えないように俯《うつむ》く。

やがて、あの少女の不思議とよく通る声が聞こえ始めた。

「女神の意志を受け継ぎし者により、人型の人ならざる者はこの地より離れる。産み落とされた恵みだけが残り、人々には赤いワインが注がれる」

間違いない。シビラが言った『女神の書』の一節だ。その直後、周りの信者が一斉に声を上げ始めた。俺は、言い間違えると目立つと考えて黙っていることにした。

シビラが隣で普通に暗唱していることで、俺を隠してくれている。

「こうしてその土地には永久の平和が約束され、人はその恩恵のみを得られるようになったのである」

……異様な、光景だ。少女を司祭と崇《あが》め、復唱するだけの空間。一体何の意味が――。

「赤き最高神に、祝福あれ」

――暗記していない俺でも分かる。

間違いない。今、全く違うことを言い放った。

その言葉を当然のようにシビラが復唱し、少女は礼もせずにフードを被った。

「司祭様、ありがとうございました」

全身真っ白になった少女は、無言で壇上を離れる。男も少女に付き従うように離れた。

次に、身廊の前列から順番に立ち上がり、白い集団が大聖堂を離れる。当然最後になるのは俺達になった。

建物を離れたシビラが、一瞬振り向くと再び街の方へと足を進める。

誰もいなくなったところで脇道から森に入り、不機嫌そうな顔を露《あら》わにした。

「ラセルの魔力は何かに恵まれてのものだけど、【聖者】のレベルと【宵闇の魔卿《まきょう》】の闇魔法は、ラセル自身の選択よ。でもやっぱりあんたの芯は、ブレンダちゃんのお母さんを治してあげたことね」

「急にどうした？」

「……誰かに尊敬されるために行動するんじゃなくて、行動した結果により尊敬されるようになる。アタシはそうあってほしいと願っている」

行動と選択。シビラは首元にある、冒険者タグを握った。

「赤いネックレス。それをするだけで、下の者に頭を下げてもらい、中央の回廊を通り、先に帰宅できる。自尊心を金で買っているの。金で買う以外で自尊心を満たせないから」

ああ、なるほど……シビラが中央を通らなかったのも、大聖堂前方の席に座らなかったのも、赤いネックレスを着けているかどうかを見ていたわけか。

「上納金による格付け。そんなもののために『女神の書』が利用されるなんて、身内連中になんて報告すればいいのやら」

溜息《ためいき》を吐《つ》いて、心底参ったように頭を掻《か》く。身内連中というと、女神の書を書いた神々のことか。そりゃまあ困るだろうな。

木にもたれかかりながら、ぼんやりとシビラは赤い建物に目を向ける。

——突然、シビラは目を見開き歩き出した。

「どうした？」

「いるわ、あの子が……！」

その言葉に、俺もシビラの視線の先を見る。先ほどシビラが肉眼で見つけたように、僅かに赤い髪の少女が視認できた。

建物の窓から現れた少女へと、シビラが近づく。

「こんにちは！　アタシのこと、覚えているかしら？」

少女は驚きつつも、小さく頷く。

「小さいのに、お仕事できて偉いわね！　折角だから、お姉さんと遊びに行かな～い？」

新手のナンパ師かお前は。

少女の方はやはり困惑気味で、あどけなさを残しつつも綺麗《きれい》な声色で言葉を紡ぐ。

しかし――その内容の異様さには、さすがに俺も背筋が凍った。

「遊ぶ……ですか？　何を、でしょうか。講座の本を読むのは、楽しいですが……」

シビラですら頬を引きつらせて、すぐに次の言葉を畳みかける。

「あ、そうじゃなくて。こう、友達と、あるわよね。女の子ならおままごととか、みんなで花冠作ったり、あと競い合う手作りゲームや、何だったら追いかけっこでも……」

いろいろ身振り手振りを交えて声をかけながら、珍しく必死な顔で話しかけるシビラ。

その中には、ちょうど昼頃遊んでいたものも含まれていた。

いつにも増して必死なシビラの言葉だが……次の一言で、完全に次を紡げなくなった。

「興味はありますね。ですが、どの遊びもしたことありませんし、何より」

どの遊びもしたことがない、と言われたシビラが唖然《あぜん》とし、更に追い打ちがかかった。

「私には友人がいませんし、会う機会もありません。いると遊びが変わるのでしょうか」

「一緒に楽しめるのよ……！　だ、だったらホラ！　遊びを教えてくれるご両親は——」

最後の質問への回答は、シビラへの駄目押しの一撃となった。

「どちらも顔を知りませんので」

そう告げると「それでは、私は戻ります」と会釈をして去って行った。

「待って……まだ、話を……」

ふらふらと、誰もいない窓にシビラが近づく。しかし代わりに現れたのは、よりにもよってあの男だった。

「一体何事ですか、このような場所に……おや、あなたは」

壇上の男。間違いなく、あの司祭の子に指示を出しているヤツだろう。

「……ッ！　頑張った女の子を労《ねぎら》っただけよ。仕事の後は、友達と遊ぶべきだわ」

「司祭様は孤高の存在。友人など必要ありません」

「それはあの子が望んだことではないわよね」

シビラの言葉に、男の目が薄く開いた。

「まさか、何か吹き込んだか……？　司祭様の、純粋なる『赤』が濁ってはならない……我々が、乱れやすい幼稚で低劣な心を正しい道へと導かねばならない……！」

どろりと、赤黒い血溜《ちだ》まりを煮詰めたような声。その汚いヘドロを吹き飛ばすように、シビラは挑戦的に——ともすれば、やや冷静さを失ったように——男の言葉に反論した。

「遊びも含めて教育なのが、子供の自然な成長じゃないかしら？」

「完璧なる司祭様の教育が歪《ゆが》められるなどあってはならない……！」

絞り出したような声を最後に、男は窓から急いで離れた。

誰もいなくなった窓を睨《にら》んでいたシビラも、舌打ちした後にその場から離れた。正直、聞いていた俺も気分がいいものではない。

「何なんだ、あの男の勝手な言い分は……！」

シビラは歩きながら、どこか遠くを見るように呟《つぶや》く。

「あの子……まだ遊び盛りであろう小さな子が、大人の思惑にまんまと利用されて……友人を作る意味すらも分からず、貴重な子供の多感な時期を、あんな場所に、一人で……」

そうだな。救済だとか最高神だとか、そんなことを考えているような子には俺も見えなかった。同じ年の子と遊んでいるぐらいがちょうどいいじゃないか。

「何より、そんな純粋無垢《むく》な子の表面的な綺麗さが、上納金を吸い上げる汚い大人の顔を隠す仮面として利用されていることが、一番気に入らないわ……！」

シビラの吐露は、俺の心にも刺さる。

俺やエミーは、何だかんだと友人には恵まれていたし、何より俺達《たち》にはあんなヤツとは全く違う、優しいフレデリカがいた。

勉強だけでなく遊びも、友達の作り方も、仲直りの仕方も……色々教えてくれた。

マデーラに来る前、シビラが不意打ちでフードを取った赤い髪の少女。今日話した限りでは、はっきり言って俺やヴィンスがクソガキだった頃と同じ年齢なら比較するのも嫌になるほど……同時に、奇妙にすら感じるほどに、理性的で聡明《そうめい》な子だった。

もしも、この街の不安を作り出している一端を自分が担っていると知ったら、どう思うだろう。いや、話から察するに、そもそも街に入ったことすらないんじゃないのか。

「あの子を、なんとか助けられないものか……」

「とりあえず、諸々《もろもろ》調べるわ。ラセルも協力してくれるわよね」

「言うまでもない。エミーの分もまとめて返事をしておくが、いくらでも協力してやる」

あいつなら間違いなく、俺以上に協力してくれる。それが分からない仲ではない。

この街を包む異様な雰囲気、様々な謎。解決への糸口はまだ見えない。

だが、俺には一つ、明確にやりたいことができた。

——あの男、一発殴りたいな。

俺はシビラと同じように、もう一度赤い建物を睨むとマデーラの街へと戻っていく。

空は、今日一日ですっかり見飽きた色に染まっていた。

05

シビラが見抜いた、子供達のこと。俺にできること

帰り際、ふと俺はシビラの話の中で気になったことを質問する。

「そういえば、意図的に魔物がどうとかいう話をしていたが」

「ああ、それね。例えばピンチになった人を助けるのは、恩を売りやすいわよね」

「そうだな」

言いにくいことをズバズバ切り込んでくれる辺りは信頼できるヤツだ。

「その状況を作るには、魔物がいる方が都合がいい」

「……まさか、オークの数を調整しているのか！」

「少なくとも『オークに襲われた人を助けた』という大義名分を利用しているわね」

シビラは、それまでの考えるような顔をやめて、ようやく勝ち気に口角を上げた。

「発生源が見つかれば、大元を断てる。アタシ達には、それができるわ」

「そうか、俺達がオークが出現するダンジョンの魔王を、討伐してしまえばいい」

魔王を討伐すれば、ダンジョンから溢《あふ》れるほどの魔物はそう簡単に出なくなる。

問題がどれぐらい解決するかは分からないが、『赤い救済の会』がマデーラの街を拠点

から外すぐらいは、射程圏内だな。

問題は、オークの現れるマデーラの第二ダンジョンがどこにあるのか、だ。

シビラは「とほほ」と頭を振ると、お手上げとばかりに肩をすくめた。

「前回忙しかったから楽できると思ったんだけど、こりゃ無理だ。悪いんだけど、『赤会』があの規模ならキュア・リンクは後回し」

「あいつらなら、間違いなく人海戦術で自分達の祈りだと言いふらすだろうな」

そんな会話をしながら孤児院に戻ると、子供達と遊んでいるエミーがいた。

「ただいま、エミー」

「おかえり！　心配はしてない……やっぱしてた！　けど、大丈夫だと思ってたよ！」

何ともエミーらしい出迎えだった。のだが、急に顔を赤くして俯《うつむ》いた。

「エミーちゃんは将来的に『おかえり』って言うお仕事に就きたいわけね～」

「へぅっ!?　いいい言わないでぇ～！」

……ああ、なるほどそういう意味か。俺はエミーと一瞬目が合ったが、気まずさからお互いに無言で逸《そ》らして頭を掻いた。……シビラのせいだな、うん。

「アタシに『おかえりなさい、あ・な・た』なーんて言われたら、ときめいちゃう～？」

「うわ背筋が凍るマジでやめろ」

「辛辣すぎ!?」

いやな、お前はどちらかというと俺の帰宅に対して『遅い』で十分なんだよ。俺が気に入ってるのは、全く媚《こ》びないお前だからな。……調子に乗りそうなので言わないが。

それよりもまず、確認しなければならないことがある。

「ところでエミー、フレデリカの傍《そば》にいるんじゃなかったのか？　護衛という形でついてきているのに、こっちに来てるなんて珍しいな」

「フレデリカさんが、どちらかというと子供達の方を見ておいてほしいって言っててね。ほら、フレデリカさんは人気だけど、料理をしたいって言ってたから」

俺もエミーも、フレデリカがいてくれた時は、その料理に随分と救われたものだ。

それでも調理中の危なさは、子供には分からないことも多い。

俺達の会話を聞いたからか、シビラがわしわしと周りの子供らの頭を撫《な》でて、一人一人をくすぐったり、頰ずりしたり、胸に抱き寄せたりする。

その顔は、今日一番のいたずらっ子のように楽しそうな笑顔。子供一人一人への、対応の仕方に小さな違いがある。何故《なぜ》かと思っていたが、その理由はすぐに分かった。

シビラが全員と触れ終えると、笑顔で両手を広げた。

「シビラちゃんが帰ったわよ！　みんなはいい子かしら？　アシュリーの教え子なら、名前を呼んでくれるいい子に育ってくれてるわよね～？」

「しびーらだ」

「シビラ」

「し、シビラさん……」

名前を呼ばれ、シビラは笑顔で子供達を順番に抱きしめ始めた。

時には手を取って、自分の頭を撫でさせたり、おでこにキスをしたり。

それが終わると、うち二人はシビラにしがみついていた。残りの一人は、顔を真っ赤にしてもじもじしている。その全てに、悪い感情は感じられない。

マジか……距離を詰めるのが早すぎる。自分から無理矢理関わっていったと思ったら、もう子供から近づいているぞ。アドリアでもセイリスでも感じたが、ほんとこいつは無類の子供好きだよな。フレデリカどころかジェマ婆《ばあ》さんより、子供の扱いに慣れてないか？

まあ年齢的に、あの婆さんより上の可能性が高いんだから、年の功ってやつか。

シビラは立ち上がると、ぽんぽんと両サイドの子の頭を叩《たた》いて……こちらに振り返ったときには眉間に皺《しわ》を寄せていた。どこで感じ取ったのか、ババア扱いに怒ったなこいつ。

「心を読むな」

「……何のこと？」

ん？　違うのか。こいつのことだから、いきなり年齢のことを連想した俺の心を余裕で読んで、不機嫌になったと思ったが。さすがにそれは俺の勝手な思い込みか。

——いや、待て。

なら何故、今の和気藹々《わきあいあい》とした流れで、そんなに不機嫌そうな顔をしているんだ？

「『聖女伝説、女神の祈りの章』……この空間だけでいい、お願い」

その言葉を聞いた瞬間——シビラの考えと行動の全てを理解した。

「《キュア・リンク》」

『聖女伝説、女神の祈りの章』の真実。

忘れもしない、『村の人を全て祈りで治した』という聖女伝説の『祈り』が、聖女の覚えた治療魔法だったという話。

シビラは子供の頭を撫でたり、顔をしっかり見ていた。その様子から理解したのだろう。

何かしらの、病のようなものに侵されていると。

「……あれ」

子供の一人が、立ち上がる。

「なんだか、私、おなかすいてきた……」

「お腹《なか》が空《す》くのは、健康な証《あかし》よ。みんなを元気にしてくれたのが、ここの黒いお兄さん。さあ、アシュリーの教え子の君たちなら、何を言えばいいか分かるわよね？」

指を立てて片目を瞑《つぶ》り、子供達に催促する。皆はお互いを見て、俺に声をかけた。

「ありがとうございました！」

先ほどのシビラを呼ぶ声と比べて、明らかにハリのある声。体調が良くなったのだ。

……黒いお兄さん、という呼称はどうかと思うが。

「これで懸念事項おしまい！　さっさとフレデリカにメシの催促にいくわよー。まだできてなかったら、つまみ食いしちゃおうかしら」

シビラは今度こそニーッといたずら猫のような笑顔になり、奥へと向かった。

その姿を見て、エミーは溜息《ためいき》を吐《つ》く。

「私、一日かけても心を開いてくれなかった子もいたのに……はぁ～、やっぱりシビラさんって凄《すご》すぎだよぉ」

「気にするな、多分あいつは魔法より子供の扱いの方が上手《うま》い。それに、シビラもお前のことを頼りにしてるさ。俺もあいつも、どう頑張っても盾役には向いてないからな」

「え、えへへ、そうかな。……うん、ありがとね！　よーし、がんばるぞーっ」

シビラに対抗しようと思うだけで、お前は十分凄いと思うぞ。俺はもう、今回は教会と女神関係であることから、頭脳方面の大部分は任せることにした。

知識のないうちから、下手に出しゃばって事態を悪化させるようなことだけは避けたい。

その『無能な働き者』なるものは一番嫌がられると、ジャネットに聞いたことがある。

その代わり、今みたいにそれ以外の殆《ほとん》どを担当してやるつもりだ。

そろそろいい時間だろうと、キッチンへと子供達と一緒に向かう。アシュリーはやってきた子供の様子を見て、目を見開いた。さすが、ずっと一緒にいた者だから気付いたようだ。

「あの、聖者様……もしかして」

「シビラがすぐに看破したんで、さっさと治したぞ。金は取らないから安心しろ」

子供が辛《つら》い目に遭っているというのは、どうにも落ち着かないからな。

アシュリーは……再びキッチンで膝を突いた。

「あ、ありがとうございます聖者様！　やはり聖者様は、私の神様です！　聖者様、何かできるお礼などは……！」

「じゃあラセルと普通に呼んでくれ」

「さすが謙虚でいらっしゃいます、ラセル様！」

本当にテンション高い女だなおい、未《いま》だに会話がまるで噛《か》み合わねえ。

目を逸らすと、フレデリカが笑いながらこちらに手を合わせていた。フレデリカもこいつの勢いには、幾度となく苦労させられてそうだな……。

フレデリカの料理はマデーラに来ても変わらず素晴らしく、子供達《たち》もいつも以上に食べているとアシュリーが嬉《うれ》しそうに話していた。

ああ、こんな街でも、こうやって手の届く範囲の人を救っていけるのはいいものだな。

いずれ、この手をこの街中に広げて、今の食卓のような明るさにできればな。

ふと、ブレンダが俺を『黒鳶《くろとび》の聖者』と呼んでくれた日のことを思い出す。その笑顔が、アシュリーに口を拭かれている目の前の子と重なった。

……ある意味、子供の笑い声に救われているのは、俺の方なのかもしれないな。これがシビラの原動力となると、その気持ちも分かるというものだ。

この親の顔を知らない無邪気な孤児達を見ながら、俺は一切笑顔を見せなかった美しい少女のことを思い出す。シビラと遊んで、フレデリカの料理を食べる、そんな日常。

俺はこの中に、あの子が交ざる幻想を見た。


翌朝。窓からの光は暗く、曇り空が街を覆っていた。

外は静かで、その明るさのこともあって早朝に起きたのかと錯覚してしまう。

昨日の食事中、フレデリカとアシュリーにオークの討伐を報告しておいた。

「シビラ、今日はどうする？」

「そうね……。一応、確認したいことができたので、そっちを見てから」

俺とシビラは再びエミーに護衛を任せることを、朝食時に二人に伝える。部屋に戻って、一通りの装備を整えておく。今日は軽装とのことだ。

玄関先で、すっかり仲良くなった子供達の頭をシビラがわしゃわしゃと撫でた。ハグしたり持ち上げたり。俺も一人こっちを見ていた子の頭を軽く撫でた。

「英気、養ったわ！」

シビラは皆に底抜けに明るい笑顔を向けると、手を振りながら孤児院の外へ繰り出す。

俺も子供達の見送りに軽く手を上げて応え、その背を追って外に出た。

いざ建物の外に出ると、もうシビラの目は真剣そのものだ。

「今日はまた街の中を探索するわ、ついてきて」

シビラの行き先は、街の中心部。

冒険者ギルドとは近い場所にある、この街の運営に関わるような建物が集まった場所だ。

魔道具の店が多く、領主館らしい建物や役所のような建物もあれば、大きな時計塔もある。この時計塔も、魔道具の類いだろうか。威信を懸けている、立派な建造物だ。

シビラは建物の陰に隠れるように、細い路地へと足を踏み入れた。

昨日も散々見たオペラグラスを持ち出したが……こんな街の真ん中で盗み見か？

俺が疑問に思うのを余所《よそ》に、シビラはその道具を使って、郵便ギルドを見る。

「少し集中するわ」

何がそんなに気になるのか、一言も喋《しゃべ》らず息の音も聞こえないというぐらい、建物の方を凝視している。俺はむしろ、隠れてコソコソしていることを怪しまれないかの方が気になるな……。一応大丈夫だろうが、周りに気を配っておくか。

「やっぱりね……」

シビラはそう言って立ち上がると、溜息を吐いて郵便ギルドの方へと足を運ぶ。いや、普通に郵便ギルドに入って行くのかよ……と思いきや、ぐるっと建物の後ろ側に回る。

建物の裏にはゴミ捨て場があり、焼けた紙ゴミが入った焼却炉があった。汚い煤《すす》だらけの場所、その黒い塊の中へ、シビラは躊躇《ちゅうちょ》なく手を入れる。

「まだ形が残ってるといいわね。多分あるはずだけど……後でキュア、頼むわ」

「分かった」

洗浄魔法を兼ねた俺のキュアを受けること前提で、身体《からだ》を汚して何かを探している。やがて目的のものが見つかったのか、手に入れた紙片を、俺に見せる。

「これは……手紙か何かか⁉」

「ええ。見ておきたいものは見た、離れるわ」

目的を果たしたシビラに魔法をかけ、俺達は郵便ギルドから離れた。

建物には結局入らず、誰もいない閑散とした街はずれにぽつんとある古いベンチに腰を下ろす。それからシビラは大きな溜息を吐いた。

「ラセルは、どうしてこれがあったと思う？」

「もう読み終わった手紙を燃やしたんだろ」

「ま、普通はそうね」

シビラは、手元の紙片を俺に渡す。回復魔法をかけると、現れたのはかなりしっかりとした紙でできた依頼書だった。内容は……。

「……ハモンドの冒険者ギルド宛の、救援依頼!?」

「ええ。拾えなかったけど、恐らくセイリス宛のものもあるんじゃないかしら」

　これを読むのは、ハモンドの冒険者ギルドマスターのはずだ。これを、マデーラの郵便ギルドが読み終わったから燃やすだと？　有り得ないだろ。

「ずっと疑問だったわ。どうしてこんなに街の周り……つまりどこかのダンジョンから魔物が溢《あふ》れているのに、他の街の冒険者ギルドに救援依頼が行ってないのか」

　その答えは、一つ。

「郵便ギルドの窓から見えた中の人……赤いんだな？」

「勘が鋭くなってくれて嬉しいわ。ご明察、最初からこの街の中心部に『赤会』の連中が食い込んで情報統制している。特に郵便を握られているのは痛いわね」

　シビラは灰色の空を見上げ、自分の前髪に息を吹きかけて揺れるのをぼんやりと見る。

「冒険者ギルドは救援依頼を出したけど、届いていなかった。代わりに『赤会』どもが討伐しまくった。まー住人としても、結果的に魔物を倒してくれるなら文句ないんでしょーね。救援が来なくても大して気にならない。全部なあ、なあなあよ」

　この街の現状を聞きながら、俺も空を見上げる。

　青空が見えない雲の天井は、ぼんやりとしている。空が落ちてくるかのような圧迫感がありながらも、昼近くで半端に明るく、どこか退廃的で緊張感に欠ける空模様だ。

「でも、何も分からないようで、はっきりと分かったことがあるわ。冒険者ギルドからの救援依頼を断っているのは、『減らされると都合が悪いから』よ」

シビラから渡された、依頼書をもう一度見る。これが、動かぬ証拠。

「さて、ここからラセルにもちょっと動いてもらう必要があるかもしれないわ」

「何だ、言ってみろ」

「アタシは今、ずっとサーチフロアの魔法を使ってるのよね」

サーチフロア……索敵魔法。ダンジョンで魔物を感知するための魔法だ。そうか、誰かが近づいている気配などを察知して見つからないように動いていたってわけか。

……なら、何故《なぜ》今その話をする？

シビラはベンチに座る俺に顔を近づける。……随分と近いな。

こんな朝の外で、一体何するつもりなんだ、待て、おいやめ——、

「動かないで。尾行《つ》けられてる」

——ッ、いつの間に……！

シビラはそのまま、ベンチに膝立ちするように俺の膝に乗る。まるで美術品のような顔が至近距離に来るが……こいつに緊張してたまるか。

「対処のやり方を今から言うわ」

どうやらあまり時間がないようだ。

俺はすぐ落ち着き、シビラに「ああ」と小さく返事をした。

「ラセルにとっては初めての対人戦になるのかしらね。やることは一つ。無詠唱で、トラップ。アタシがベンチを立った後、その足元」

アビストラップ。最後に覚えた魔法であり、魔王の着ているものを吹っ飛ばした魔法だ。

「この魔法の真価は対人戦よ。本来なら危ないから使うべきではないのだけれど、ちょっとアタシも頭にきてるから」

シビラは話し終えると俺の隣に座り、時折左を見たり、右を見たりしながら、足元の土を靴で掘る。ゴソゴソした後は腕を伸ばして……満足したのか立ち上がり、俺も続く。

やることは終わったのだろう、シビラと並び――。

《《アビストラップ》》

――最後に、シビラがいた場所に魔法を使う。

ぱっと見ても、何が起こったかは全く分からない。そのままベンチを離れて、道を曲がった直後――シビラは一気に走り出した。

手を繋《つな》いでいる俺も、つられて走る形だ。そのまま二度道を曲がると、当然元のベンチのある広場に出るはずだ。

シビラは俺の方を黙って見ながら、腰を軽く叩《たた》く。……剣、か。装備が軽装でも、さすがに持ってきている。俺が剣を抜くと、その直後——！

「ッアア……！」

大きな音とともに、悲鳴が上がる。間違いない、アビストラップが発動したのだ。

シビラの前に出ると、そこには服が大きく破けた男がいた。俺はその男に剣を突きつける。……死んではいなさそうだな。

シビラが楽しげに腕を組みながら男を見下ろす。

「何かあると思った？　残念でした！　掘っただけよ～」

男が目を見開くが、要するに何かしたフリってことか。殆《ほとん》ど賭けだな。

しかし相手が罠《わな》に嵌《は》まったため、シビラは実に楽しそうな顔だ。

「アタシらを尾行していた『赤い救済の会』の男、一体何を隠しているのかしらねー？　何か用？　聞いてあげてもいいわよ？」

「……」

「腰に武器とかあるけど、脅迫を命令されちゃった？　例えば……可愛《かわい》い司祭の隣にいたクソきたねえオッサンとかに」

「っ！　大司教様になんと無礼な……！」

「やっぱあいつは司祭ちゃんより上か」

「あ……」

男が失言したことにより、シビラは再びニヤリと笑う。

「うんうん。上司に頭を下げられると、部下って断りづらいわよねぇ〜」

司教は、司祭よりも立場が上となる。あの司祭の子は、大司教の男が頼み込んだ後に『女神の書』を朗読していた。頭を下げる上司という状況を自作自演し、あの司祭の子を操りつつ腰の低い男を演出していたということなのだろう。

謙虚な大司教の姿を、信者に見せる。全て大司教の手の平の上ってわけか。

「アタシに大司教が誰かばらしちゃったわけだけど、あんたはどうなるかしら？」

「あのお方は、失敗したぐらいで罰するお方ではない」

「へ〜、ふ〜ん、そんなふうに思うんだ〜。……本心から、そう思ってる？　本気で？　あの小さな司祭ちゃんが友達ゼロなのを何とも思わない大司教を？」

シビラの問いに、男は視線を僅かに逸《そ》らす。俺も話に加わるか。

「心のどこかでは、疑っているんだろ？　事情を知らない俺からしても、あの司祭の子は異常だ。話したが、両親を知らず、友人もいない。遊びなんて一つも知らなかったぞ」

「……司祭、様は……」

「アタシはあんたを殺すつもりはないわ。ま、帰ったあんたが無事かは分からないけど。あーあ、でもあの大司教クッソ嫌いだしぃ〜、アタシってば赤会が殺し屋雇ってるってぇ、うっかり言いふらしちゃうかもぉ〜っ」

仲間の俺が言うのも何だが、すっ――げえウザい。実に今日もシビラシビラしている。

それはそれとして、だ。あの『赤会』の連中が、こいつを生かして返す保証はどこにもない。なんといっても俺達《たち》を人を使ってまで狙っておいて、失敗したのだから。

「や、やめてくれ……俺には子供が……」

子供――その単語を聞いた瞬間、シビラは露骨に不機嫌になった。

「は？　子供がいるのに、よく分かんねー宗教のために自分の命を懸けるわけ？　あんたは自分の子供と見たこともないどっかの神、どっちが大切なの？」

服の首元を握り、力を失った男の身体を持ち上げる。

「こうなる可能性ぐらい考えなかったの？　そんなに、そんなにあんたにとって自分の子はどうでもいい存在なわけ？　見たことのない赤い神に忠誠を捧《ささ》げるために？」

「それは……。大司教様からの依頼は、多額の報奨金が出る。俺みたいな、妻に逃げられた家には、その金が……。大司教様しか、俺を救ってはくれない……」

……なるほど、経済的に弱っていたところを狙われたのか。

シビラは男の首元から手を離すと、憂いを帯びた目で肩に手を掛ける。

「事情は分かった。精神的に弱っているときは、正常な判断がしづらい。だけど……あんた絶対捨て駒よ。この依頼、支払いどころか……報告後あんたが無事か分からないわ」

「それは……」

「知っていること、ぜーんぶ話してくれてもいいのよ？　そうしたら、みんなで生き残る方法ぐらいは教えてあげる。アタシは『赤会』の連中よりも、頭はいいわよ？」

男はシビラの説得に折れると、俺達に様々な情報を話した。

この街で『赤い救済の会』が何をしているか。この男は何を命令されたのか。他の協力者は誰か。何を知っているか、何を知らないか、など。

連中の狙いはシビラの命だった……というのに、シビラはその部分をあっさりと流す。しかし情報のうちの一つを聞き、シビラは眉間に皺《しわ》を寄せる。

「まさか……そういうこと……？」

俺には分からないが、シビラは何かに気付いたようだ。シビラは情報を聞き終えると、男の身体に白い布を被《かぶ》せた。それから行った場所は……男の家。

「まず大前提として、あんたは人を襲った罪人として捕まってもらう。見たところ、兵士は『赤会』ではなかったわ」

「そ、それでは子供が……！」

「アタシらこの街の孤児院の世話になってるから、そこで一時的に子供の世話をするわ。孤児院にいるのは【聖騎士】の子だし、赴任しているのは教会の管理メンバーで優秀よ。……あら？」

シビラが今後のことに関して説明していると、家の中から男の声を聞きつけたのか、子供が玄関の扉を開けた。

「おかえり……って、うわとーちゃんぼろぼろじゃん。どうしたの？」

「ああ、ちょっとヘマしちまってな」

「かーちゃんがいなくなってから、ぼーっとしてばっかだよなー。また騙《だま》されたりしないようにしっかりしろよー」

「……そう、だな……ああ、全く、その通りだ……そうか、こいつも……」

子供と会話して、男はようやく気付いたようだ。もし『赤会』にとって都合が悪くなったとき、自分が消されるのなら子供も一緒だと。

……きっと不安定な精神が、子供の声を聞いて戻ったのだろう。

「なあ。しばらくとーちゃんは帰ってこられないかもしれない。それまで、このお姉さんが世話してくれる。どうだ？」

「このねーちゃん？」

シビラはちらと部屋の中を見た後に、しゃがみ込んで両方の握り拳を見せる。

少年はその姿にはっとすると、両手の握り拳をぶつけて……なんだこれは？　両手を上に下に、片手ずつ交互に、最後に両手の平をタッチ。

「ねーちゃん、剣聖様の挨拶できるなんてイケてるな！」

「あんたもその年でマスターしてるなんて、いいセンスしてる！　イケてるわね！」

どうやら部屋の中にある剣聖の何かを見て、それがこの子の好きなものと判断したのだろう。さすがの子供好き。当然のように、この子とも一瞬で距離を詰めたな。

すっかり笑顔で懐かれたシビラが立ち上がり、驚いている男に真剣な顔で問う。

「この子は、『赤い救済の会』とは無関係。赤い神ではなく、太陽の女神に、誓える？」

「ああ、もちろんだ。この子は俺の活動には関係ない」

「分かった。この子はアタシが責任を持って預かります。……大丈夫、また会えます」

シビラは最後に丁寧に言葉を選び、初めて優しく微笑《ほほえ》んだ。

その微笑みは、女神そのもの。

シビラの子供に対しての真摯な姿に、男は心を打たれて初めて涙を流した。

「うっ……俺は、なんということを……」

「弱り目を狙われたあんたを、アタシは責めない。失敗はしてもいいわ。一番駄目なのは、立ち直らないことだから」

男は最後に深く礼をし、俺達は一緒に街の兵士に身柄を預けるところまで見届けた。

兵士に連れられる父親を見た少年は、急な展開に呑《の》まれている。そんな子供の頭を撫《な》でつつ、シビラは笑顔で「大丈夫」と伝える。

俺とシビラと少年の三人で、孤児院を目指す。今日の仕事は終わり……と思っていたが、どうやら隣のコイツの頭の中は、ずっと働きっぱなしだったようだ。

「ラセル。もしかすると、街を覆う体調不良の原因が分かったかもしれない」

「マジかよ、あの話の中にあったのか？」

「予想はしてたけど、どれも決定打に欠けるなって思ってた。さっきヒントがあったわ」

さっきの話の中に、か？　それで唸《うな》っていたわけか。

「これを話す前に、事前の予想をアタシから説明するわね」

シビラはまず指を一つ立てる。

「まず魔法という線はなし。規模が大きすぎるわ」

説明しながら立て続けに二本目、三本目を立てた。

「水も、昨日見た限り水源の魔石含め問題なし。魔道具の一種であるアロマや香料の店もその時に見たけど、一通り試供した限り怪しいものはなかった」

こいつ、俺が白い布を調達している間に、そこまで予想して一人で調べていたのか。

シビラは立てた三本の指を見せながら、四本目も立てる。

「直接の会話や接触といった空気感染。これも子供達が病気になってアタシらがなっていない以上、外れるわね」

「……じゃあ何が原因なんだ」

俺はシビラの指を見つめる。

「ヒントと一致した、この手の病気が蔓延《まんえん》する原因は——」

シビラは最後の親指も立てて手を開き……ぐっと握り込んだ。

「——食べ物よ」

その視線の先には、孤児院があった。

06 街を覆う病魔の原因と、広めていた人物は

少年の事情を説明すると、フレデリカはすぐに少年を受け入れてくれた。

「そう、大変だったのね」

「とーちゃんまたヘマしちゃったみたいだからなー……。でも、俺大人しく待つよ」

「偉いわね～。みんな、仲良くしてあげてね」

フレデリカに撫でられて、少年は恥ずかしそうに頷《うなず》いた。俺やエミーを育ててくれたフレデリカは、子供の世話に関しては経験が豊富である。任せていいだろう。

シビラがフレデリカと一緒に料理をしたいと手を挙げ、アシュリーが慌てた。

「いやいや、お客さんに料理させるとかないですよ！　つーか、狭いんですよここ！　建物はでかいのに！　キッチンは狭い！　ありがち駄目設計ですね！」

「あー、分かるわー。リビング広めで大所帯用なのに、洗ったお皿を置く場所を考えてないとか、そもそも俎板《カッティングボード》を置くことを全く想定していないとか」

「うわー分かります！　まさにそんな建物ですここ！　焼く場所置いただけだろ！っていうアレやコレで、基本一人仕事用！　だから三人とか無理です！」

分かるんだか分からないんだかテンションの高い会話が繰り広げられる。まあ、俺としてはどっちでもいいが。

「じゃ、アタシも見させてもらってもいい？」

「面白いものじゃないですよ？　むしろナイフ持ってても来る悪ガキどもを頼めます？」

「ありゃ、それは確かに厄介ね。分かったわ、じゃあラセルがキッチンにいて」

そうか……ん？　俺がキッチンに残るのか？

「ラセル様も、リビングでおくつろぎください！」

「その『様』っていうのを外したら、リビングに行ってもいいぞ」

「じゃフレデリカさんも気合い入りそうですし、つけたままにしておきますラセル様！」

完全に会話の選択を失敗した。

やれやれ……恐らくシビラが見ておきたいものがあるから、俺か自分のどちらかがキッチンに残るべきと判断したのだろう。

去り際、シビラが俺の肩近くに顔を近づけ、俺以外には聞こえない囁《ささや》き声《ごえ》で呟《つぶや》く。

「――アシュリーに注意して観察」

それだけ言うと、シビラは顔を離した。……アシュリーに、だと？

「じゃーねフレっち、みんなアタシがいい子ちゃんにしておくから、料理は任せるわ」

「分かったわ～、シビラちゃんに任せていれば安心ね！」

フレデリカに手を振ると、早速キッチンに入って来ようとしていた子をくすぐりながら、新たに入ってきた子を手招きする。

「『男は一度打ち合わせれば、友となるのだ』」

「あっ！　それ、剣聖アレク様の……！」

「みんなと木の枝で打ち合うの、どうかしら？　アタシも強いわよ～？」

よほど剣聖が好きなのか、すっかりシビラの誘いに惹《ひ》かれた少年は、目を輝かせながら一緒にキッチンを出て行った。

部屋の中に、俺とシスター達の三人が残る。言ってしまった手前、見守るか。

「ふふふ、すっかりあの子も懐いてるわね。孤児院の先生をずっとやってるけど、シビラちゃんを見ていると……ちょーっと、へこんじゃうわね～」

「エミーも言っていたが、フレデリカから見てもシビラの距離の詰め方は早いか」

「とてつもなく早いわね。ヒントがあればいいんだけど、男女問わず出会った瞬間に、相手の一番好きそうなことを理解して触れてるのよ。あの才能、欲しいわ～」

「やっぱフレデリカさんでも、あれはマジかよってぐらい無理ですよね。いつの間にかみんな『シビラはどこだ』って言ってるんですよ。マジかよって思いました。マジかよ」

三回言った。マジかよ。そんな反応にフレデリカも笑い、野菜を切りながら頷く。

「すごいわよね。どこから分かるのかしら……。アシュリー、塩」

「はい」

二人は会話をしながらも、手際よくミルを渡したりしている。お互いに慣れた様子で、料理の連携も申し分ない。付き合いが長いのだろうな。

俺は後ろでぼんやりと調味料の棚を眺める。

白い粉末状の調味料が入っている瓶が二つ。それから細い葉と、白い実の、ペッパーか……結構調味料は沢山あるよな。この辺りはフレデリカのこだわりだろう。

フレデリカがナイフを使い、アシュリーが白い調味料の瓶を開ける、普通の料理風景。

――この違和感は、何だ。

もしかすると、シビラが俺をここに残した理由がこの違和感なのだろうか。

そのまま見ていると、何事もなく料理は完成した。

「できたわぁ！　今日もたっくさん、みーんなに食べてもらえるように作ったわ」

フレデリカが作った鍋の中身は、おいしそうな肉と野菜が浮かぶ料理。

そうか、新しい子が増えたから料理も多めに作ったのか。剣聖に憧れる元気な少年。間違いなく食べ盛りだろう。

「アシュリーもお疲れ様」

「いやー、やっぱフレデリカさんは最高です。学問メインで、料理の腕も先生並！」

「お勉強はお仕事だけど、料理は好きでやってることだから」

「いい奥さんになりますよ！」

「やだもぉ！　この年齢じゃ、もう女神様に捧《ささ》げちゃった感じよぉ〜」

教会では、シスターの婚姻を禁止しているわけではない。

ジャネットの話によると、男の神を信仰する国ではシスターの純潔を神に捧げるとかで、婚姻はしないという話もあるという。

女神を信仰するこの国では、そういう制約はない。ただし、人生を太陽の女神に捧げて活動することを、『女神に人生を捧げる』と言うこともある。

なあ、太陽の女神よ。これだけ頑張っているフレデリカなんだから、もっといい出会いがあってもいいんじゃないかと思うんだが、どう思う？

「………？　どうした、シビラ」

料理ができたので配膳しつつ隣に座ったシビラが、何故《なぜ》かジト目でこちらを見ていた。

「なーんか、ツッコミ待ちかなって」

「意味が分からんぞ……」

俺はよく分からないシビラに呆《あき》れつつも、フレデリカの料理を口にした。やや薄味で温かく、フレデリカの性格を表すように優しい味わいだった。やってきた子も、フレデリカの料理を美味《うま》そうに口にしている。これなら安心できそうだ。

ただ、料理を味わいながらも、どうしてもシビラが言ったことが気になっていた。

アシュリーは、子供の体調が良くなったのを自分のことのように喜んでいた。あれが嘘《うそ》とは思えないが、シビラは一体何を疑問に思ったのか。だが、同時にシビラがこの局面で間違った判断をするとも思えない。……どうにも、分からないな。

「たっくさん動いて、たっくさん食べたわねー！　お昼もぐっすり眠れば、みんなかっこいい子になるわよ？　女の子はアタシ以上の美人になるかしら？」

「えー、シビラよりびじんとかむりだよー」

「挑む前に諦めちゃ駄目。まあアタシは世界一美人だから超えるとか無理だろうけどね」

「いってることむちゃくちゃじゃーん」

子供に囲まれながら、シビラは子供達《たち》を寝かしつけに向かう。さすがのシビラでも一人だと両手に余るので、残りの子はエミーも手伝った。キッチンに戻るフレデリカに、俺は洗い物を立候補して担当させてもらうことにする。

やることがないから手伝ったに過ぎないが、フレデリカは困ったように声をかける。

「もう、いいのに～」

「やらせてくれ。もうガキのつもりじゃないし、フレデリカとも対等でありたいんだよ」

「なんだか真っ黒になってから、かっこよくなっちゃったね。本当は【聖者】ってだけで、ずーっと私よりも上なのよ？」

「たまたま太陽の女神が、俺になすりつけてきただけだろ。偉くなったつもりはない」

特に、シビラが嫌がった『赤会』のように、肩書きで頭を下げられるのは心底御免だ。そうでなければ、俺自身がシビラの隣に立つ資格を認められないからな。

「ふふふ……本当に、格好いい。表面的な良さってんじゃなくて、芯がいいっていうか」

「褒めても何も出ないぞ」

「洗い物してくれる男の人ってだけで、十分報酬としてはもらいすぎよ。男の人で料理しても、作るだけ作って鍋は置きっぱなしにしちゃう人も結構いるんだから」

そういうものなのか？　俺は結局料理を作れるようにならなかったので、その辺の感覚はよく分からんな。だが、料理を作るフレデリカが喜んでくれるのなら悪い気はしない。

……そういえば、こういう時に賑《にぎ》やかなヤツが静かだな？　と思い、後ろを振り返る。

そこには、珍しく表情を消して俺のことをじっと見ているアシュリーがいた。

「ほんと、本当に……本当にラセル様って、本物のかっこいい男ですね～……」

「アシュリーも、褒めても何も出ないぞ。あと様はいらん。全く、かっこいい男に本物とか偽物とか、いちいち言う必要あるのか？」

「――必要ですよ、偽物はいますから」

何故か、明確に断言した。その声色が、あまりにも普段と違い淡々としていて……。

「どうしたんだ、一体……？」

「……あ、あっ！　ああいえ！　何でもないです！　はは……。いやー、フレデリカさんがいい奥さんになるのなら、ラセル様はいい旦那さんになりますね！」

慌てたアシュリーは、本当に何気なく、俺達を見て思ったままに言ったに過ぎないのだろう。だが、その二つを並べたような言い方からは……どうしても、別の想像をしてしまう。

「……」

フレデリカが、恥ずかしそうに上目遣いでちらちら見ながら、その聖職者にしては目の毒になるものを両腕で抱き寄せる。俺は昔からの癖で、目を逸《そ》らす。……決してアシュリーに言われたことを意識したから目を逸らしたわけではないからな。

俺達の様子を見て、自分の言ったことにようやく気付いたアシュリーが慌てて弁解する。

「……あっ……あ、ああーっ……！　す、すみません、そんなつもりじゃ」

「も、もうっ、駄目よ？　私がよくても、ラセルちゃんは嫌がるじゃないの」

「そんなに狭量に育ててもらったつもりはないぞ。あと洗い終わったからな」

「あっ……えっと、ありがとう。ラセルちゃんって、器用で手早いわよね。料理も習ってみる？　一緒にキッチン立ってみたり」

俺は、黙って首を振った。昔はそれも憧れたが、エミーのことを考えると、な。俺自身、過保護であれそれがどれだけ大事に思われているかということを意識している。

フレデリカも、ダメ元で聞いてみたつもりなのだろう。少し寂しそうに一歩引いた。

「……ええ？　ラセル様、そこは頷きましょうよ〜」

アシュリーは事情を知らないだろうから、無視。

ただ、エミーは最近、内面も変わった。もしかすると今のエミーなら、俺がナイフを持つことも受け入れてくれるかもな。

寝室に戻ると、シビラとエミーが既にくつろいでいた。

「あっ、ラセルおつかれー。洗い物してたんだね」

「俺だけ何もしてなかったからな。二人も元気なガキどもの相手は大変だっただろう」

「んーん、昼寝も寝付きのいい子ばかりで助かったわ。きちんと育てられているのね」

シビラが子供達のことを褒めながら話す時は、お調子者の顔から、穏やかな母親のようなな……それこそ女神のような表情になっている……と思っていた。

「どうした、シビラ」

違和感に気付かない方が無理、というものだ。

シビラは子供のことを語りながら、ずっと眉間に皺《しわ》を寄せていたのだ。

有り得ない。こいつの性格を知っていると、今の会話でする表情とはとても思えない。

「エミーちゃん、何か変なことはなかった？」

「えっ？　えーっと、二人が留守の間はフレデリカさんが料理を作って、今日も同じだったよ。アシュリーさんは買い出し」

「食材を買いに行ったのがアシュリーなのね。特に変な様子はなかった？」

「うーん……なかったかなあ。帰りが結構遅かったたってことぐらいかな？　あと、買ってきたのは、豆と野菜とお肉ですね。多分砂糖と塩も買ってたかも」

話を聞く限り、おかしいところはない。

「なあ、さっきから何なんだ？　寝付きが良くて、アドリアのガキ共に比べて良かったな、ぐらいの感想だろうが」

しかし、返ってきたシビラの言葉に、こいつが何に苛《いら》ついているかすぐに理解した。

「ラセル。もう一度……もう一度、キュア・リンクをこの建物に」

「まさか……《キュア・リンク》！」

自分の体調に、大きな変化は感じられない。エミーも驚きつつも、こちらを見て首を傾《かし》げている。だが、シビラは気付いていたのだ。俺は声量を抑えて聞く。

「今日の料理にも、体調不良の原因が入っていたのか？」

「ええ。子供達は食べ盛りで体が小さい、故に少し影響が大きめに出るのね」

シビラの言葉に、エミーが手を挙げた。

「私、ぜんぜん分かんなかったんですけど……」

「エミーちゃんは、体というか、体内の魔力ができてるのよ。それでも戦いに出たら、もしかすると影響があったかもしれない。命の取り合いで、その差は大きいわ」

その言葉が意味する結果に、エミーも息を呑《の》む。

「……つまり、シビラは今日の料理にも毒が入っていることに気付き、その原因が何かは未《いま》だに摑《つか》めていないんだな」

「腹立たしいことにね。次、ラセルが気付いたことはある？」

「そうだな……」

俺は先ほど、フレデリカとアシュリーの調理風景に、違和感を覚えたことを話した。

「何故自分がそう思ったのかは分からない」

シビラは目を閉じて指を立て、キッチンにあったものの名前を一つずつ挙げていく。

「砂糖、塩、ペッパー、ローズマリー、クローブ、クミン、シナモン、乾燥して細かくしたのはバジルかタラゴンか……昨日のジェノベーゼから察するにバジルかしら？ 凄《すご》いコレクションよね、フレっちが孤児のために、あそこまで揃《そろ》えていることに驚きよ」

俺は、料理に参加してないのに棚のものを全部記憶してるお前に驚きだよ。

並んだ単語を聞いても首を傾げているエミーなんて、そもそもハーブやスパイスの名前かさえ理解してなさそうだぞ。

「なるほどな。買ってきたもの以外だと、使ったものはそれぐらいか」

「そういうことになるわね」

ならば、そこに俺が覚えた違和感の正体があるのだろうか。

フレデリカは、いつも通り料理した。故郷アドリアで見た時と同じ、手慣れた様子で食材を切りながら、調味料を加えていたように思う。

アシュリーはというと、こちらも十二分に手慣れた様子だった。ただフレデリカの調味料には、今回だけかあまり触れていなかったな。

唯一使ったものと言えば、砂糖か塩だろう。どこも、おかしいところはないはずだ。

――いや、違う。違和感は間違いなくここにある。

フレデリカが食材を切って、味を調えて、アシュリーが鍋の前で……。

「……そうか、そういうことなのか」

「何か分かった？　勝手に納得してないでちゃんと説明しないと駄目よ」

「普段説明する前に一人で納得しているヤツがよく言えたものだな、叩《はた》くぞ」

軽口はこの辺にして、本題にすぐに入るとしよう。

「塩だ」

「……塩？」

「ああ。俺は長い間世話になってきたフレデリカの背中を見ていたからな。一連の手順を思い出して、ようやく違和感に気付いた」

今日も使った、あの道具独特の小気味良い音を思い出しつつ、シビラに説明する。

「ピンクの岩塩をミルで挽《ひ》く、それがフレデリカのこだわりだ。アドリアの孤児院でも、ここでもそうだった。彼女の味付けの経験が、そのミルに詰まっている」

「そうね。塩って足りないと味が締まらないのに、多過ぎても微妙な味になる。その味は本当に僅かな量で変わるから、塩の分量を使い慣れた道具で調整することは大事よ」

「その調味後の鍋に、アシュリーは白い粉を入れた。結構な量、な」

「――ッ!?」

その行動の異常性に、シビラはすぐに気付いて息を吞んだ。

そうだ、完全に先入観に囚《とら》われていた。シビラも白い調味料が二つ並んでいるのを見て、無意識に砂糖と塩だと思い込んでいた。最初から、そこが間違いだったのだ。

フレデリカが普段使っている岩塩と他の調味料のセットを用意しているのなら、あそこに白い粉が二種類あるのはおかしい。

今日の味付けは、どう考えても砂糖や塩が大量に使われた味ではなかった。そこから導き出される疑問は一つ――アシュリーは一体、何を入れたんだ?

「シビラ、行くぞ。あの調味料が一体何であるかは、お前の知識に判別を任せたい」

「分かったわ。エミーちゃんは引き続き、フレっちのそばにいて」

計画を立てて一階に降りると、フレデリカは既に晩ご飯の仕込みを済ませて本を読んでいた。下味は漬け込みのように見える。ならば、調味料をすぐに触ることはなさそうだ。

「アシュリーなら、買い出しに行ってるわよ」

フレデリカによると、アシュリーは暫《しばら》く留守か。それは都合がいいな。

俺とシビラは目を合わせて頷《うなず》くと、調味料棚の瓶を二つ取る。エミーはフレデリカの隣で一緒に本を読み始め、シビラが部屋に……ではなく、外に出たところで俺も後を追う。

昼近くでも人の声がしない街。シビラは、孤児院の裏庭に来ていた。

「綺麗事《きれいごと》は抜きで、全ての生き物は命を食べ、命を生んで、命を繋《つな》げて生涯を走り抜ける。だからアタシは、食べ物を無駄にするのって本当に嫌なのよ」

命を繋ぐ、か。シビラはそういうものを、ずっと見てきたのだろう。

シビラは二つの瓶を見る。どちらも白い粉だ。一つを開けて、傾けて舐《な》める。

「予想通り、少し湿り気を感じるこちらが砂糖ね」

さらさらとしている粉の方を見る。見た限り、塩にしか見えない。

「ラセル。キュアを準備して」

「言われるまでもない」

この街に住む者の体調不良の原因となるものが、その手元にあるのだ。

シビラは瓶を開け、粉を出す。匂いを嗅ぐが、無臭のようだ。

恐る恐る……口に入れる。その瞬間、目を見開いて手の平を横に払った！

「《キュア》！」

その尋常ならざる反応に、俺は反射的に治療魔法を使った。粉の汚れもなくなり、シビラは元通りになった……はずだ。

「大丈夫か？」

シビラは無言で頷く。その反応は、明らかにそれが何であるか知っているようだ。

「なあ、その瓶の中は何なんだ？」

「……かつて、一世を風靡《ふうび》した調味料があったの。その名は、味覚覚醒粉《みかくかくせいこ》」

味覚、覚醒粉。名前だけ聞くと、やや薬じみていて不自然だが、ただの調味料だな。

「赤い実から採れる白い粉は、味を良くするの。……だけど、この粉には副作用があった。倦怠感《けんたいかん》による無気力症。最初アシュリーがやつれていたのも、これが原因の一つ」

「完全にこの街の体調不良の原因じゃねーか。……そういえば何故《なぜ》『食べ物』に思い当たった？」

「あの男が、『赤会』が街の食料品の管理もしていると話していたからよ」

街の食料品全てに影響を出すもの。特に連中はそれを重要視しており、『神の味』という曖昧な名称を広めることに注力していると言っていた。

「液体《シロップ》とか特産品とかオークの肉とか、この辺りだけの何かが原因だと思っていたけど、まさかここにきて味覚覚醒粉《こんなもの》とはね……それに、ラセルも気付いていると思うけど……」

シビラは孤児院へと戻る。その顔は、この事件に対する複雑な感情を表していた。

「……ラセル。晩を待つわ」

「ああ」

シビラの方針に頷く。一通りの流れを見て、これから何が起こるかを予想しながら。

つまり……そういうことなのだろう。


日が傾いて、茜色《あかねいろ》の空が街を包む。……暖かい色だ。

エミーには、俺達《たち》が外にいることを伝えてある。

シビラと二人で、黙って孤児院の裏庭に来ていた。まだ周りには、誰も居ない。シビラが『索敵魔法』を怠っているとは思えないからな。

……街の食料品に、体調不良を引き起こす調味料を混入する。その話の中で現れた疑問は、あの剣聖に憧れる少年の父親が、原料である味覚覚醒粉のことを知らなかったことだ。

だから思い至らなかった。あの父親も、流通された食べ物を買って体調不良を起こしていたに過ぎない。

じゃあ、何故ここに原因へと一発で至るような調味料があるのか。

あの『赤会』の父親の親になくて、この孤児院にあるもの。消去法で、すぐに思い至る。

『赤会』の中でも高い立場の者でなければ、味覚覚醒粉そのものを手にすることはできないようになっているのだ。

味覚覚醒粉がここにある理由は、一つしかない。

……俺はずっと、孤児院に背を向けて空を見ている。赤い、赤い空を。

ふとシビラが、俺に小さく声をかけた。

「六時」

そう呟《つぶや》いた瞬間……背後から魔法が発動した音が響く！

「ぎッ……！」

「《ストーンウォール》」

「がはっ！」

シビラが魔法を使ったと同時に、その石の壁に背中を強打して膝を突く影。

その首筋に、俺は剣の先を突きつける。

「……やっぱ駄目だったかぁ。どー考えても、聖者と聖騎士を従えてるような人が只者《ただもの》なわけないもん。……ああ、でもこうなると……あの子は……」

そこには、シスター服をボロボロにしたアシュリー。

修道女の黒い布の下には、赤い布が見える。

彼女の足元には……刃先の長い、明らかに暗殺用のナイフが転がっていた。

07 アシュリーの真実。そして街に宵闇が降りる

俺の目の前には、あってほしくなかった姿。『赤い救済の会』のアシュリーがいた。

『味覚覚醒粉』がこの街の体調不良の原因になっていた。それを『赤い救済の会』が配った結果、孤児院の子供も、その症状に侵されていた。

……分かっていたんだ。だが、どこかで間違いであってくれればと思っていた。

明るいアシュリーが、『赤い救済の会』の人間だったなど。

「……なんで分かったか、聞いてもいいですか？」

「そうね。お顔が綺麗《きれい》になった時に、随分と音を立てて鏡を見に行ったじゃない？　その時は結構派手に音が鳴る床だなーと思ったわ」

初日に出会ったばかりの時の、どたどた走る姿を思い出す。

「でも、それ以外の時……妙にあんたの足音は小さいのよね。それが生来の癖か、職業《ジョブ》による特性か、もしくは……お仕事のためかは分からないけど」

「お見通しですか……」

「無論。慣れた【アサシン】なら攻撃を受ければ、距離を詰めるか離れるか一瞬で選ぶ」

「……ええ。私が距離を詰めて刺すつもりだったのなら、後ろに魔法は危ない判断ですよ」

シビラが返事の代わりに、俺の服を手の甲で叩《たた》く。

「ラセルのローブの下は、ファイアドラゴンの鱗《うろこ》から作った鎧《よろい》。アタシのも大差ないわ」

「インナーがドラゴンメイルって……マジかぁ、こりゃ勝てないわ……」

アシュリーはそれを知ると、がっくりと項垂《うなだ》れた。だが、こっちの用事は済んでいない。

「さて」

シビラは座り込んで、アシュリーの近くに顔を寄せる。直後に石の壁が左右から現れ、俺達の姿を隠すように並んだ。無詠唱のストーンウォールだな。

「どういうことか教えてもらってもいいかしら。ま、大体予想はつくけど」

「……」

こんな時でも、シビラはいつも通りに見える。やはりこういうことも、シビラにとってはよくあることなのだろうか。

俺にはどうしても折り合いが付きそうにないな。

「あの粉を使った料理は味も良くなるし、配られたら使っちゃうわよね。でもあれが体調が悪くなる『味覚覚醒粉』という、大昔に禁止された薬物調味料って知ってたかしら？」

「――ッ!?　そ、そんな……！」

「結構。まあ分かっていて使ってたのならアタシももう会話なんてしたくなかったわ。……でも、どうしてよ」

シビラは低い声を絞り出しながら、顔を近づける。

「あの子たちは、よく育っていた。丁寧に育てられていると分かるわ」

アシュリーの破れた服、首元から見える赤い布を握りしめて自分に寄せた。

「……どうしてよ。あんないい子たちがいて、みんな仲良く暮らしていて、どうして『赤会』なんてものに入っているのよ……ッ！」

その憤怒に燃える目を見て、俺は自分の目の節穴具合を呪った。

シビラが、冷静だと？

そんなはずがない。ずっとこいつを見てきた俺なら、分かってただろうが。

だから――アシュリーの次の言葉に、俺ですら一気に頭に血が上った。

「あの子らは、私の本当の子供じゃないし」

その言葉の意味。シビラはアシュリーに向かって、拳を振り上げた！

……が、殴るかと思ったその拳を、シビラは高い位置で止めて表情を消す。

「どうしたんですか？　早く殴ってくださいよ。最低なこの私を」

「……」

「何なんです？　暴力では解決しない？　私はあなたのことを殺すつもりで――」

「本当の子供」

「――っ！」

シビラは、一つの言葉を放った。その瞬間、アシュリーの雰囲気が大きく変化する。

「アタシは、ラセルのことを尊敬していたあんたが演技だとは思わない。あの時確かにあんたはラセルに感謝していたし、真剣に崇《あが》めていた。そうよね」

「……当たり前じゃないですか」

「その仲間のアタシが狙いだと思うけど、あんたは刺し殺そうとした。自分の信仰する『赤い救済の会』の命令だから」

シビラは、俺に確認を取るようにこちらを見た。だが、直後シビラは首を横に振る。

「っていうのは、理由の半分……いえ、もしかしたらゼロかもね」

「どういうことだ、シビラ」

「ところでラセル、アシュリーは年上お姉さんだけど美人よね。声もとっても綺麗」

おいおい唐突女神よ、このタイミングと空気で一体何の話を振ってくるんだ。

どんな意図があると……意図？

「綺麗な髪をしてると思わない？　ちょうど、『赤会』好みの」

「……。……おい、まさか……」

「ええ。最近、アシュリーと特徴が瓜二《うりふた》つで、親の顔を知らない子に会ったわよね」

シビラが言い放った瞬間、アシュリーは地面に落ちたナイフに手を伸ばそうとしたが、先にシビラのブーツがナイフを弾《はじ》いた。

「条件、なのよね。本当の子供に関する何かの」

「シビラさん、ほんとあなた何者なんですか……」

「女神よ」

「……今ならそんな冗談も、本気にしてしまいそうです」

『赤会』のやり方、その心の取り入り方。……今日、同じ事があったばかりだ。

「弱っているところをやられる、か」

「あら、ラセルも分かった？」

「シビラの命で司祭の何かが報酬になっている、ってことなんだろ？　とはいえ、赤い髪の人間は他にもいる。何か決定的な理由でもあったのか？」

「ま、ぶっちゃけて言うと留守中勝手に部屋を漁《あさ》って見つけちゃったのよ、司祭ちゃんの『姿留《とど》め』。この辺りだと比較的安価で昔から作られているし、アシュリーの子供の頃のものも見たわ。あれで髪型まで一緒だと、アシュリーと見分けがつかないぐらい母親似ね」

そりゃ、ほぼ確定と見て間違いないな。

アシュリーは、諦めたようにぽつぽつ話し始めた。

「結婚相手は、かっこいい人だと思っていました。冒険者仕事をこなす、誠実な人だと。可愛《かわい》いって自覚もあって、愛されていると思ってました。……違った、全然違った」

話しながら、段々と怒りに顔を染めて地面を叩く。

「あの人は、私の顔も身体《からだ》も内面も声も、何も認識していなかった。あの男が見ていたのは、ただ一つ……私の髪の色だけだった。そんなことも分からないまま、呑気《のんき》に私は一人の子供を産んだ。とびっきりの、私にそっくりな娘を」

……残酷な話だ。

僅かな時間しか一緒にいないが、アシュリーは明るく器量もいい、十二分に魅力的な女性だと思う。引く手数多《あまた》だろう。そのうちの幸運な男が、アシュリーの結婚相手であった。

その相手が、髪の色しか見ていない。

赤ってのは、他人を蔑《ないがし》ろにしてまで重要視するほど、そんなに上等なのか。神の意志なら、そんなことも認めてしまうっていうのかよ。

「娘ができて、すぐにあの人はいなくなった。後から知らされた、『赤い救済の会』の司教だって。大司教の命令で、私に接近したんだって」

「それで、アシュリーは」

「ええ。『赤い救済の会』に入ることを条件に、マイラを近くで見る権利を与えられた」

マイラ、というのがあの司祭の女の子の名前なのだな。

「更に特別任務の報酬もあって、成功すると『姿留め』と『音留め』がもらえるの」

目で見たように光景をそのまま紙面に残すのが『姿留め』なら、『音留め』はその名前の通り、音を留める魔道具だ。魔力を込めて操作すれば、いつでもその時喋《しゃべ》った声を再生できる。姿留め以上の高級品で、庶民には手が出せない。

……なるほど、遠くから見ることしかできない母親にとっては、喉から手が出る報酬だ。

「ふうん……じゃあ、今回の報酬も『姿留め』か何かかしら」

シビラの何気ない言葉に、今度はアシュリーが激昂《げきこう》した。

「その程度でシビラさんを殺して、ラセル様にご迷惑をかけるようなことはしません！」

「でしょうね、多分アタシを殺した報酬が『解放』とかなんじゃない？」

「……。な、んで、そこまで」

シビラは全てを予想していたように畳みかけ、アシュリーは気勢を削《そ》がれ絶句する。

「あんたが【アサシン】だったとしても、殺し慣れているとも殺しているとも思わないわ。でも……それを決意させるほどの報酬は、解放ぐらいでしょうね」

「もう、隠す気力も湧きませんよ……。そうです、大司教様は『司祭の役目からの解放』と仰《おつしや》っていました。マイラの解放、私の唯一の目的です」

説明を聞きながら、俺も頭の中で整理する。

まず『赤い救済の会』が、『姿留め』を報酬にしてアシュリーに命令を出している。

今回の報酬は、娘のマイラの司祭からの解放。

だが、俺でも……今の話がどうしようもないぐらいクソ適当なことは分かる。

「シビラ。俺は『解放』されるか疑問だ。有り得ないだろ、連中に限って」

シビラに話しかけると、返事の代わりに小さな呟《つぶや》きが聞こえてきた。

「……弱みや、心の弱り目を突くことで、勢力を拡大した『赤い救済の会』。そのやり方は徹底していて、正に詐欺集団。自分たちにデメリットのある報酬は、出さないわ」

シビラは、『赤会』のことを改めて話し始める。それは、自分に言い聞かせるように。

同時に、アシュリーに言い聞かせるように。……嫌な予感がする。

「解放。『司祭の役目からの解放』と言ったのね」

「……そう、です」

シビラはアシュリーの言葉に、何かを堪えるように自分で作った石の壁を強く叩いた。

変化した空気にアシュリーは無論のこと、俺も緊張する。

孤児院の子らを『本当の子供じゃない』と言われても、それどころか自分が殺されそうになっても、手を出さなかったシビラ。そのシビラが、これほど怒りを露《あら》わにした理由。

「心の弱り目、魅惑的な提案。当事者だから、冷静な判断ができないのは仕方ない。……仕方ないけど、あんたがそれで自分以外の人を危険に陥れるというのなら、話は別」

「な、なにを……」

「ましてや、それが自分の全てを捨ててでも守りたいほど一番大切なものだったとしたら、アタシは尚更《なおさら》あんたを許せない」

一番大切なもの、という単語にアシュリーは目を見開く。

俺も、これから一体何を言うのか、予想がついてしまった。

「クソ宗教の定番なのよ。『解放』という単語を『生贄《いけにえ》』の隠語として使うのはね！」

生贄……！

シビラは、あの『赤会』の大司教が、司祭の子を生贄として処分すると……それを『解放』と称して、アシュリーに……母親に人殺しを強要していると、そう推測したのか！

どこまでも汚いやり方。あまりにも残酷すぎる事実。

アシュリーは、顔を絶望の色に染めながら、ガタガタと震えだした。

「……じゃあ……私が、もし今日、シビラさんを殺していたら……！」

「『赤会』の連中があんたを不意打ちで暗殺して、マイラちゃんも殺しておしまい。この街の郵便は『赤会』によって管理されていた。連絡を遅らせれば、証拠隠滅できるわ」

「郵便……？」

「郵便ギルドの上の階、部屋真っ赤よ。救援が来ない理由は、依頼書を握りつぶしていたから。今朝アタシらはそれを突き止めてきたところ。これが郵便ギルドの裏にあったわ」

シビラのアイコンタクトを受け、俺は今朝拾ってきた冒険者ギルドの救援依頼を見せる。

「まあ、つまりは」

シビラは、残酷に……しかし憐憫《れんびん》の情を隠しきれない目で、アシュリーに宣告した。

「あんたは、親子共々あのクソ大司教の道具だったってこと」

アシュリーは……ぼろぼろと涙をこぼしながら、自分の顔を手の平で覆った。

「……うっ、ううっ……ひどいよ……あんまりだよ……。私が……私が何をしたって言うの……。ずっと、真面目なシスターで……毎日他人の子供のために頑張って……それでも、いつかマイラを取り戻せたらって、思ったのに……！」

あまりに悲痛な声。何が悪かったのか……そんなの、何も悪くなかったに決まっている。

アシュリーが普通の女性で、人より頑張りすぎるシスターだということぐらい、近くで見ていれば俺でも僅かな時間で十分すぎるほど分かるからな。

そんなアシュリーが、ここまで残酷な目に遭い続けている理由。

髪が、赤かった。それだけだ。

……あまりに惨《むご》い。『赤い救済の会』は、本人が赤いからといって、幸せにしてくれる宗教ではないのだ。

「――アシュリー」

シビラが、強くその名を呼んだ。まだ涙を流しながらも、アシュリーはシビラの決意を秘めたような声に反応する。

「アタシがマイラを助けると言ったら、アシュリーはどこまで協力する？」

それは、今の状況を考えれば、あまりに望みの薄い話。

成功しても、失敗しても、司祭のマイラは生贄として使われるという絶体絶命の状況。

――だが、それを言ったのが、このシビラならば。

「どんな協力でも、命を捧《ささ》げてもいいです。もう死んでもいいです、あの子が無事なら」

アシュリーは迷いなく答えた。それに対して、シビラは首を振る。

「それでは駄目。あなたにとっては他人でも、孤児院の子供達《たち》は、あなたのことを本当の母親のように思っている。そんなことぐらいアタシでなくても分かるわ」

「……ッ！」

「マイラを、孤児院の子と一緒に紙芝居を見ながら揚げ菓子を待つような、贔屓《ひいき》なしの『対等な友達』にすること。協力の条件はそれよ。だから、死ぬことは許さないわ」

アシュリーは、そのあまりに優しい『協力条件』に再び滂沱《ぼうだ》の涙を溢《あふ》れさせながらも、目を開いてしっかりと頷《うなず》く。シビラも、その真摯な顔を見て頷き返した。

「よろしい。では――」

夕日は沈み、この街に巣くう邪教の色をひととき消す。

世界は、静かに夜を迎えようとしていた。

街の全てを、塗り潰したかのような赤。

その空も、必ず夜には上書きされる。

それは、約束された必然。

この街を引っ繰り返す、青い幕が降りる。


宵闇の時間だ。


シビラは、黒い羽を顕現させた。

「——その願い、『宵闇の女神』シビラが引き受ける」

唖然《あぜん》とする敬虔《けいけん》なシスターに、知略の女神は勝利を約束した。

「おかえり、アシュリー。用事は済んだの？」

「はい、フレデリカさん。ちょーっと肌のお手入れをしてもらってまして」

「えっ!?　ねえラセルちゃん、私もお願いしてもいいかな？」

俺はアシュリーの言葉に反応したフレデリカに、苦笑しつつ回復魔法を使う。

「そういえばアシュリーちゃん、あの調味料？　なくなってたけどどうしたのかしら？」

「あー……あれは……そう、塩みたいなやつです。でも、えっと、やっぱフレデリカさんと同じように、岩塩を挽《ひ》く方が気持ち良くていいかなーって思って」

「まあ！　同じ道具に共感してくれて嬉《うれ》しいわ」

フレデリカに隠し事がなくなったアシュリーは、しどろもどろに誤魔化しながらも、以前より少し明るくなっているように感じられた。


二人が料理を始めるのを見届けた俺達は、エミーにもアシュリーの事情を説明する。

次々飛躍する展開に表情をころころと変えながらも、エミーは最後まで真剣に聞いた。

その次に、今後のアシュリーと俺達について説明する。

「大前提として、人質事件というのはなかなか成功しにくいものなのよ」

「どうしてなんです？」

「言うことを聞いてもらうためには、人質が生きている必要がある。死んでいる人質のために、何かをしようと思うことはないわよね」

人質が生きているかどうか分からない状態で、命令を聞く気にはならない。

その性質を利用し、シビラはアシュリーが『代用不可な有能人材』と認識されるように、自分の職業《ジョブ》などの情報を流した。

「他にも、『シビラと一緒にいる【聖者】は、睡眠を必要としない【聖騎士】が守っている』とか、『二人からの信頼を得ているのは自分《アシュリー》だけ』とか、沢山情報をねじ込んだわ」

「えっ、私全く寝ないんですか？」

「もちろん嘘《うそ》よ」

段々慣れてきたのかエミーも「ですよねー」と苦笑する。

「人質は、相手を縛っているようで、相手に縛られてるも同然。今は身動きが取れない、ということを『赤会』の連中は下手に頭がいいから理解している」

結果、アシュリーの協力を維持するために、マイラを殺すわけにはいかない。人質という手段を取り、生贄という部分まで見抜かれてしまったが故の、『赤会』の決定的なミス。

その上で……相手にするのが、このシビラの策だ。

「手持ちの札で『アシュリーが一番優秀だ』と連中に思わせることが、最初の作戦。その上で更に、アタシ達がしばらく滞在することも伝えた」

つまり、滞在期間が長くなることにより、相手側にとってもかなりの余裕ができる形だ。

下手に場を動かして失敗するより、情報収集がうまくいっているうちは経過を見守る、という方針に……こちらの意図で相手の思考を操作する。

もちろん言うまでもなく、滞在期間の情報も確定しているわけではない。だが、その情報を信じる以外に他はない。アシュリーしか、連中は頼れないから。

これで、大司教が取れる手段はない。全てはシビラの手の平の上だ。

「何をすればいい。俺もあの大司教は、一発ぶん殴らないと気が済まない」

「私もです。話を聞くほど、アシュリーさんがかわいそうで……。マイラちゃんは絶対に母親と一緒の方がいいです、こんなに近くにいるんだから」

目の前に、ずっと見守り続けている母親《アシュリー》がいる。それをマイラは知らないまま、あんなふうに祀《まつ》り上げられて……。ちょうど、俺とヴィンスの中にエミーが交ざって剣を打ち合い、ジャネットの読む本がまだ子供用のものだったぐらいの年齢。

遊ぶ、という概念そのものがないような生活。それどころか、自分と同じ年齢の子供が、どんな日常を送っているかすら知らないかもしれない。

……許せるかよ。あんな横暴を見逃すほど、俺は穏やかじゃないぞ。

シビラは、俺達の心情を感じ取って頷く。

「既に、仕込みはしてあるわ。作戦は明日の動向を見て伝える。いいわね」

「了解だ」

「分かりました」

俺はシビラの指示を待ち、フレデリカとアシュリーの料理ができ上がった声を聞き、食卓へと降りた。

並ぶ料理は、どれもおいしそうだ。今日は、あの粉を使っているわけではないんだな。

アシュリーは俺と目を合わせると、黙って頷いた。

「あら？　アシュリーとラセルちゃん、まさか……」

「違いますよフレデリカさん！　何でもないです、本当にラセル様には負い目ばかりで」

「もう、ちょっとからかっただけじゃないの。そんなに慌てると、却《かえ》って怪しいわよ？」

アシュリーの違和感にフレデリカも気付いているようだが、軽く流してくれたようだ。

フレデリカは、何も知らなくていい。お前はただでさえ、子供達のために頑張りすぎているんだ。だから、フレデリカができないことは俺達に任せてくれ。

「……」

決意を固める俺を、フレデリカは感情が読み取りづらい目でじっと見つめていた。

08 マデーラダンジョンの攻略開始

シビラが次に提案した場所は、マデーラダンジョン。

最初にシビラと冒険者ギルドに来た時『地元の冒険者で処理している』と告げられた、平野に溢《あふ》れるオークとは関係のないはずのゴブリンのダンジョンである。

俺は、そのダンジョン内に入りながらシビラに疑問をぶつける。

「何故《なぜ》このダンジョンを攻略するんだ？」

「理由は二つ。一つは、ラセルのレベルを確実に上げておきたいこと。エミーちゃんのも上げておきたいけど、ある程度は強くなったわね」

「え？」

シビラはエミーのタグを手に取り、その情報を出現させる。

『アドリア』──エミー【聖騎士】レベル2。

「こ、これかなり弱いと思うんですけどぉ……」

自分のレベルを見て、エミーは改めて大幅に下がったことを認識する。

以前はレベル25と、相当高かったはずだ。

最上位職ではあるが、俺から見ても到底十分とは思えない数字……と思ったのも束《つか》の間《ま》。

シビラは、タグに触れながらもう一度エミーの情報を出した。

『アドリア』――エミー【宵闇の騎士】レベル6。

そこには、エミーの本当のレベルが表示されていた。

セイリスの魔王討伐で新たに得た、俺と同じ、『宵闇の誓約』の職業《ジョブ》だ。

「……あ、あれ？」

「宵闇の職業《ジョブ》は、そう簡単にレベルが上がるものではないわ。それでも6まで上がった上に、吸収余剰分の経験値で聖騎士のレベルも上がってる。将来的に、かなり強くなるわ」

エミーは自分の【宵闇の騎士】のレベルを見て驚く。

「……っておい、自分で確認してなかったのか？　そういうところ抜けてるよなあ」

「あはは、ほんと今知った……レベル上がってたんだね。でも、いつの間に？」

「もう！　エミーちゃんってば、ほんとラセルのこと以外は眼中にないんだから。とびっきりのがあったじゃない。『マンイーター・ドラゴンフライ』を、しかも二体」

「あ」

セイリスの魔王が、砂浜で呼んだフロアボスの名だ。素早い動きで翻弄してくる相手に対し、エミーはその場で【宵闇の騎士】という職業《ジョブ》を選んだ。

だから、経験値は二体とも倒したエミーのもの。その結果がこのレベルだ。

ふと、俺は気になったことを口にする。

「アドリアの魔王は自爆してしまったから、経験値が手に入らなくて惜しかったな」

「魔王に経験値はないわよ」

……そうなのか？　一番ありそうな気がするが……。

「だってホラ、あんたセイリスの魔王を倒した時にレベル上がってないじゃない」

シビラに言われて、そういえば上がらなかったなと思い出した。あれはレベルアップには足りなかったわけではなく、経験値そのものが入らなかったのか。

「ふうん、何故だろうな」

「何故かしらね」

答えを知っているのか知らないのか、あまり興味なさそうにシビラが先に進む。

……まあ、今はその理由を気にする必要はないか。

「そういえば、理由のもう一つは何だ？」

シビラは、ぼんやりと薄暗く見えないダンジョンの奥を見ながら理由を話した。

「オークの出現場所じゃないとしても、ここはマデーラのダンジョン。『赤会』が何かしてる可能性が僅かでもあるなら、先に見ておくべきと思ったのよ」

なるほど、そりゃごもっともだ。

ダンジョンの奥から、ゴブリンが現れる。紫色の弱い個体だ。

対処は闇の飛沫《しぶき》が広範囲に広がる、相手に当たれば何とでもなるという魔法を選んだ。

《ダークスプラッシュ》

「相も変わらずラセルと一緒に潜ってると、アタシの常識、全部ぶん投げたくなるわね」

「そんなに変な選択でもないだろ、いちいち狙うのも面倒だからな」

「確かにそーだけどさ。ゴブリン相手にスプラッシュ、アリを潰すためにハンマーを用意する、ってぐらいには過剰な使い方よ。でも確かに楽なのよね、消費魔力に目を瞑《つぶ》れば」

闇魔法の消費魔力が高いことは、何度見てもシビラにとって驚くものなのだろうな。

無駄遣いして魔力が枯渇するのなら節約はするが、俺の場合は全くなくなる気がしないので、このまま行かせてもらおう。

「エミーちゃんは真似《まね》しちゃ駄目よ」

「そもそも闇魔法自体使えないんですけどぉ……」

そんな会話を聞きながら、俺はゴブリンどもをダークスプラッシュで倒していく。

「今日は、フレデリカを一人にしても大丈夫なのか？」

「アシュリーが、戦闘力の高い味方として確定したから大丈夫。アシュリーが優秀と思われているうちは、フレっちも下手に暗殺できないのよ」

昨日聞いた話から察するに、『アシュリーが従順なうちは、心証が悪くなり敵対しそうな手段は取らない』という意味だろう。更に、フレデリカはアシュリーにとって、娘のマイラ同様に大切な存在。それは『赤会』も分かっているはず。

故に、フレデリカに手を出せばアシュリーが協力しなくなる可能性がある。

『赤会』にとって一番の目標が『シビラ暗殺』なら、成功率が一番高いと思っているアシュリーの信頼を失う真似はできない。

それにしても、自分をその殺害対象として固定しながら策を進めるんだから、こいつは肝が据わっているよな。

……いや、案外これでも狙われること自体は怖いと思っているのかもしれない。

確か、アドリアのダンジョンに入った時もそうだった。危機感がないわけではない。常に、最良の選択ができるように動いているのだろう。

話しながら、ダンジョンを攻略する。第二層以降も簡単で、敵はゴブリンしかいない。

「こんなものなのか？」

「こんなものよ。一般的な低難易度ダンジョンは、想像から外れないものなの。ちょっとずつ強くなるから、ギリギリより前に撤退するようギルドでも勧めているわ」

ならば、このダンジョンはこの先もこの程度というわけか。

「先に高難易度のダンジョンに慣れすぎたわね」

「もう第三層からドラゴンは勘弁願いたいな」

俺はシビラに肩をすくめて軽口を叩《たた》くと、下の階へと降りた。

第五層からは、ブラッドウルフが交ざってきた。ゴブリンよりは強いといっても、これまで戦ってきた魔物に比べると大分戦いやすい魔物だ。

「でも、ギリギリの人にとってはブラッドウルフも覚悟を決めて挑む魔物よ」

「そうか……そうだな」

俺は、シビラのお陰で闇魔法を得ることができた。魔王の命に手が届くほどの、強い攻撃魔法。それは、存分に自分の実力だと誇っていいものだ。

だが、その前はヴィンス、ジャネット、エミーが簡単に倒せるような敵も倒せなかった。

だから、この難易度に手が届かない人の気持ちも、理解できる。

俺は、襲いかかってきた狼《おおかみ》の魔物を、ダークスプラッシュにより一撃で倒す。

「倒せなかった頃の自分。今、この魔物を倒せない者。決して、蔑《ないがし》ろにはしないさ」

力を『得られなかった者』を体験した俺だからこそ、その境界線だけは守りたい。今の俺には似合わないかもしれないが、自分の力にだけは謙虚でいることが、俺を最後に守ってくれるように思う。

シビラはブラッドウルフの耳を切り落としながら、俺の顔を見る。

「久々に、『聖者』って顔ね」

「そうか？」

俺達《たち》の会話を聞いて、シビラと一緒に俺を見ていたエミーが頷《うなず》く。

「『正義のヒーロー』って感じの顔だよ！」

「どんな顔だよ……？」

自分ではぴんとこないが……二人がそう言ってくれるのなら、そうなのだろう。

ま、悪人面だと言われるよりは遥《はる》かにいいな。


第五層の探索が終わり、目の前にはフロアボスへの大きな扉。

「よし、魔法を準備して行きましょ」

「了解だ。《エンチャント・ダーク》」

今回は俺に経験値を集めるため、エミーは盾を両手持ちするスタイルだ。

竜牙剣は、久々に俺が持つ。魔法銀《ミスリル》の塗装が燦《きら》めき、剣身が闇を吸って色を変えた。

「プロテクション！って言っても、もう何も起きないんだよね……」

「そこは妥協しましょ。【宵闇の騎士】にも使える防御魔法はあるけど、もうちょっと先よ。それに、宵闇の騎士の真価はその基礎能力と盾の力。ラセルを頼むわよ」

「ラセルを……はい、もちろんですっ！」

エミーは、職業《ジョブ》の変換時に防御魔法を失っていた。その代償は決して小さくはないが、俺はその選択が間違いだとは思わない。

何よりも、生き残ること。生きていれば、何度でもやり直しがきくのだから。

扉を開けると、中にいたのは大型のゴブリン。

「ホブゴブリンね。周りに小さい魔物の気配もなし。ラセル一人でも十分だと思うわ」

シビラは気楽そうに笑って手を振り、扉の前で待機。エミーが盾を構えて前進。

俺はフロアボスがエミーを追って横を向いたと同時に飛び込み、闇の剣を振る。それで、終わり。胴体から首が離れたと同時に、ボスフロア前の魔力の壁がすっと消えた。

「フロアボス一撃は気持ちいいわね！」

「ああ、次行くぞ」

シビラは第六層への階段を降りるかと思いきや、何かに気付いて横道に入っていく。

ボスを倒した部屋の扉と階段の、ちょうど間の場所だ。

「やーん宝箱ちゃんじゃない、ご無沙汰～っ」

そういえば、ダンジョンではボスを倒せば宝箱があるのは比較的珍しくなかったはず。運が悪いのか分からないが、俺とシビラが組んでからはこれで一回目だな。

セイリスではどんなに潜っても全く出てこなかったが……あの魔王は、宝箱なんて自分で回収していてもおかしくはない。

「ダンジョンには何故、宝箱があるのだろう」

「そういう疑問を持つの、いいことだと思うわ。『そういうものだから』で思考停止しないのは大事」

「シビラは知ってるのか？」

「でも、何でも答えを教えてもらえると思うのは駄目よ」

やれやれ、そう返ってくるだろうなと思っていたよ。考えても答えが見つかりそうにないから質問したが……分からんな。まあ、今は別に構わないか。

俺はシビラが指輪らしきものを宝箱から袋に仕舞い込むのを見て、第六層へと降りた。


第六層に現れたのは、緑のゴブリンだった。

「シビラ、緑はどうなんだ？」

「弱いわよ。緑と赤と紫は、全部黒より弱い」

「そいつはよかった」

俺は緑のゴブリンにダークスプラッシュを浴びせると、自分のペースで進んでいった。

「ううっ、私完全にただついてきただけになっちゃってるよぉ……」

「何言ってるんだ、エミーがいるだけでかなり余裕ができる。これは嘘《うそ》じゃない」

「だといいけどぉ……あっ、愚痴聞いてもらってありがとね、なんだかワガママで」

「役に立ちたい気持ちを我儘《わがまま》とは言わないさ」

エミーに自覚はないだろうが、いざという時に攻撃を防いでくれる仲間がいるといないとでは、本当に全然違うんだよ。

攻撃力を求め続けていた俺が言うのも何だが、倒す能力よりやられない能力の方が、最終的に上を目指せる。シビラが『引き際』を重視したことも、ほぼ同じ意味だろう。

……思えば、それが勇者パーティーにおける回復術士《ヒーラー》であった俺の役目だったんだな。全く働かなくても、いるだけで下層以降も余裕ができる、それが【聖者】だ。

今更ながら、自分がリーダーになって初めて自分の役目が分かるというか……あっちは俺とエミーが抜けるという事態に陥ったわけだが、本当に大丈夫なんだろうか。

まあヴィンスは心配していない。一人でも戦える上に頑丈だしな。何より心配する義理もない。別に信頼しているわけでもないが、まあ大丈夫だろう。

――問題はジャネットか。あいつは一番抱えすぎるから、無理していないといいが。

第六層から第十層も、第一層から第五層と変わらず攻略していくことができた。

ちなみに中層のフロアボスは、緑のホブゴブリン。ゴブリンアーチャーが横に並んでいたが、俺はダークスプラッシュを交互に連射し、全ての魔物をその魔法で倒した。

あまり達成感のない勝利ではある。が、確実に倒せる方法だった。

他の冒険者は、ここまで来たのだろうか。

下層に降りると、赤い壁。最近は夢に出そうで、あまり見たくはない色だ。

エミーに前に出てもらい、後ろでシビラと並ぶ。恐らくこいつのことだから、索敵魔法は既に使っているのだろう。

「どこに敵がいる？」

「………………」

「……シビラ？」

珍しく、シビラが黙っている。

エミーも尋常じゃない様子に気付いたのか、シビラの方を振り返った。

シビラは口に指を当てて、いつもの考えるときのポーズをしていた。

「あっ、おい！」

シビラは急に、ずんずんと先へ歩き進んでいった。俺とエミーは突然の変化に目を見合わせ、シビラの後を追う。

シビラは立ち止まり、床を見ている。……糸が、ある？

「可能性の一つとして、考えていたことがあるわ」

シビラがその糸を見失わないように見ながら、辿《たど》るように歩く。

赤いダンジョンの先、その奥に何があるのか。

……いや、待て。

そもそもおかしくないか？　この下層に降りてから、俺はエミーに守って貰《もら》おうとしているのに、俺より近接慣れしていないシビラがエミーより前に出ている理由。

何故《なぜ》俺達は、さっきから一度も魔物と遭遇していない？

「これを『赤い』ってだけで重要視してるようじゃ、やっぱ邪教よね」

俺達の目の前に現れたもの。それは、頑丈に作られた檻《おり》と——。


子供の頃、部屋に入ってきた虫を外に逃がしていた。

当時の俺やヴィンスにとって虫は何でもなく、うねうねと動く六本の足に拒否感はなかった。ヴィンスは他の子の所に持っていこうとして、ジェマ婆《ばあ》さんに雷を落とされた。

エミーは『やだ無理！』と言って涙目で首を横に振り、ジャネットは表情を消しながら、しかし顔を青くしながらカクカクと首を横に揺らしていた。

見つけ次第、俺は虫を部屋の外に全力投球した。羽の生えた虫は元気よく山へ飛んだ。

ある程度年齢を重ねると、段々とあの虫の動きの気持ち悪さというのも、分かるようになってきた。特にダンゴムシの腹面なんかは、じっくり見るものじゃないよな。

それと近い動きのものが、大きかったり、多かったりすると……。

「無理無理、無理無理無理むりむりむり……」

盾を持てばどんな魔物も吹き飛ばす最強のエミーが、俺の後ろにしがみついて、背中に顔を埋《うず》めながらいつかのように呟《つぶや》く。

——視界を埋め尽くす、夥《おびただ》しい数の赤いゴブリン。

そいつらが俺達を認識するや否や、通路を塞ぐように設置されている金属でできた檻の中で、一斉に動き出した。赤ゴブリンが五指をうねらせながら、檻の中から手を伸ばす。

檻の壁に張り付くように、赤ゴブリンの上に赤ゴブリンが乗って、頭上からも手を伸ばすように。奥にも、べちゃべちゃと舌なめずりをした赤ゴブリンが待つ。

広い檻の中の全てが、こちらに敵意を剥《む》き出しにしながら蠢《うごめ》く赤ゴブリンだった。

——なるほど、確かにこれは気持ち悪いな……。

俺は数年越しに、あの頃のエミーの気持ちを味わうことができた。いや、そんな思い出話に浸っている場合じゃないな。

俺はエミーの頭を撫《な》でてなだめつつ、シビラの予想が当たったことに思い至る。

「シビラ、この悪夢のような光景の説明を頼む」

「そうね……まず、下層が赤いから何かしらの関与はしているかもという、すっげえ漠然とした予想。これは外れてもいい程度の、僅かな可能性……のはずだったんだけど」

そこで、シビラは狼の耳を取り出す。

「オークを討伐している連中に『赤会』の息がかかってて、マデーラダンジョンに潜ってないはずはないと思った。グレートオークより、中層の敵の方が弱いだろうし」

グレートオークというのは、平野で一体交ざっていた大きめのオークのことだな。緑のゴブリンとブラッドウルフは、中層の敵だ。比べると、このダンジョンの魔物の方が弱い。

「オークをダンジョン内で養殖して、意図的にマデーラ周囲の平野へと『氾濫』させていると仮定して」

シビラは剣を抜き、目の前の檻を剣で鳴らすように振る。

キィン、と音が鳴り、赤ゴブリンの指が何本か飛んだ。

「その仮定が正しければ、赤ゴブリンも『赤会』が『氾濫』できるように準備しているという可能性も、僅かにあると思ったの。でもねえ……」

シビラは剣を仕舞い、腕を組んで恨めしそうに正面を睨《にら》む。

「可能性としては本当に低い方だったのよ。つまりコレって、『赤会』による街を巻き込んでの証拠隠滅よ。ホラ見てみなさい、あまりにも魔力が高まりすぎて……アレよ」

シビラが指を指した方には、赤いゴブリン……妙に大きいな。

「赤ホブゴブリン。間違いなくここの本来の下層フロアボス」

「冗談だろ？　まだ第十一層だぞ」

「そう、フロアボスが十一層に現れてる。腐っても下層ボスよ、外に出たら大惨事だわ」

この糸と金属の檻がどういう意図で作られているかというぐらいは分かる。

ダンジョンの魔力から生まれたゴブリンが、檻の中でしか生まれないように何らかの方法で調整されているのだ。

遠くからこの糸を切れば、街に赤ゴブリンが溢《あふ》れだしてくるということだろう。

街を滅ぼしかねないほどの、尋常じゃない数の魔物。

それは……実に……。

「……楽しみだな」

このダンジョンに来た元々の目的。俺の呟きを聞き、シビラがニヤリと肉食獣のように口角を上げ、エミーの頭を撫でながら自分の方へと抱き寄せる。

「おすすめは、スフィアよ。入口さえそれで塞いでしまえば、後はどうにでもなる」

「了解だ」

俺は両手を構え、正面を見据える。

シビラの「三、二、一」という声を聞き、零と同時に俺も声を上げる。

「《ダークスフィア》《ダークスフィア》《ダークスフィア》……」

「……《ダークスフィア》《ダークスフィア》」

視界の端で、シビラが糸に火を付けたのが分かった。

ふん、エミーを怖がらせたお礼だ、徹底的にやってやるさ。

それに、どのみち俺の魔力は無尽蔵だからな。こういう対人海戦術には一番向いている。

どんどん来いよ、経験値《ゴブリン》ども。全部俺の血肉となってもらうぞ。

それから数分か……もしくは僅か一分ぐらいだったのだろうか。

時間感覚が分からなくなるほど、喉が嗄《か》れかねないぐらいの魔法を叩《たた》き込んだところで、手を叩く音が聞こえた。

「ハイおつかれ、もういいわよ」

俺はシビラの声を聞き、ふー、と息を吐《つ》く。

この第十一層の檻手前に魔物がいないことを察知していた以上、檻の向こうの魔物の数も把握しているだろう。そのシビラが、もういいと言ったということは。

「エミーちゃん、ほら見て。ラセルがやってくれたわよ」

「……うう、お恥ずかしいです」

「撫で心地よかったわ！」

エミーがこちらを振り向き、小さく「ひえっ」と呟く。ただ、その全ての赤ゴブリンが動かないことを確認すると、へなへなと壁に寄りかかった。

「す、すごい～……ラセル、よく頑張ったね……」

「なあに、これぐらいなら大丈夫……と言いたいところだが、本当に喉が渇いたな……」

シビラは水の魔石を一つ取り出し、コップに水を入れて俺に差し出す。

「はい、女神様からのプレゼントよ～、ありがたく受け取りなさい」

「今はそんな軽口にも返せないぐらい余裕がないな。シビラ、助かる」

俺はシビラからコップを受け取り、喉を潤す。

「ありがとう、美味《うま》かった」

すぐ空になったコップを返す。シビラはコップを受け取ると……少し目を見開いていた。

「……どうした？」

「何でもないわ」

よく分からない反応をしつつ、コップをバッグに仕舞うとハネた髪を弄《いじ》り始める。

いや、次の方針を聞きたいんだが……。

「ああーそうね、ええそうだったわ。多分ここより大変な階層はないはず。降りましょ」

「了解だ。しかし……調子でも悪いのか？」

「なんでもないわよ」

シビラはそっけなく顔を背けるが、何故かエミーの方がシビラをのぞき込んで楽しそうにしていた。シビラはエミーの頭をぐりぐりと乱暴に撫でる。

仲がいい……のか？　まあ悪いよりは全然いいが……女子組は分からん。


それから第十一層に降りたが、確かに大した相手はいない普通のダンジョンだったな。

第十五層まで降りると、準備をしてフロアボスに挑む。

中にいたのは、ギガントのような身の丈のゴブリン。それが複数体だ。

「黒のゴブリンキング、三体いるわ！　これはおいしいわね！」

「そうだな！　《アビストラップ》！」

俺は速攻で、中心にいたフロアボスに罠《わな》タイプ魔法を放つ。こちらに踏み込んだ瞬間に、魔法は発動した。黒ゴブリンキングは叫び声を上げ黒い魔法に呑《の》まれるが、倒れる寸前に踏み留《とど》まると手に持った大きな鉈《なた》を振り上げて距離を詰めてくる。

「させない……！」

今回初めてエミーが前に出る。盾が光り、黒ゴブリンキングは向こう側へと吹き飛んでいった。

——向こう側に吹き飛んだ？

疑問に思いつつも俺が更に魔法を叩き込むと同時に、エミーの盾から大きな音が鳴る。見ると、床に鉄の細槍《ほそやり》のようなものが落ちていた。左右の黒ゴブリン、設置型の大弓か。

今度はエミーの盾が黒く光っていた。今の矢は『引きつける』ことで防いだな。

そうか、エミーは【聖騎士】と【宵闇の騎士】のスキルを使い分けることができるのか。

さすがだ、防御の上では本当に頼りになる。

やはりエミーが控えていると分かっていると、かなり余裕ができるな。

だから俺も、落ち着いて魔法を撃つことができる。やっぱりお前の存在は大きいよ。

「《アビスネイル》」

冷静に二重詠唱で魔法を放ち、近接タイプの黒ゴブリンキングは動かなくなった。後は弓タイプのみ。

「《ダークジャベリン》」

回避せず、移動もしないとなると積極的に打ち込むのみだ。

黒ゴブリンキングは避けずに撃つのみなのか、そのまま数度魔法を叩き付けると倒れた。

もう一体も、同じように倒す。

ゴブリンばかりのダンジョンの経験値は頼りなかったが、どうやら第十一層の大量の魔物と、高難易度化したフロアボスが大きかったようだ。

待ちに待った、あの声が聞こえてきた。

——【宵闇の魔卿《まきょう》】レベル13《ハデスハンド》——

なんと、全く違う系統の魔法だった。

「レベルアップした。毛色の違う魔法を覚えたぞ」

「ハンドを？　タイミングいいわね！　そいつは実際に魔王に無詠唱で叩き付けて。必ず重宝するようになるわよ」

「そいつは楽しみだ」

当然のように魔法を使うタイミングを言ってくるシビラに対して、ふと気になったことを聞く。

「過去に一番強かった宵闇の魔卿は、レベルいくつまで行った？」

「秘密の方が楽しくない？　でも超えたら教えてあげるわ。ぶっちゃけそんなに遠くないのよ、歴代最強。だから、アタシも楽しみね」

もう、歴代最強に近いのか……！　最上位職【宵闇の魔卿】の歴代最強、実に楽しみだ。

それにしても、最強、か。ほんの少し前の俺には考えられなかった呼び名だ。

この戦いの先で、俺はどこまで行くのだろうか。どれだけの魔王に手が届くのだろうか。

そんな俺の旅路における三体目の魔王が、この先に居る。

「このまま魔王に挑むぞ」

「ええ。このまま作戦会議をしたらすぐに挑むわ。エミーちゃんもそれでいいわね」

「はいっ、頼りにしてます！」

俺達《たち》はフロアボスの先の階段をしっかり見据えつつ、魔王討伐の準備を始めた。

09 想像を超える魔王の悪意、俺の新たな力

シビラからのアドバイスを聞き、俺とエミーはできる限りの準備をする。

俺は全員の武器に闇属性を付与して、最後にウィンドバリア。準備は整った。

「よし。エミー、頼む」

「まっかせて！」

前衛をエミーに任せる。魔王に経験値がないのなら、誰が倒してもいいだろう。

これだけ準備しても、魔王がどういうヤツか予測不可能だ。十分警戒しないとな……。

今までに二体の魔王に出会ったが、一つ言えるとすれば『性質が独特』ということだろう。人間の言葉を喋《しゃべ》るが、それ以外は外観以上に、中身が人間と違うように感じる。

望みは薄すぎるが、できれば無個性なヤツであってほしいところだな……。

「そろそろ、最下層のフロアに入るわよ」

「了解だ」

エミーが盾を構え直し、階段を降りきる。

後に続くよう、俺とシビラも紫の地面に足を置いた。シビラが後ろを振り返る。

「魔力壁、あるわ」

それは、フロアボスを倒すまで冒険者を逃がさない壁。魔王がここにいる証拠だ。

奥にある小さな扉が開き、出てきたのは小さい影。子供ぐらいの大きさだろうか。

魔王は、こちらを確認した瞬間に――いきなり影を解いた。

紫の肌と、白い目。背丈に合わせた、異様に子供っぽい服装。

「うわあ、本当に来てるよ！　第十一層の約束、破ってると思ったら本当に来てるよ！」

「第十一層の約束？」

気になる言葉を言った。魔王が、約束だと？

「そう！　第十一層に、魔物を沢山溜《た》め込んでおく約束！　だから、魔物の再出現は全部
部屋の中にしてあげたのにね！　冒険者の買収、失敗したんだねあのおっさん！」

魔物の再出現、それが檻《おり》の中限定になったのは、この魔王が操作したからなのか。

それにしても、冒険者の買収だと？　あのおっさん、というのはまさか……。

「ラセル、ごめん。アタシの勘違いだったわ」

シビラは小さい声で訂正を入れる。

「『赤い救済の会』って、女神の書を間違って解釈していると説明したわね。これ訂正」

そう。シビラの説明は、途中までは合っていた。赤いワイン。女神の恩恵。

「つまり、シビラが言いたいのは『信仰しているのが魔神だと分かっている上で、赤の魔

神を信仰している』ってことだな」

シビラが横で、頷く。と、そこで正面の子供魔王が、なんと首を横に振った。

「アッハッハ違うよぉ！　少なくともあのおっさんは、マジで神だって思ってるよぉ！」

……何だと？　俺達の疑問に答えるように、魔王は喋り出す。

「いやー、傑作だったね！　アッハッハッハ！　マデーラの冒険者組、下層のフロアボスを倒したはいいものの、その程度の力でこのボクに挑もうなんてさあ！」

元の下級レベルのままだと、第十五層のフロアボスは赤ホブゴブリンか。魔王と比べると、本当に罠というぐらい弱いボスなんだな。

「それでね、ッハ、軽ーく遊んであげたら、あの余裕ぶってたおっさんが、何でもするから助けてくれー！　だなんて言って、あれは今思い出しても本当におかしっアッハッハ！」

……耳障りな声だな。

全く、魔王はどいつもこいつも個性派揃《ぞろ》いで腹立たしい……。こいつの個性も分かってきた。よく笑う。それも、弱い人間を見下しながら嗤《わら》うタイプだ。

「いやあ、あの時のあいつら、もうほんと、っは、ッハァ〜〜……ほんと愚かすぎて可哀《かわい》想《そう》になるぐらいでね」

「早く話せよ、話が進んでないぞ」

「おおっと失礼、ッククク。――いや何、言うことを聞けば生かして帰すと言ったら、あっさりこのメーカーたるボクの言いなりになってくれたのを思い出しただけだ」

魔王が、急に声の温度を下げて言い放った……かと思いきや、再び煩《うるさ》い声を出す。

「ッハハ、街の人間より自分の命が大事な冒険者との利害一致！　それで街は滅ぶわけだけど、まあそれはどうでもいいんだよね！」

街にあの魔物を溢《あふ》れさせるのを『どうでもいい』で済ませたが、全然良くないぞ……！

いや、待て——じゃあ本題は、何だというんだ。

「お喋りして……アッハ、『女神の書』の赤ワインを流した神が復活したら、『太陽の女神教』より偉くなれるスキルを授かるなんて言ったらさあ、信じてんの！　アッハッハ！」

「そんな戯《ざ》れ言《ごと》を信じたのか、『赤い救済の会』の連中は」

「命の危機と合わさると、僅かでも可能性があるだけで信じちゃうんだなあこれが！」

奇《く》しくも、『赤会』の信者の囲い方によく似てるな……。

「でも、条件付きで生かして帰すって言ったら『やはり赤い魔物を使う魔王は神の遣いだった！　赤とはなんと素晴らしい色か！』なんて言い出しちゃった時はマジ面白かった！　あのおっさんも大概だよねえ！　周りの冒険者、ちょっぴり引いてたよぉッハハハハ」

間違いない、おっさんとは『赤い救済の会』大司教だ。どうやら俺が思っていたよりも、遥《はる》かに赤とやらに夢中らしい。正気を疑うほどの男、そもそも正気じゃなかったな。

しかし今の話を聞く限り、アシュリーやあの父親に限らず、街の冒険者も恐怖で支配しているようだ。なら、信仰心は大したことないのだろう。これは、悪くない情報だ。

「ボクの可愛《かわい》いペットを気に入ってくれたみたいだから、お礼に赤ゴブリンの増やし方を教えたんだよ。ここ、魔力溢れてるだろぉ？　マジックポーションを床に投げてるんだよ」

どうにも多いと思ったが、ダンジョンに直接魔力回復の道具を使って、第十一層の檻の中で赤いゴブリンを再出現させていたのか……！

「可愛いボクのダンジョンの育成と、可愛いボクのゴブリン達の育成。それが見逃す条件だったからね～！　街には興味ないって言ったから、ボクが溜まった魔物を使うなんて思ってないだろうね！　ボクは檻を開けることもできるのにさ！　アッハハハハ！」

話を聞く限り、『赤い救済の会』はやはり欲にまみれた宗教だし、特に大司教は相当だ。『太陽の女神教』より、自分たち『赤い救済の会』を偉くさせるのが目的ってところか。だが……それでも『赤会』の連中は、一応神を復活させるつもりでやっている。命の危機の中で摑《つか》んだ希望なら、それは信仰心にもなるな。

こいつは、そういう連中の弱さを利用して、自分のいいように操っているというわけだ。しかも、人間の弱り切った部分を様々な角度から狙いに狙って。完全に『赤会』のやり方を、更に汚くしたような、最悪の魔王……いや、最悪じゃない魔王なんていなかったな。

同時に、思う。

やはり魔王には、何も考えず容易に力だけを操るような、頭の悪いヤツはいなさそうだ。

こんなのが、そこら中の未攻略ダンジョンにいるのか……やれやれ、頭が痛くなるな。

「で、もちろんこれを喋った以上、君たちは帰さないよぉ。十一層をあんなにしちゃったんだ、温厚で可愛いボクだって怒るさ。だ・か・らぁ～……」

ハッ、可愛いだってよ。どの口が言うんだろうな。

自分のことを『僕』と言う可愛い子なら間に合っているんだ。

《ハデスハンド》

「君たちは死刑決定～！　せいぜい遊んであげ——ッ!?」

俺は『そろそろやってくるだろうな』というタイミングで、その魔法を使った。

無詠唱で、指先一つ動かさずに不意打ちだ。これは避けられないだろう。

「こ、これは……闇！　まさか！　まさか!?　お前ら、メーカーマーダラーか！」

アドリアの魔王と、同じ単語を使っていたな。製作鏖殺団《メーカーマーダラー》、か。罵倒や揶揄《やゆ》のつもりで言っているのかもしれないが、なかなか強そうな呼び名じゃないか？

「くそ、クソッ、先手を、まさか『グラビディ系』で取られるなんて！　このボク一生の失態！　《キュア》！　《キュア》！　ああクソッ取れない！　ボクの身体《からだ》じゃなくて、身に纏《まと》う空間の方が変わっている！」

血走った目をして、魔王は空中からレイピアのようなものを出して突撃してくる。

だが、その攻撃をエミーが防いだ。

「速度が、出ない……！」

マデーラの魔王が懇切丁寧に効果を説明したお陰で、俺はこの魔法の真価を見た。鼻で笑いながら、シビラが説明する。

「凄《すご》いでしょ。冥神《ハデス》が足を掴んで引っ張り邪魔をするような、エグい妨害魔法」

「この魔法は、凄いな……！」

「『速度』は、全ての戦士にとって最強の武器よ。どんなに攻撃力が低くても、防御力が低くても、『速度』が上なら有利になる。セイリスの砂浜でもそうだったわよね」

そうだ。あの時の敵は、決してドラゴンに比べて強いわけではなかった。だが、エミーがその回避を引き寄せるスキルを得ていなければ、俺だけで勝てたか怪しいものだった。それこそ、魔王よりも怪我《けが》させられたほど。

速度を、解除不可能な闇の力で妨害する。これが、【宵闇の魔卿《まきょう》】レベル13の力……！

「初撃で、首を貫通させるはずだったのに──」

「《アビスネイル》」

「──ッグアアアア！」

俺はエミーの防御に手こずっている魔王へと、反射的に魔法を叩《たた》き込む。

……エミーの首を、刺すだと。お前、よくも俺の前でそんなことを言えたな。

蘇生魔法《リザレクション》には、一度成功している。だが、やはりあの魔法は本当に奇跡だったと思う。一度成功したとはいえ、俺はもう二度とあんな気持ちを味わうつもりはない。

エミーから俺に視線を向けて、魔王が叫ぶ。

「お前が今回の魔卿！　こいつが盾！ってことは、お前が【宵闇の女神】の――」

魔王が目を見開き、シビラの方を見る。こいつは、シビラを知っているのか！

「――プリシラか！」

違った。話す内容から相当な事情通かと思いきや、この状況で名前を間違えたぞ……。

「シビラ、あいつ誰のことを言ってるんだ？」

「……さあ、ね」

シビラは肩をすくめ、溜息《ためいき》を吐《つ》く。と同時に、突然魔法を放った。

「《フレイムストライク》」

容赦なしの、高威力魔法。敵が下層になるほど、特に魔王には効果が薄いと聞いていたが、それでも上位魔法の一つ。魔王は腕で顔を覆うと、嫌そうな顔をした。

「アタシはシビラ。『宵闇の女神』シビラよ」

露骨に不機嫌そうな顔で魔法を叩き込みながら、シビラは更に畳みかける。

「今回は『女神の書』の悪用のこともあって、徹底的にやるつもりなの。お前も、『赤い救済の会』で太陽の女神教を引っ繰り返そうとしているクソ野郎も、どこぞでオークを作ってるヤツも、全部潰すつもりでアタシは動いてるの。アタシは怒っているの！」

マデーラに着いてから随分積極的に動くと思ったが、やはり『女神の書』を利用されたことに、女神の一員として腹を立てていたのか。

と一瞬思ったが。

「……だけどね、一番は自分自身」

違うよな。お前が一番怒ったところは。

「最初、戦う大人と帰りを待つ子の幸せのために書いた『女神の書』。それを悪用されたせいで娘に声をかけられない母と、母を知らない娘がいること……。すぐに気付けなかったアタシ自身に腹が立っているのよ！」

アシュリーと、マイラ。それに、子供達《たち》のため。いつだってお前はそうだった。

アドリアでも、セイリスでも、ここマデーラでも、そのことを大事にしていた。

だから、俺もそんなお前の旅で隣に立ちたいと思えるのだ。そうすれば、かつてのように自分に絶望するばかりでなく、誰かに与えることもできるようになれると思うから。

女神に釣り合う、主役《おれ》になるのだ。

「ラセル、もうこいつと話すことはないわ！　《フレイムストライク》！」

「同意だな！　《アビスネイル》！」

俺達の同時攻撃に、慌ててバックステップで距離を取る魔王。

だが、その足では思ったほどの距離を取れない。

エミーの盾が、黒く光っているからだ。

「これは、【宵闇の騎士】……！」

「《ハデスハンド》」

（《ハデスハンド》）

「ッ！　威力が、上がって……！」

最初のハデスハンドは、不意打ちで無詠唱だった。

だが、次は声を出しての二重詠唱。先ほどより大幅に強い。

「こんなところで、ボクが、可愛いこのボクが……！」

「自己評価が異常に高い魔王だなおい。可愛いってのは、お前みたいなヤツには言わん」

「だよね。自分のことを『僕』って言うすっごく可愛い子知ってるもん」

エミーも、同じ人物のことを思い出していた。ま、あいつを知ってりゃその反応だよな。

再びエミーの盾が黒く光る。魔王は最早《もはや》、二重詠唱のハデスハンドにより動けない。

魔王のレイピアは既に脅威ではなく、反射神経で上回るエミーに腕を切り落とされた。

同時に、俺は横から接近して魔王の額に剣を刺す。

エミーを挟んで、反対側からシビラが右脇腹を刺していた。——パキ、と音が鳴る。

「ぐ……。これで、勝ったと…………最後は、ボク、が……」

煩《うるさ》かった魔王は、最後に再び静かな声で宣言すると、黒い灰になって消えた。

「負け惜しみどうも〜！　エミーちゃんが剣、ラセルが命、アタシがコア。いいわね！」

「なるほど、シビラはダンジョンコアを狙っていたというわけか」

「ってことは、これで全部終わりました……よね？」

三人で、魔王のいた場所を見ながら、あの魔王が復活しそうにないことを確認した。

「魔法を使うタイミングと方法、事前通告の通りに上手《うま》くいったな。さすがシビラだ、未知の相手でも頼りになる」

「私はラセルが凄いと思うよっ！　防ぐの簡単すぎてびっくり。また私、ピンチから助けてもらっちゃった。それに最初の一撃って、きっと……えへへ、嬉《うれ》しいなぁ」

「んー、アタシはエミーちゃんが一番だわ。使いこなし方が凄い。何より【宵闇の騎士】で、こんなに真面目な性格の子って初めてなのよ。歴代一番の安定感ね」

俺達は、互いを真顔で見る。皆で一緒に軽く笑うと、両手を挙げた。

俺の右手はシビラに、左手はエミーに。シビラとエミーも、互いの片手を合わせている。

魔王に勝った……じわじわと、実感が湧いてきた。

三体目の魔王、討伐完了だ。


最下層の魔王を倒した俺達は、その先に進む。

「アドリアでは、魔王が自爆をしてしまって綺麗《きれい》さっぱりなくなったんだよな」

「セイリスでは嫌味みたいな書き置きしかなかったわね」

「何かあったりするのかなー？」

奥の部屋に入ると、目の前に広がるのは、小さな部屋。その奥にあるのは、机。その上に乗っているのは……『女神の書』だ。

俺はその本を手に取り、ぱらぱらとめくる。

「書いてある内容は、教会で配られているものと同じか……」

部屋は魔力の発光で暗くは感じられないが、ぼんやりと紫がかっているため見づらい。ダンジョンの中で書物など読むものじゃないな。魔王にとっては普通の色なのだろうか。

何ページか中身を読んでいると、ふとあるところが目についた。

──女神の意志を受け継ぎし者により、人型の人ならざる者はこの地より離れる。

そう、シビラが以前話していた『赤い救済の会』が重要視している部分だ。

何故《なぜ》目に留まったかというと、理由は至って単純だ。その部分に、線が引かれている。

魔王の部屋にある本にこの印があるということは、あの魔王がこの女神の書を読み込みながら『赤会』の連中とやり取りをしていた、ということだろう。

シビラとエミーにその箇所を見せた。それからシビラは軽くページを頭から最後までめくって、『それ以外にはなんも書いてないわね』とだけ言って、俺に本を渡した。

魔王の持ち物だが……貰《もら》っておくか。今まであまり真面目に読んでいなかったからな。

マデーラダンジョンを出る。

人通りが特に少ない時間帯、シビラは東の方角、あの『赤い救済の会』の建造物がある方へと目を向けた。

「信じる者は救われる——嘘《うそ》よね」

女神とは思えない言葉である。

「救われたのは信じていたから女神のお陰、救われなかったのは信じていなくて、女神が救いに行かなかったから。女神に都合良すぎるわよね」

確かに、その通りだなと思う。

シビラにとって、女神は自分のこと。実際にシビラは、俺を救ってくれた。

だが、それは女神を信じていたからじゃない。

「成功も、失敗も、自分の手で掴《つか》むから価値があるの。失敗も、よ」

シビラは、俺達の方を見る。自らの手で、宵闇の職業《ジョブ》を与えた俺達を。

「成功した時に、謙虚な人は『運が良かった』とか『女神様のお陰』って感謝するの。慢心しないのはいいことよ……でもね、『信仰しなければ成功しない』という恐怖で信仰するのは、順序が逆。分かるわよね」

「無論、な。自分の成長と成功は、自分の手で摑まなくちゃ意味がない」

信仰しても、しなくても、結果は現れる。それが太陽の女神を信仰しない理由にはならないが、同時に必要以上に信仰する理由にもならない。何故なら、女神が嫌いになった俺が、こうして未《いま》だに冒険者として魔王討伐を成功させ続けているからだ。

それは、女神のシビラを信仰したから、じゃない。

俺がレベルアップして、闇魔法を使ったから。俺が行動した結果は、俺のものだ。追放された時の苦しみも、ドラゴンに叩き付けられた痛みも。

たとえ女神だろうと、それを誰かに譲る気はない。

「わ、私もっ！　むしろずっと、流されるままに職業《ジョブ》を得て、使ってて……。だから今、自分で、職業《ジョブ》を選んで育ててることが、とても素敵なことに思えて……！」

エミーは、【宵闇の騎士】という職業《ジョブ》になった。それは、エミー自身にとって、とても大きな選択だっただろう。

聖騎士になってから得た守りの魔法を失ってまで、俺と共に戦う力を得た。

その結果、今は肩を並べて魔王討伐をするようになったのだ。

俺達の返答を聞き、シビラは満足そうに頷《うなず》く。

「あなたたちを見てると、多少はアタシの気も楽になるわ」

シビラの気持ちは、分かるさ。俺は神族ではない上に、太陽の女神のことを信仰していないが、それでも連中には腹が立っているのだ。

特に、利用されている当人であるお前は……職業変更《ジョブ》すら自分の意思で可能なのに、俺やエミーの意思を確認するほど人間に寄り添ったお前なら。

「まるで『大司教の言った言葉は、女神本人の言葉だと思え』と言わんばかりだものな」

「そーね。やっぱ一発殴りたいわねー」

俺達と話していて幾分か気が楽になったのか、シビラは楽しそうにそう言った。


孤児院に帰ると、わらわらと子供達が集まってくる。

「しびらだ！」「遅いぞー」

集まってきた子供達の前にしゃがみ込み、嬉しそうに頭を撫《な》でる。もうほんと、最初からお前がシスターだったよなってぐらい懐かれてるな。シビラ自身もこの時間を、何よりも心の糧にしているように感じる。

そのうちの一人が俺に気付いた。

「あっラセルさんだ」

「俺か？」

突然名前を呼ばれて、驚く。こいつは確か、孤児院に入って最初に見た……。

「……ベニー、だったか？」

「うん」

珍しく、少年はシビラではなく俺の方に来た。何かあったのだろうか。

俺が疑問に首を傾《かし》げていると、ベニーは頭を下げた。

「ずっと調子悪かったから、ラセルさんにはまたお礼を言いたいって思ってて……」

へえ、丁寧なヤツだな。他の子らは一度お礼を言えば終わりという感じだったんだが、どうやらベニーはずっと俺への恩を感じてくれていたみたいだ。

「いいヤツだな、ベニーは。その優しい性格のまま、成長してくれ」

「うん」

ふと視線を感じると、シビラとエミーが俺の方を妙に楽しげに見ていた。

……なんだその微笑《ほほえ》ましいものを見るような顔は。俺だって、誰に対してもスレているわけじゃないんだよ。まして、こんな小さい子にまで当たってたまるか。

気まずさを振り払うように、ベニーにぶっきらぼうに言い放つ。

「用事はそれだけか」

「あっ、ううん、違うよ」

「ん？　そうなのか」

ベニーは懐から、小さな球体を取り出した。

「これ、あげる。みんなには内緒」

何だか分からないが、内緒というのならあまり見せるものでもないな。

「分かった、受け取っておこう」

「あの、えっと、後ね……」

俺は自分のポケットにその道具を入れ、ベニーが何か言おうとしたところで玄関の扉が開く。

「ただいまーっ。あ、ラセル様……」

「アシュリーか。俺達《たち》も今帰ってきたところだ」

アシュリーには、事前に予定を共有している。それは『赤会』を騙《だま》すため。だから、この場でも迂闊《うかつ》に言及するわけにはいかない。

そんなアシュリーの様子を察してか、シビラが話を振った。

「アシュリー、お仕事お疲れ様。フレデリカが料理をしているみたいよ」

「えっ、すみません、急いで向かいます！」

キッチンに向かうアシュリーを追い、フレデリカにも帰宅の挨拶をした。後は……まあ、子供達とともに時間を潰していくのみだな。

今日の料理もとてもおいしく、優しい味だった。

フレデリカは本当に、料理が上手い。その彼女の『好き』が、教会孤児院の管理メンバーの仕事と一致しており、本人の魅力を押し上げている。

これも、自分の選択と、その成功の一例だろう。

戦う力だけではないのだ。いや……フレデリカは、十分に戦っているよな。王国中の孤児達との『子育て』という戦いに。

幼い頃から、年上の憧れのお姉さんだったフレデリカ。

力が強くなっても、背丈を抜いても、【聖者】になっても。

むしろ大きくなった今の方が、子供の頃よりもフレデリカという一人の存在がどれほど大きかったのか、遥《はる》かに感じられるようになった。

俺にも手伝えそうなことは、積極的に協力したいものだ。


翌日、相変わらず晴れないマデーラの街。

セイリスの時と同じようにシビラが窓から外を見ていた。

ただし、あの時のような、底抜けの明るさを感じられる空と海のある宿ではない。

シビラは、窓から外を睨《にら》んでいる。腕を組んで、指で腕を叩《たた》きながら、時折目を閉じて溜息《ためいき》を吐《つ》いている。

「どうした？」

「……あら、ラセル。早いのね」

「何があった？」

「『赤会』の連中が、気付いたのか、それともあの魔王が自分の消滅を条件にしたのか……どちらにしろ大司教と魔王が組んでいたから、これで関与が確実になった」

また曖昧な表現を使うな……魔王と大司教の関与のことじゃないのか？

俺がシビラに、結局何なんだと催促をする。結論は早く言ってもらわないとな。

「索敵魔法を使ってるんだけど……街の外の魔物、明らかに増えてる。オークの氾濫はやっぱり連中と関係していたのよ。このままだと、街に入ってくるかもしれない」

シビラから出た答えには、さすがに驚かされた。あまりにも露骨な氾濫のタイミング。それは、ほぼ間違いなく意図的に魔物が溢《あふ》れさせられたのだと分かるものだった。


完全に変わった、マデーラの状況。

『赤い救済の会』の男は、自分の信じる神……いや、自分が太陽の女神教の上位として世界に君臨するためなら、この街の住人など最早《もはや》どうでもいいらしい。

シビラの隣に行き、街の外壁を見る。窓のすぐ下には、最近できたばかりの剣術訓練用の藁束《わらたば》。剣聖に憧れる、幼い少年が立てたものだ。

元気よく打ち込まれたそれを見て、俺はシビラの言葉に頷く。

「あの子達の未来、守ってあげないと。本格的に、連中を潰すために動くわよ」

第2章

10 街に張り巡らされた蜘蛛の糸を取り払え

状況を整理しよう。俺達はフレデリカに同行する形で、この街にやってきた。

マデーラ。活気をなくした街。蜘蛛《くも》の巣のように街の住人を網羅して掌握しようとする、『赤い救済の会』という――シビラは『赤会』と呼ぶ――胡散臭《うさんくさ》い宗教。

髪が赤いというだけで『大司教』の男だけでなく、夫にすら利用された、アシュリー。その実の娘マイラは、自我があるのかすら分からない『司祭』という役目にいる。

街の人は体調不良に侵されている。シビラに治療魔法を使えないか相談したが、手柄を横取りされる可能性が高いと釘《くぎ》を刺された。食料品、及びその食材に使われた『味覚覚醒粉』が原因であることまでは突き止めたが、迂闊には動けない。……もどかしいな。

この街は、郵便ギルド、食料品の流通関係者、更には冒険者に至るまで、『赤い救済の会』の手が回っている。外に溢れている魔物、オークもだ。

結局、マデーラのダンジョンの魔王を倒すまでゴブリンしかいなかった。つまり外に溢れているオークは、あのダンジョンとは違う場所から出現していることになる。未だにそのダンジョンの入口が、どこにあるかは分からないんだよな……。

昨日あの魔王を倒したことで状況が動いたのか、街の外にはオークが大量に溢れている。

それが直接『赤会』の手によって行われているかは分からないが、これが現状だ。

何が起こるかは分からないが……何かが起こることは間違いないだろう。

「あっ、黒い人また難しい顔してる」

「黒い人じゃないよ、ラセルさんだよ」

「ラモナさんは難しい顔以外してるの見たことがないよ」

「だからぁ……」

快活そうな少年が話し、ベニーが訂正し、少女が微妙に合っていない名前で呼んでくる。

やれやれ、俺も孤児院から出たばかりなのだから、お前達と大差ないんだぞ？

……この元気なガキ共も、最初は『赤会』が広めた毒に侵されていた。こうして治すと元気になったと分かるが……いずれは、この街全てを解放してやりたいと、そう思う。

「……ふ」

思えば、そんなことを思うとは俺も随分と丸くなったものだ。母親の病気に泣くブレンダに会った時など、片手間に治して帰るつもりで、会話すらろくにしなかったのにな。

「あ、くろすけが笑った！」

「だからラセルさんだって……あ、ほんとだ」

「ライザさん、笑顔、すてき」

了供達の声を聞いて、自分の頬を揉《も》む。自然に笑っていたのか。

「俺だって笑わないわけじゃないからな」

「そういってるクロムはもう笑ってないぞー？」

「違うよクロードだよ。……あれ？」

「クローエさん、笑った方が絶対いいよ」

おい、完全に引っ張られて名前の原型がないぞ。ベニー、もうちょっと頑張ってくれ。あと三人目、なんで立て続けに女の名前になるんだ。お前は俺が女に見えるのか？

「俺はラセルだ。全く……」

「あら、すっかり子供達と仲良しじゃない、クローエちゃん？」

「叩くぞ」

奥から、木の棒を持ったシビラがニヤニヤしながら他の子と一緒に戻ってきた。シビラの後ろには、打ち合ったであろう同じ木の枝を持った少年。

シビラが外で遊んでいたということは、外の様子を探るのも兼ねていたと考えるのが自然だろう。マデーラの街の周りは、既に魔物だらけになっていると、シビラは索敵魔法で感知した。それが意図的なものなのかどうかは分からないが……間違いなく異常事態だ。

今日の朝食も、やはりフレデリカが用意していた。

思えばフレデリカは朝が早く、寝坊しているところを見たことがない。にもかかわらず、遅くまで何かしらのメモをしているように思う。

あれは恐らく、『太陽の女神教』の孤児院管理メンバーであるフレデリカが、この孤児院での子供達の状況など、子細な情報をまとめているのだろう。

無理が祟《たた》りやすい性格だ、少し心配になってくるな。

《《エクストラヒール・リンク》》

俺は無詠唱で、回復魔法を使う。

怪我《けが》どころか、疲労から装備の破損まで元通りにするという聖者の回復魔法、それの全体版だ。俺の魔法にすぐ気付いたのは、シビラと……やはり、フレデリカだ。

こちらを見たシビラと一瞬目が合うと、俺は軽く頷《うなず》く。フレデリカは小声で「何かした？」と顔を近づけてきたので「ついでだ、疲れを取った」と目を逸《そ》らして答える。

以前エミーには堂々とお姫様抱っこしたというのに……フレデリカの顔は、未《いま》だに至近距離だと照れるものがあるな。

「……やっぱり、ラセル、は、かっこいいね」

優しい声色で告げると、フレデリカは離れる。そこは『優しいね』じゃないのだろうか。

フレデリカのことも、よく分からんな。まあ基本的に、女は分からん。

以前ヴィンスが『俺は女のことなら全部分かる』とか言っていたが、分かると自分で言うヤツほど分かってないんだろうなと今は思う。

ジャネットなんて『僕はそんなに知識ない方だよ』とか言ってたもんな。有り得ないと総突っ込みが入った。あいつのそれは謙虚じゃなく嫌味だ。

「ん〜、これは楽しいことになってきましたな〜〜〜っきゃん！」

シビラが隣で実に憎らしい笑みを浮かべていたので、分からん女の世界代表みたいな悪戯《いたずら》女神の脳天を強めにチョップ。

「うう、なんでこんなに当たりきついのぉ……？　ラセルはもっと、世界一かわいいシビラちゃんの隣に座れることを神に感謝するべきなのよ」

「お前が言うと自作自演にも程があるな……」

ツッコミを入れつつ、俺達《たち》のやり取りに周りの目が生やさしい感じになっていることに気付き、誤魔化すように机の上のサンドイッチに手を伸ばす。


朝食を終えた俺達三人は、今日のことを話すため早速二階に集まる。

少しの間待っていると、部屋に洗い物を終えたアシュリーが遅れてやってきた。今回は、アシュリーと口裏を合わせるのが目的だ。

シビラは無言で部屋に招き入れ……何故《なぜ》かアシュリーの身体《からだ》をぺたぺたと触る。俺とエミーはお互いに顔を見合わせたが、特に何もなかったかのようにシビラは座った。

「え、終わり？　何だったんですか？」

「『赤会』の連中が盗み聞きするような魔石を仕込んでないかしらって思っただけ」

「……恐ろしいこと考えつきますね」

可能性として何か思い当たるものでもあったのか、アシュリーは部屋を出て行き、戻ってきたときには小さな箱を持っていた。

蓋を開けると、そこには、球状の何かが入っていた。

「『プレイ』」

アシュリーが何かの魔法を使うと、薄ぼんやりと光り……なんと球体から声が聞こえてきた。

『女神は等しく、民に幸福を与えようと考えた。しかし、決して全てを等しくすることはできないと嘆く――』

「はぁ……『ストップ』」

再び使った魔法らしきもので、喋《しゃべ》る石からの声が止まる。かなり明瞭な声だったため、すぐにそれがあの時の大聖堂で聞いた声だと分かった。

「ああ……これが『音留《とど》め』というものか」

「そうです。報酬のうちの一つで、マイラが『女神の書』を一部朗読しているものです」

「なるほど、これは凄《すご》いな……」

ここまで綺麗《きれい》に、音が聞こえるとは。確かに会えない娘の声を家でも聞けるとなれば、報酬としては格別だな。……それが、人質に取っている側によって作られているというのは、本当に嫌な話ではあるが。

シビラは、何故かさっきから球体が入っていた箱の方をべたべた触っている。

「どうした？」

「盗み聞きするための魔石、こっちにある可能性を考えてね。大丈夫だったわ」

本当に危機管理能力が凄《すさ》まじいヤツだな……。アシュリーなんてちょっと引いてるぞ。

「あれ、私けっこー今まで迂闊《うかつ》でした？　これダメなやつ？」

「いや、こいつの意識が尖《とが》りすぎているだけだ。お前がちょっと抜けてるだなんて思わな……思…………いや、何でもない」

「そこ否定してくれるところじゃないんですかね!?」

正直、お前のテンションに慎重さを感じることは不可能だよ。あとエミーが仲間意識を持ったスマイルでお前を見ている時点で、君ら二人は恐らく同レベルだ。

「んじゃ、ぱぱっと報告していきましょ。アタシらはマデーラダンジョンに潜ったわ」

「簡単なところですね。どーでした？」

「第十六層まで潜って魔王を倒したわね」

さらっと言ったので、うんうん頷いたアシュリーがぴたりと止まり、言われた内容を吟味するように首を傾《かし》げて、こちらを向く。

「……あの、えっとですね、私の聞き間違いかなと思ったんですが」

「三体目だ。生活に悪影響はない、ダンジョン放置でも百年魔物が溢《あふ》れなくなるだけだ」

「だけ、と纏《まと》めるにしては滅茶苦茶《めちゃくちゃ》凄い功績だと思うんですがそれは……」

二体目のあいつが色々な意味で濃いヤツだったからな。マデーラの魔王は軽薄な感じで、正直あまり苦戦しなかった。あの大量発生したゴブリンが、能力の真価なのだろう。

「ちなみに、ダンジョンの十一層はゴブリンが赤くてな。溢れさせて街を滅ぼすつもりなのか、意図的に魔物を溜《た》めていたぞ。しかも魔王公認だった」

「にわかには信じがたいんですが……完全に『赤会』、女神の敵じゃないですか……」

そりゃ、さすがに魔王と意図的に組んでいたなんてこと、普通は信じられないだろう。

だが、意図的だった。何故なら――。

「アシュリー。アタシの索敵魔法によると、もう街の周りは魔物だらけになってる」

シビラの話に、アシュリーとエミーも驚く。そういえばエミーには話していなかったか。

「え、そうだったんですかっ!?」

エミーが立ち上がり窓の方へ行くが、外壁しか見えないに決まってるだろ、慌てすぎだ。

「まさか、それも」

「ああ。郵便ギルドが冒険者ギルドの連絡を握りつぶしていたこと、街の周りに魔物が溢れても救援が来なかったこと、あまりに『赤会』に都合が良すぎる」

エミーではないが、俺も窓に目を向ける。今の街の外は、あまり想像したくはないな。

「意図的かは分からないが、問題の原因は十中八九、昨日のダンジョン踏破だろうな」

シビラが頷き、話が一旦落ち着いたところで、エミーが手を挙げた。

「はいはい！　私はアシュリーさんが昨日どんなだったかも知りたいです！」

「そういえば、まだお話ししてませんでしたね」

アシュリーは頷いて、昨日のことを話し始めた。

「情報提供後は、やはり多めの報酬をもらえました。シビラさん、本当にありがとうございます」

シビラはお礼を言われて、「ん」と小さく笑った。

「その後、普段通り赤いフードの着用を義務づけられたけど、今日は最前席の真正面で見ることができました。近くで見ると、本当に私の娘ってちょっと可愛《かわい》く産みすぎたってぐらい最高の美少女。そりゃみんなも黙って聞き入りますって」

「一度一番後ろで聞いたことがあるが、本当に澄んだ声だったな」

「よく独唱者《ソリスト》の声を様々な言葉で喩《たと》えるのだけれど、あの子はいわば『天使の声』よね」

「ううっ、私だけ直接聞いたことないんですけどぉ……さっきの音留めの玉から聞こえてきたような声なんですよね、いいなあ」

解放した暁には、エミーもマイラの声を聞くといい。本当に……あんな連中にその綺麗さを利用されているのが益々《ますます》憎く感じるぐらい、いい声だった。

「その後、さっきの『音留め』と、『姿留め』の……これ」

もう一つ、封筒から出てきたのはマイラが正面を向いた、特殊な薄い板。

冒険者ギルドにもあった、透明のパネルが明滅する最新式の『姿留め』だな。

確かに凄い技術だと思うが……。しかし、これは……。

「……冷たい顔だな」

「えっ!?」

俺の呟《つぶや》きに、アシュリーが振り返り、その『姿留め』の板を見直す。

「あれ、だっていつもこんな顔で、そりゃ表情はないですけど……」

「シビラが最初、不意打ちでフードを引き上げたときには、あどけない表情をしていた。会話した限り、決して無感情なわけじゃない。中身はもっと幼いはずだ」

アシュリーは、俺の言葉に黙って『姿留め』の板を見ている。

何かと思っていると……なんと、その板を握りつぶすように、ぱきり、と割った。

エミーどころかシビラすら驚いて、アシュリーの次の言葉を待つ。

「そっか……ずっと、何年も私が見せられていたのは、作られたマイラだったんだ……」

数秒、堪えるように目を閉じていたアシュリーが、やがて顔を上げた。

「残すのなら、笑顔を残したい。聖者様、女神様、聖騎士様。『本物のマイラ』を取り戻すため、お力添えください」

その目は力強く、決意を感じる目だった。無論、俺達はその言葉に頷く。

……さて、一通りの話をし終えただろうか。

「それで、今日はどう動けばいいでしょうか」

「諸々《もろもろ》のことは考えているのだけど、外の魔物を減らしつつ出処《でどころ》の調査ね」

「俺とシビラで出るんだな」

「今日は――」


「それ、取ってくれる?」

「これだな」

俺は、手元にある野菜をキッチンに置いた。

魔物の氾濫による、街の危機。未だ見えない、ダンジョンの謎。

情報を出し合い、必要と感じて提案した結果、その場の皆が驚いた。

俺の、今日するべきこと。

それは――フレデリカとの留守番である。

何故、俺がフレデリカの隣で料理をしているのか。話は少し前に遡る——。

「……結局あのダンジョンに、オークは一体もいなかった。間違いなく出現場所は近くにあると思うのだけど、調査のために冒険者ギルドへの協力は仰ぎづらい」

あの魔王の話を思い出すと、恐らくこのマデーラでそれなりに戦える冒険者のほとんどは『赤会』と思って間違いないだろう。情報が漏れた場合、俺達の周りが一斉に標的になりかねない。

救援依頼を出している以上、冒険者ギルド本体が染まっていないことだけが救いだが……。

「シビラも狙われてるんだよな、単独行動はまずいんじゃないか？」

「ええ。だからこそアシュリーに情報を持たせている今は、一緒にいるならエミーちゃんの方が、『アシュリーが手を出せなかった』と演出するためには自然なのよ」

「あー、確かにそっすね。一応シビラさんの隙を突くようにって指示ですし」

なるほど、その辺りの関係もあるのか。ならシビラと俺だけ、というのは避けたい。

「隙がないから『赤会』大司教のとこに報告するとして、後はフレデリカさんの辺りをどうしますかね……」

一通りの状況を聞いて、すぐに解決案が出た。

「それなら、俺が残るのはどうだ？」

全てを解決する方法。それは、フレデリカの隣に俺がいること。

今の街の外では、誰かが目を光らせている可能性は高い。なので、闇魔法を使うことは避けたい。目立つわけにはいかないのに、自分から目立ちに行くのでは意味がないからな。

「俺がフレデリカの隣にいた方が、三人とも安心できるだろう」

「……ラセルは、それでいいのね？」

「四六時中出しゃばるつもりはないし、世話になったフレデリカのことを放置してまで好き放題するつもりもない。エミーやアシュリーは、フレデリカの変化に気付いたか？」

二人は一瞬目を合わせて、俺の方を向き同時に首を振る。

「フレデリカは、また俺の回復魔法で体力が戻ったのが自分で分かるほど体力が落ちていた。あの人は、自分の苦労を勘定に入れず働きすぎる。だから気に掛けてやりたい」

「そっか……ラセルはちゃんと見てたんだね。私、いっつも朗らかな人だなーぐらいにしか考えてなかった。今日も普通だと思ってた……」

「いや、それを言うのなら年上の私の方が気付くべきでした。……やっぱりラセル様は聖者様です。フレデリカさんは私にとっても恩人ですから、ありがとうございます」

「気にするな、俺もたまたま気付いたまでだ。……あと、エミー」

エミーの方を向いて、俺はかつての記憶を思い出す。

俺は、キッチンナイフを持って料理を手伝おうとした時に、指を怪我《けが》してしまった。エミーは俺が怪我してほんの少し流血した姿を見て、わんわん泣き出してしまった。

セイリスでも、俺が魔物から攻撃を受けているときは、少々不安定になっていた。それはエミーの過保護なまでの優しさがそうさせていたのだろう。

だが、エミーはセイリスの魔王戦で、それを乗り越えた。

俺が危険に陥りそうになる状況でも、『勝ち』を得るために魔王討伐を俺に託した。

だから、今の【宵闇の騎士】エミーがいる。

「俺は、邪魔に思われなければフレデリカの料理を手伝う。いいな？」

エミーは、昔を思い出すように目を閉じて、小さく頷《うなず》いた。

「もちろんいいよ。……なんか、色々ごめんね」

「構わないさ」

お互いに、昔を懐かしみながら微笑《ほほえ》んだ。

会話はシンプル。料理をしたい。してもいいよ。

他人から見たらどうってことない話。だが、これは俺達《たち》にとって、大事な話だった。

アシュリーは首を傾げている。なんか身内の会話に巻き込んでしまってすまん。

シビラは、まあ察してそうだな。セイリスでもかなりエミーを気に掛けてくれていたし、いつの間にか二人の仲が縮まっているのは気のせいじゃなさそうだ。

「それじゃ、話も終わったな。早速行動開始としよう」

「ええ」

今日の皆の方針が決まったところで、それぞれ準備に動き出した。

そんなわけで、俺は今フレデリカとキッチンに立っている状態だ。

「ふふっ……ラセルちゃんが料理の手伝いを申し出てくれるのなんて何年ぶりかしら？」

「五年か六年ぐらいだろうか。エミーも、俺が料理をすることに納得してくれた」

「そう……エミーちゃんは、その心を保ったまま、ラセルちゃんを認めたのね。みんな、成長してる。私も嬉《うれ》しいわ」

「何他人事《ひとごと》みたいな顔してるんだ、世話してくれたフレデリカのお陰だろうが。ほら、鍋が沸騰し始めたぞ。どうせ毎回美味《うま》いものを作るんだから、俺が手伝った時だけ子供に嫌な顔されるようなことはするな」

「ふふふ、口調はぶっきら棒なのに、褒める頻度すっごく増えてる。やっぱりラセルちゃんは、ラセルちゃんだね～」

「……」

上手《うま》く表現できないんだが、こういう人には一生頭が上がらないような気がするな。

隣で料理をする『シスターのお姉さん』は、あの頃見上げた時と比べてすっかり背丈を抜いたが、それでも俺から見た存在の大きさは全く変わらない。

「これも切るのか？」

「ええ、お願い」

俺は、キッチンボードに乗った芋の山に手をつける。

ざっと洗って、芽を大きめに取る。そのまま皮は軽く剝《む》いて、まずは半分に。

大体いつも食べているのは、これぐらいのサイズだったなと思いながら切っていく。

「……ラセルちゃん、初めて……なのよね？　手慣れてるわよね」

「キッチンナイフを持つのはあれ以来だが、剣は再々持っているからな」

「思えば頭もいいだけじゃなくて、昔から器用だったわよね。ヴィンスちゃんとも技術で勝ってたなって印象だったし」

「分かるのか？」

「さすがにあの体格差で勝ってたら分かるわ。体が小さい子は普通勝てない、どこの子でもそう。だからラセルちゃんが勝ち越していたのは、技と頑張りなんだろうなーって」

へえ、そういうところもちゃんと見てくれていたのか。模擬戦みたいなのは、女性はエミーでもなければあまり興味自体湧かないと思っていたんだが。

「見てたよ。ラセルちゃんは、ずっと。個人的に興味があったのかしら」

「……」

「ああ、何言ってるのかしらね、私は……。せっかく代わりに留守番してくれているのに、エミーちゃんが留守だからってこんなこと、いけないわ」

考えを振り払うように首を振って、フレデリカは調味料を足していく。

味付けは任せた方がいいだろう、素人が経験なく知識だけで出しゃばるところじゃない。

「後、手伝えることはあるか？」

「使ったナイフとキッチンボードを洗ってもらえるかしら？　それが終わったら、後は任せてくれればいいわ」

「分かった」

言われたものを淡々と洗うと、椅子に座ってフレデリカを待つ。

料理の完成を待つ男か。これじゃまるで……いや、あまり考えるのはよそう。

「ふふっ、これで料理を作る相手がラセルちゃん一人だったら、ふ……親子、みたいね」

「いや親子には見えないだろ、せめて夫婦ぐらいだと思うな」

「えっ？　そ、そう思ったの？」

驚いた顔で振り返ってきたが、今の俺はそんなに子供っぽく見えるのだろうか……。少なくともフレデリカは、親世代どころかほぼ同年代にしか見えないんだよな。

「ふ、ふぅ～ん……そうなんだぁ……」

鍋に視線を戻し、そうかと思ったら鼻歌を始めた。なんだかよく分からないが、まあ機嫌を損ねているわけじゃないのならいいか……。

ふと、俺は手持ち無沙汰で自分のポケットをまさぐると、何を入れていたか思い出した。

女神の書だ。ぱらぱらとめくってみるが、これといった特徴はない。それこそ、教会で購入できる太陽の女神教のものと同じだな。

少し、読み込むか。……。……随分箇条書きじみた物語というか、不思議な本なんだな。

「あら、女神の書を持ち歩いてるのね？」

フレデリカがある程度の調理を終えたのか、こちらをのぞき込んでいる。

「いや……落ちてたのを拾った」

「落ちていたの？　綺麗《きれい》な状態ね」

「……まあ、そうだな」

いかんな、ぼろが出そうになる。落ちていたにしては、確かに綺麗な状態だ。

「ね、ラセルちゃん」

「ああ、何だ？」

俺と同じ目線になるように、椅子に座るフレデリカ。顔を両手で支えるように肘をテーブルの上に乗せ、その胸がテーブルの上に乗り出した。俺は視線を逸《そ》らす。

小さく、くすりと笑う声が聞こえる。……未《いま》だに、これだけは慣れないな。

そんなことを考えていたからだろう。その言葉が不意打ちだったのは。

「ラセルちゃん」

「だから何だよ」

「――みんな、この街のために頑張ってるんだよね」

突然の言葉に思わず目を見開き、フレデリカの方を見る。フレデリカは不意打ちが成功したのが余程嬉しいのか、くすくす笑いながら背を伸ばした。

「その反応、さすがに分かりやすいわよぉ」

「うっ……そうだな。だが、何故《なぜ》だ？」

フレデリカには、俺達が何をしているか分からないようにしていたはず。

だがフレデリカ自身は、穏やかな顔で首を横に振った。

「やってることは分からないわ。だけど、みんなの性格を知ってると分かるわよ。外に出ている時に、このマデーラを救うつもりで動いてるって」

「凄《すご》いな、お見通しか」

「だから、お見通しじゃないわ。ただ……ラセルちゃんのことをいつも考えてるから、分かっちゃうのよ」

俺のことを、いつも……？

「ラセルちゃんは気が利くもの。慈愛みたいな感情だけじゃなく、責任感みたいなのもあるから、【聖者】を女神様から与えられた。分かるわ」

女神様、か。

俺がこの職業《ジョブ》を失わなかったのは、あの時『回復術士《ヒーラー》』であることを諦めなかったから。

シビラに教えられた、俺の本質。そういうものも含めて、フレデリカは俺のことを俺以上に、ずっと前から理解してくれているのだろう。

「なんだか、そこまで考えてもらっているのは照れるな」

「ふふっ。ラセルちゃんのことを考えるのは楽しいもの」

フレデリカは、再び鍋の様子を見に立ち上がった。

「私もラセルちゃん達と――」

最後に小さく呟《つぶや》いた言葉は、あまりよく聞こえなかった。

11 エミー：シビラさんにも知らないことがあった

孤児院を出ても、微妙にくらーい空と、しーんとした感じの街。

街を守る壁が高くて、孤児院の二階からでも街の外なんてなーんも見えない。セイリスが快晴で賑《にぎ》やかだったから、人が少ないと余計になんか寂しいなーって思っちゃうね。

さて、今日はとってもとっても珍しい組み合わせなの。私とシビラさんだけの、二人パーティーである。

今回私達《たち》だけになった理由は、なんとラセルの留守番立候補なのだ。びっくり。

これがサボり魔みたいな人だったら、留守番に立候補するなんて働きたくないだけなんだ～ぐらいにしか思わなかっただろう。

だけど……ラセルなのだ。あの、活躍できなかった自分に絶望していたラセル。そのラセルが、シビラさんと組む相手を私に任せた。

ちなみに、ラセルが私のいないうちにどんなことを喋《しゃべ》ったかってのは、しっかり聞かせてもらってます！　いつ聞いたかというと、アドリアを出る前ね。

ラセルは、寝るのが早い。だから寝静まった後に、女子組で集まってお喋りしました。

ラセルのことを仲間外れとか、もちろんそういうわけじゃないよ。みんな好きだからね。

でも、それはそれ、これはこれ。ラセルを交ぜるとしにくいお喋りも沢山あるの。

そこで、様々なことを聞いた。

アドリアの魔王のこと。孤児院を狙う理由が、私の心を折るためだったこと。

……耐久力は術士でしかないラセルが、追放の原因となった私を救うためだけに、自分の命を魔王の前で危険に晒《さら》したこと。

その話を聞いて、私は泣いた。

いや、泣いたのは私だけじゃない。フレデリカさんも泣いていたし、ジェマさんだって『年を取ると涙脆《もろ》くなっていけないねえ……』と、顔を背けていた。

ジェマさんが泣いたのを見たの、たぶん私は初めて。

そんな超がいくつでも付きそうなほど誇り高いラセルが、今回はなんと留守番を立候補。

「ラセルなりの気遣いなんでしょ」

「え？」

隣を歩くシビラさんが、ぶっきら棒に呟く。

「気付いてるわよ。ここに来てから、ラセルが結構アタシに配慮してくれているの」

シビラさんは、そのもやもや感をぶつけるように道に転がる小石を軽く蹴る。

ぽーんと跳んで、音のない街に小石の跳ねる甲高い音が響いた。

「あいつは、『女神の書』を悪用されたアタシの気が立っていることに気付いてるわ。そういうところにも気が利く辺り、全く……生意気よね」

シビラさんが、ぶつぶつ言いながら自分の髪を弄《いじ》る。

「だから、アタシがいつも言ってる『最良の選択』のために、アタシたちを送り出したってわけ。本当なら、自分一人ででも解決に動くよーなヤツよ。だけど、フレデリカのことを考えると誰かが残った方がいい。結果ラセルは、留守番を選択してくれた」

「……」

「ラセルのくせに……ラセルのくせに」

そのシビラさんの呟きが、どういう感情によるものかは正確には分からないけど。確実に分かるのは、シビラさんの中でラセルの存在が大きくなっているってこと。

だから、ラセルと離れた今でも、ラセルのことを思い出して呟いている。

……ふふっ、なんだか一時期の私みたい。

「エミーちゃんが微笑《ほほえ》ましい目を向けてくるのが、なんだかひっじょーに悔しい。そんなに今のアタシ、変かしら」

「んー。分かんないですけど、普段のシビラさんなら『効率重視！　だからラセルが残るのは当然よね！』みたいな感じになってたと思いますよ。ラセルがシビラさんの気持ちを考えて動いてくれてるみたいに、シビラさんもラセルの気持ちを考えているなーって思います」

「む〜、可愛《かわい》いエミーちゃんがすっかり言うようになったわねー……」

そりゃもー私もシビラさんのこと、めっちゃ見てますから！

はぁ、と溜息《ためいき》を吐《つ》くシビラさんは、私から見ても本当にいつものシビラさんじゃない。それでいて、とてもいつものシビラさんっぽくもある。

何故ならラセルが絡んだとき、結構この女神様はこうなっていることが多いのだ。

「シビラさんって、ラセルのことをよく見てますよね。ずっと暮らしていた私よりも、ラセルの感情の変化にすぐ反応するっていうか」

「き、気のせいじゃない？　過去の何万人という人間の機微から、共通のものを照らし合わせて予想してるぐらいのものよ」

「ふふっ、そーですか。まーラセルもラセルで、シビラさんのことをよく話してますけど。間に入る私としてはちょっと面白──」

「──待って」

私が喋っている途中で、シビラさんが横で私の肩をガシッと摑《つか》む。

すんごい真剣な顔で、こっちの方を見ている。え、え？　何か変なこと喋りました？

そんなに変なこと、喋ってないですよね？　一体何の尋問が始まるんですか？

「今さっき、ラセルがアタシのことをよく話してる、って言った気がしたんだけど……」

「へ？　そうですよ。ラセルは再々シビラさんの話をしてます。シビラさんとはマデーラに来てからずっと一緒だったので、ラセルもきっと沢山お話ししてるんじゃないかなーって」

シビラさん、私の両肩を掴んだまま顔を俯《うつむ》ける。

な、なんだろう……本当にシビラさんの様子がおかしい。

「…………わよ」

「え？」

何か呟いたかな、と思って顔を近づけた瞬間、くわっとこっちを向いて、両手を開いて自分の身体《からだ》の前で大きな物を持つように、中腰のポーズになる。

いわゆる『訴えかけるポーズ』みたいなアレ。

「聞いてないわよッ!?　え、待って、ラセルってアタシの話をエミーちゃんにしてるの？　何を話してるの？　ヤバいこと話してるんじゃないでしょうね？」

「え、え、むしろ褒めまくりというか。孤児の子がすぐに懐いたのがすごいよなとか……そりゃまあ、全部ってほどじゃないですけど、基本的に褒めまくってますよ」

「ま、マジで聞いてない……アタシが褒めろと言っても頭を叩《たた》かれてばかりで……」

「そりゃ今のラセルの性格だったらそういう反応しますよ……。ああ、あとフレデリカさんも聞いたって言ってましたね、ラセルがシビラさんを褒めるの」

「フレっちも聞いてるの!?」

シビラさん、赤面しながらふらふらと後ずさって、柵にもたれる。

「アタシ、ぜんっぜん聞いてないんだけど……え、待って、ラセルってそんなに……?」

……うわー、本当に珍しい反応だ。ラセル全然喋ってなかったんだ。

これ、やらかしちゃいましたかね……?

ラセルと話していると、シビラさんの話題が出ることは珍しくない。

だってぶっちゃけ勇者とか聖者とか賢者とかより、『女神』って存在がいることの方が、どー考えても私たちみたいな人間にとっては珍しいし。っていうか珍しすぎるし。

何より、その女神様ご本人が、こんなに人間味溢《あふ》れる子供大好きなサバサバ美女なのだ。

シビラさんを褒めるのは楽しい。子供達に慕われているシビラさんってすごく楽しそうで、その光景はどんな時よりも『女神様』って感じがするもん。

特に孤児院育ちの私はそう感じてるし、同じ境遇のラセルも同じはず。

子供と距離を詰めるのは、簡単そうで難しい。好き嫌いは理屈じゃないから、物心ついてない頃の子供との距離の取り方、本っ当に難しい。

それがシビラさんにかかれば、秒だからね。しかも全員同時に。翌日にもなれば、みんなシビラさん大好きになってるの。

フレデリカさんも、決して子供達みんなと最初っから仲良しってわけじゃない。だから、子供達がすぐにシビラさんに懐いたときに、その能力を褒めていた……ラセルと一緒に。

特に、女の子の扱いも上手《うま》いのに、剣聖に憧れる男の子ともすぐに仲良くなったのは、フレデリカさんには不可能なタイプの距離の詰め方だ。

結論。

ラセル、シビラさんのことめっちゃよく見てる。

「……うっそぉ……聞いてない……もっとアタシに言ってほしい……」

シビラさん、再び髪を弄りながらぶつぶつ呟く。

その様子を見て、どうしてもくすくす笑ってしまう。だってシビラさんの反応、可愛すぎるんだもの。あの黒い羽を広げた女神様とは思えない乙女っぷり。

こんなに人間味のある感情豊かな女神様、どんなに不敬であろうとも親近感が湧かないなんて不可能です！

そっかー。何でも知ってて、どんな状況でも予言みたいに予測できちゃう女神様。そんなシビラさんでも、自分のことだけは知らなかったかー。

「シビラさん、ラセルに褒めてほしいんですね」

「そうよぉ……本当に遠慮なく叩かれてばっかなんだから。でも作戦立案とか、うまくいった後とか、たま〜に褒めるのよ。でも……そっか、ラセルはアタシのこと再々褒めてるんだ。ふふっ、そっかぁ……。ラセルが……そっかそっか……」

シビラさん、ニヤニヤしながらそう繰り返していた。どーしよ、ほんとこの女神様かわいい系です。私がじーっと見ているのに気付いて、はっとしてこちらを振り向く。

「ううっ、セイリスでもエミーちゃんにはやられていたから、よりにもよってエミーちゃんにこういう姿を見られるのは恥ずかしいわね……」

「やっぱりラセルのこと、意識してますよね」

「……当たり前でしょ」

シビラさんは、再び前を歩き始めた。

「あいつは、今までの【宵闇の魔卿《まきょう》】と違いすぎるのよ。単に職業《ジョブ》が【聖者】だからってわけじゃない。アタシと同じ責任感を持ち、同じだけの問題解決意識がある」

話しながらふと立ち止まり、曇り空に手を伸ばす。

「女神の命令を何も疑わず考えずに聞くことは、歴代の【宵闇の魔卿】にとっては普通のこと。同時に彼らがアタシの内面を気遣わなかったのも、アタシにとっては普通のこと。だから魔王はアタシと一緒にいる人間を、嫌味で『宵闇の眷属《けんぞく》』って言うのよね」

その手を、ぐっと握る。

「でも、ラセルは女神《アタシ》の対等な相棒《バディ》として、常にその意識がある。完全に心が英雄譚《たん》の主役なのよ。それこそ【勇者】とかね。しかもそれを【聖者】の心と同居させてる」

一通り話したシビラさんは、最後にこちらを向いてふっと笑った。

「ほんと、心の底から『黒鳶《くろとび》の聖者』よね」

神は、遥《はる》か天上界の存在。その隣で対等に立つのは、空を摑むような話。

普通は無理だ、絶対に諦めてしまうだろう。だけど……諦めていない者がいた。

……そっか、ラセルはやっぱり、女神と対等になるほどの自分を目指しているんだ。本当に、凄《すご》いな……。

ラセルは、とっても素敵に成長した。だからラセルのことを追いかけて、そのお陰で私も急速に進歩できた。自分《エミー》で自分を肯定できるようになった。

だけど……ラセルが凄すぎて、眩《まぶ》しすぎて。近づけば近づくほど。その背が遠くなっているような気がしてくるよ……。

「あら、今度はエミーちゃんが考えすぎ？」

「……へ？」

シビラさんがこちらをのぞき込み、頰をぷにぷにつつく。

「心配しなくても、現段階で光と闇を象徴するような職業《ジョブ》を両方持っているのは貴方《あなた》たちだけ。エミーちゃんは、今のままでも十分すぎるぐらい、ラセルに並び立つ存在よ」

シビラさんがくすくす笑って、離れる。

……そっか、他の誰でもないシビラさんが言ってくれるのなら。こういうことをちゃんと言ってくれるのも、シビラさんの良さだなって思う。

そんな話をしながら街の門まで行くと、門番さんが厳しい顔で立っていた。

「ぼさっとしてんじゃねえ！　魔物が多すぎるんだよ、お前等《ら》も離れた方がいいぞ！」

「ほいっと」

シビラさんが、気負いなさそうに私のタグを触る。

現れるのは、もちろん聖騎士の情報。

「せ、聖騎士様……!?」

必ずこの極端な反応いただくよね。やっぱ特別なんだなあ、聖騎士っていう存在。田舎者だから『つよい！』ぐらいにしか喜ばなかった当時の自分に説教したい。

……それに、聖者を『回復魔法が被《かぶ》ってる』程度で追い出した、当時の自分も。

でも、そのお陰で今の黒ラセルはちょーかっこいいのだ。結果オーライなんて言ったらさすがに不謹慎だし失礼だけど、でも私は今のラセルと一緒に旅ができてちょー幸せです。

ジャネットには申し訳ないぐらい。……手紙、ちゃんと読んでくれたかな。

「アタシたち、先日も魔物を倒しまくったのよ。いくら囲まれても余裕なわけ。街の外、出してもらってもいいかしら？」

「は、はい、お二方がよろしければ、もちろんです！」

いきなり怒鳴りつけてきた門番が、聖騎士のタグ一つでこの変わりよう。なんだかもー貴族特権みたいでちょっと怖いね。便利だけど、あまりこれに慣れないようにしよう。

この紋章が目に入らぬか〜！　みたいな。ジャネットが読んでたよね、紋章一つでみんな地面に膝を突くやつ。そこしか覚えてないけど！

「それでは、開けますが……大丈夫ですか？」

「今、魔物は門の前にいないわ。開けたらすぐ閉めて結構、帰る際には呼ぶから」

「はい、分かりました！」

門が開き、私達《たち》はその僅かな隙間から外に出る。


「門の外は別世界でした、ってね」

シビラさんが軽く笑って肩をすくめる。

だけど私は、そんな軽い言葉に返せないぐらい、絶句していた。

「——こん、なに……!?」

門から出た瞬間。初日に見たあの豚面の魔物が、一斉にこちらを見て……ニタァ、と笑った。無理。無理無理無理。あの時のゴブリン並に生理的に無理な顔。

「そういえば、ラセルはこの好色な魔物に対して怒っていたわね」

「あっ、初日に出たから一緒に戦ったんですよね」

「ええ。剣を持ったラセルに、背中を守ってもらったわ。やっぱり男の子に守ってもらうのってどうしてもときめいちゃうわね」

う、うらやましい！

そりゃ私って聖騎士だし？　ちょー固いし？　なんかもうぶっちゃけ殴られてもダメージないぐらい強いらしいし？

だけど、だけどそれとこれとは別！

ラセルが魔物から庇《かば》ってずばずば大活躍してくれるなんて、それもう絶対やばいやつ。やられたら私は、多分自分から抱きつかずにはいられないやつ。

うーっ、ラセルが『女神に職業《ジョブ》を押しつけられたから太陽の女神は嫌い』みたいなことを言っていたの、今はちょっと気持ちは分かります！

「でも、あのときもやっぱり女神を守るとかじゃなくて、アタシと並んで戦うことに意義を見いだしていたように思うわ。女を押しのけるウザい主役じゃないのよね」

……あ、そっか。背中合わせで戦ってたのなら、それは対等な関係だ。

私が考えているうちに近づいてきていた魔物を、シビラさんが魔法で燃やした。

「それじゃ、ある程度片付けたら別行動にしましょ」

「わ、分かりましたっ！」

いけないいけないない、意識を切り替えなくちゃ。私は、剣を構えたシビラさんと同じように剣を構えて、隣に並んだ。

そっか……そういう意味では、今の私は女神様と並んで戦っているわけか。

もしも。

もしも、ラセルが本当に、女神様と並ぶ存在になろうとするのなら……私は……。

——そうだ。

私もなればいいんだ。『女神と並ぶ存在』に私自身が認められる自分へ。

そうすれば、ラセルを見ても私だけ置いて行かれているという感覚はなくなるだろう。

ふと湧いて出た簡潔な結論に、私は思う。

——この冷静さも、やっぱり【宵闇の騎士】が出してくれたのだろうか。

私は自分の意識の変わり方に、改めて自分の心の変化を意識した。突然、弱々しい私の心をぐっと支えてくれるこの力、更にはこの精神の切り替え方。

ちょっと自分が変わってしまったようで、時々怖くもある。だけど、その結果がもたらすのは常に最良。今のところ、自分の意思が乗っ取られていることはない。

ある意味では、『勇気』みたいなものだ。勇気ある者……まるでこれが、勇者の力みたいだね。

何度も救われた、不思議な私の内面の力。

まだまだ分からないことだらけだけど、うまく付き合っていこう。

どこまで行ってもラセルの隣に立てる、自分が思う最高の自分になるのだ。

よーし、がんばるぞーっ！

12 フレデリカの真意。本当に強い人を俺は知る

起きてきた子供の世話が忙しくなってきたところで、シビラとエミーが昼に戻ってきた。皆で昼食を食べ終えると、互いの状況を報告する。

「ふえぇラセルぅ……平野にフロアボスがいるの、明らかにおかしいよぉ……」

「正直あんたと初日に倒した規模が、まだまだ上層での遊びだったわねーってぐらいヤバいわね。前回と違って、完全にアタシはエミーちゃんの後衛に徹したわ」

それは異常事態にも程があるな……。フロアボスには興味があるが、一撃で仕留められなかった場合は厄介だ。

「経験値的にはラセルにも、って思ったけど、エミーちゃんのも上げておきたいのよね」

「なるほどな、そっちの状況は分かった。こちらは見ての通り、特に何もなかったな」

「ええ、何もなかったんですか……?」

報告の件で一緒にいるアシュリーから、何故《なぜ》か残念そうな声が上がってきた。

「いや何なんだよ……それよりアシュリーの方はどうなんだ」

「東門まで行ったんですが、追い返されちゃいましたね。正直シビラさんについていけば

よかったなと思いましたが、ちょいと街中も調べつつ注意喚起して回ってました」

なるほど、アシュリーは街の一員として動いていたというわけか。

「俺は午後からも同じような動きでいいかとは思うが、見ての通りガキ共が結構はしゃいでてな。特にあいつらシビラシビラうるさいから、俺一人では手に余る」

「あら！　天使ちゃん達が世界一可愛《かわい》いアタシをご指名なのね！」

すっかり孤児達と遊ぶ気満々になったシビラに、一応分かっていると思うが釘《くぎ》を刺す。

「午後は外の討伐に向かわないのか？」

「多分午後も一緒の動きだと、さすがにこれで何もしていないアシュリーが疑われかねないと思うのよ。だからまあ、アタシらが動くなら昼直後じゃない方がいいわね」

相手の思考パターンも理解して動くか、こういう時のシビラは頼れる部分が大きい。

「分かった、午後はあいつらの世話を頼む」

「楽しい休み時間ね！」

あの元気の塊ども相手にそう言えるあたり凄いものだよ、俺はさすがに疲れたな……。


晩も料理を手伝い、アシュリーは食後すぐに再び情報収集に出ていた。さすがに何の連絡もなく今のような状況になっているのは気になるのだろう。

結局シビラとエミーはもう一度門の外に出て戦い、帰宅後に夕食を取った。

魔物が溢《あふ》れていることを除けば、一日中フレデリカと料理しながら会話をし、元気が有り余るガキ共に振り回される代わり映えのしない日常。

だが、魔物が溢れているが故に、だろう。平凡で何も劇的なことが起こらない日々が、どれほど貴重で有り難いものであるかということを考えさせられる。

フレデリカが送る毎日が忙しくとも充実したものであるのは、こうした日常を何よりも大切にしているからだと理解できた。フレデリカと同じ視点に、ようやく立てたと思えた。


——だから俺だけは、フレデリカ当人の視点に気付けなかった。


夜、明日の予定を確認した俺達は就寝する。シビラに『眠らない守護者』という嘘《うそ》の情報を付与されたエミーは、「もぉたべられないよぉ〜……」なんて寝言を呟《つぶや》きながら寝ている。今日は特に沢山食べたよな、お前。

食材を多めに買っておいて良かった。もちろん、ギルドに記録されているパーティーの資金から出した。子供達全員分ぐらい、マジで一人で食べちまうからな。

俺もベッドに潜り込み、最後に眠るシビラを待ちつつ目を閉じる。

「……ラセル」

なかなか眠気が来ない中、シビラから遠慮がちに声がかかり目を開く。

「あ、起きてたのね……良かったわ」

俺と目が合うと、シビラは安心したように一つ溜息《ためいき》を吐《つ》いた。

「一体どうしたんだ、何か問題があったのか？」

俺の言葉に、シビラは珍しく歯切れが悪く答える。

「ないといえばないけど、あるといえばある。ただ、ラセルに黙っておくわけにはいかないと思ったのよ」

何とも摑《つか》み所《どころ》のない答え方をして、シビラは思い悩むような表情で窓際に移動した。

俺も静かに起き上がり、シビラの視線を追って窓から下を見た瞬間。

「——ッ！」

シビラが言っていたことを全て理解して、俺は部屋を出た。

夜の帳《とばり》が下りた裏庭。シビラが魔法で作った石の壁で、周囲から見えない——唯一、俺達の泊まっている部屋から見える——場所で、フレデリカが蹲《うずくま》っていた。

「フレデリカ！」

俺は、その弱々しく頽《くずお》れたような姿を後ろから抱きしめ、回復魔法をかける。

【聖者】の魔法は……今のフレデリカには、ほとんど効果を発揮しなかった。精神的な衰弱、心の傷には女神の最上位職も、無力だ。

フレデリカの震える手が摑もうとしているものは……。

「……剣？」

地面に、あの剣聖好きの子供がシビラと一緒に遊んでいた時の、木剣があった。

フレデリカが、武器を？

「まさか、フレデリカ……自分も戦おうとしたのか!?」

「……ラセルちゃんに、かっこ悪いところを見られちゃったね」

否定は、しないか。しかし、何故だ。

「そういえば、フレデリカも女神の職業《ジョブ》を得ているだろう。聞いたことがなかったが」

今まで気にしたことはなかったが、フレデリカにも当然女神の職業《ジョブ》がある。

「私はね、こんなものよ」

フレデリカは、俺の首からタグを外し、自分の手元で情報を出した。

『セントゴダート』――【神官】レベル1。

初めて見る、フレデリカの情報。この国の王都セントゴダートが、最後の登録確認。

「レベル……上げていない、のか」

自然と漏れた俺の呟きに、フレデリカは当時を思い出すように目を閉じる。

「セントゴダートのダンジョンには、ゴブリンがいるダンジョンと、スライムがいるダンジョンがあるの。私はスライムのダンジョンに、当時の仲間と入ったわ」

その姿は想像がつかないが、フレデリカにもそういう頃があったのだな。

「それでね。私は弱らせてもらった魔物を、一度倒したの。……それが、最初で最後」

当時の感情を思い出すように、フレデリカの手が強く握られる。

「あの、魔物の命がなくなる感覚、経験値が流れ込んでくる感覚。それが、すごく怖くて。ああ、私、殺したんだな、って思ったら……その場で倒れてしまって……」

フレデリカが感じたもの。人によっては、魔物を倒した時のレベルアップの素《もと》となる経験値を感じ取れる人がいるらしい。フレデリカはそちらなのだろうな。

「話したくないのなら、無理に話さなくてもいいぞ」

フレデリカは首を小さく振りながら、絞り出すように声を上げる。

「力に……ラセルの力になりたかった。私だけ待っているなんて、耐えられなかった」

「……言いにくいことだが、レベルを上げても【神官】が役に立てるとは……」

何といっても俺が【聖者】だからな……残念だが、回復魔法を使う係はもう必要ない。

そういう常識的な考えだったからだろう。フレデリカの返答に、俺は落雷に打たれた。

「それでも、大切なラセルのために、攻撃を代わりに受けるぐらいはできるわ……！」

……俺は、この人の『強さ』を侮っていた。

かつてのパーティーでは、ヴィンスが【勇者】になって剣を持つことを止《や》め、全員が回復魔法を覚えたことで、回復術士《ヒーラー》として役に立てずに追い出された。その時は、この最上位職を貰《もら》っておいて思ったのは、女神への恨《うら》み辛《つら》みだけだった……！

だが、フレデリカはどうだ！　魔物の命すら奪うのが辛く、経験値の重みに気絶する『職業《ジョブ》』という女神の作り出した恩恵に与《あずか》れないような性格でありながら、『レベルが上がらないのなら、上がらないまま誰かの為《ため》に体を張る』ことを考えている！

人として、前を向くための心の強さが、あまりに違いすぎる……！

こんな人を相手に、心で並び立ったつもりでいただと!?　馬鹿か俺は、自惚《うぬぼ》れにも程があるだろうが！

周りから【聖者】だなんだと言われているだけの俺より、よっぽど『聖女伝説』に相応《ふさわ》しい性格をしている。……ああ、もしかして、だからなのだろうか。

フレデリカは、魔物から経験値を得ることができない。つまり、あまりに聖女然としすぎていてレベルを上げられる性格じゃないから、聖女じゃないのか？

ああ、全く……こんな不整合が起こるのなら、やはり職業《ジョブ》とレベルという世界を構築する仕組みは、残酷だ。俺なんかより、よっぽど向いていると思えるのにな。

……俺は万感の思いを込め、フレデリカの震える手に被《かぶ》せるように、上から包む。

小さな手の震えは、俺の手の中で次第に収まった。

「……うん、ありがとう。大丈夫、ごめんね……私も無理言ってるのは分かってるんだ」

俺は、腕の中でいつもより小さく感じられるフレデリカに、声をかける。

「聞いてくれ、俺の話を」

「ラセルの？」

「ああ。……本当は、アドリアのダンジョンで最後に失敗してな。それをエミーがカバーしてくれたんだ。代償として、エミーは俺の目の前で死んだ」

「――ッ!?　そ、そんな……だってエミーちゃんは、生きて……」

「シビラのお陰だ。あいつが『一途《いちず》な愛の章』の蘇生魔法《リザレクション》を俺に教えて、生き返らせることができた。……だが、あの自分の見知った顔が何の反応も示さなくなる感覚が……未《いま》だに夢に見るほど怖くてな……」

あの感覚だけは、未だに忘れられそうにない。完全回復魔法を頻繁に全員に使うようになったのも、あの時の影響が大きいだろう。少しの体調不良や精神の乱れが、戦いにおいて最悪の結果をもたらすことがあると理解しているからだ。

「俺にとって、何かあった時に同じ感情になってしまうであろう相手は決して多くはない。その数少ないうちの一人が……フレデリカ、あんただ」

「私、が……」

「俺自身は色々と変わってこうなっちまったが、それでも昔の俺とはやはり地続きのようでな。そんな俺にとって、フレデリカは間違いなく、俺の帰る場所の一つなんだよ」

もう、ローブが白かった頃の俺には戻れない。だが、どんなに変わっても俺の芯には、ずっと過ごしてきたアドリアの孤児院の皆がいる。

もし……もしもフレデリカが、かつてのエミーのように物言わぬ骸《むくろ》になってしまったとしたら、俺はどこまで自分を保てるだろうか。

彼女のように待つ側になったことはないが、気持ちが分からないわけではない。

「フレデリカ、約束してくれ」

「……約束？」

「俺は、必ず生きて帰る。だからお前も、絶対に無茶はするなよ」

フレデリカは、僅か数日で疲労を蓄積しすぎていた。剣を持たずとも、この人の毎日は間違いなく過酷な戦いだ。それこそ、俺が見ていないうちに倒れそうなぐらいのな。

この人を、とても放っておけない。

「いつまでも、心配してるのが自分だけだと思うなよ？　他人に無理するななんて言うヤツほど、自分は思いっきり無理するからな。言うまでもなくフレデリカのことだ」

肩を抱き、はっきり言ってやる。

いくらなんでも、疲労の蓄積が早すぎる。魔王討伐をしたエミーより疲れているとか、普段どれほど無茶に慣れているのか。……一体何年続けてきたのか。

だが、俺はフレデリカが辛そうな顔をしたところを見たことがない。この人にとって、魔王討伐以上の疲労が日常なのだ。

俺達《たち》孤児院のガキどもは、当たり前のように笑顔のフレデリカだけを認識していた。子供の頃はそれで良かったのだろうが……それに気付けなかった今は、あまりの呑気《のんき》さに自分で自分に腹が立ってくるな。

「だから、俺と一緒に居るときは徹底的に回復してやる。魔物からも疲労からも守るから、簡単に俺より先に死ねるとは思うなよ。……それだけだ」

止めることは、シビラでも無理だろう。こいつを何とかできるのは、きっと俺だけだ。

ようやく精神的に立ち直ったらしいフレデリカは、俺の腕を離れ……何故《なぜ》か、後ろ手を組んで少し拗《す》ねたように上目遣いで俺を見る。

「……ラセル」

「何だ」

「……あのね、私も一応エミーちゃんのために身を引いてる部分があったんだけどね。そこまで素敵になられると、我慢せずに本気で狙っちゃうかもしれないわよ？」

「それは……どう答えていいか分からないが……」

今、エミーが話題に出てくる流れだっただろうか。

「それでも、遠慮とか我慢とか真っ先に考えるのがフレデリカらしいよな。だからさ、そういうのも全部含めて、あんたはもっと自分に素直になるべきじゃないか？」

「……そっか、ラセルが背中を押してくれるなら。うん、分かったわ。じゃあ」

フレデリカは一歩近づくと、俺の目を真《ま》っ直《す》ぐ見ながら手を握ってきた。

「私のことを守って。いずれ……私、打ち明けるわ。その時は受け止めてね、王子様」

「いや王子じゃなくて聖者なんだが……」

「ああん私のラセルちゃん、まだノリ悪ぅい！」

なんだか最後は変な感じになったが……元気が出たようでよかったな。

って、おい。しがみつくんじゃない。苦手だってずっと言ってるだろ、やめろ。

この人、時々自分の身体《からだ》ガン無視で子供っぽく絡んでくるのは困るんだよな。嫌なわけじゃないが、どう対処していいか全く分からん……。


ちなみに部屋に戻ると、クッソ嫌な笑みを浮かべた野次馬駄女神がニタニタ笑いながら肘でドスドス小突いてきやがったので、強めのチョップをお見舞いしてやった。

「ぼ、ぼーりょくはんたい……」

やられると分かっていてやるんだから、お前ほんと懲りないよな。さっさと寝るか。

「……あれ？　ちょっとぉ、どんな時でも回復するのがラセルじゃないの～？」

「うるさいぞ、エミーが起きる」

ああもう……マジでエミーが起きるまで駄々こねそうだし、一応回復してやるか。

「お、気が利くぅ～」

はいはい。明日も早いんだから、いつまでも窓の下見てないで、お前も早く寝ろよ。

13 一つの疑問の解決と、新たに生まれた疑問

フレデリカの料理は、いつも美味《うま》かった。それは、フレデリカがキッチンの舵《かじ》を取っていたからに他ならない。俺が手伝ったことにより、第三者に不満を持たれたらまずいな。

つーわけで気合いを入れて料理し、今日も腹を空《す》かせたマデーラの子供達を呼びに行く。

「フレデリカの料理ができたぞ。腹が減ったヤツは来い」

ぞろぞろと集まっては、「ラセルさんだ、シビラと仲いい人」「しびらの男？」「違うよ、クロリスさんだよ」と好き放題言ってくれる。

「それでは、いただきましょうか」

「はーい！」

食卓には綺麗《きれい》な料理が並び、子供達は元気よく食べ始めた。自分が手をかけたものを受け入れられるかというのは不安だったが、問題なさそうだ。

「自分が作ったものをおいしそうに食べる姿を見るというのは、悪くないものだな」

「えっ」

食べていた子供のうちの一人が、フレデリカに言ったつもりだった俺の呟《つぶや》きを拾った。

「この料理、黒いのが作ったの？」

「そうよぉ、昨日もラセルちゃんが手伝ってくれたの。上手《うま》くてびっくりしちゃった」

「すげーな黒いの！」

俺はその元気なヤツに「おう」と軽く答える。だが……何よりも、だ。

「……フレデリカのお陰だろ、俺一人じゃここまでは到底無理だ」

「なーんて言っていつも謙遜するけど、さらっとできちゃいそうなのがラセルちゃんなのよね～。ヴィンスちゃんとの模擬戦も、エミーちゃんの捜し物も、ジャネットちゃんの書物談議も、ラセルちゃんはやってたでしょ？」

「まあ……たまたま向いてただけだよ。興味が向いたというかな」

「剣と本はともかく、捜し物は違うわよね。自分からやろうなんて、思わないものよ」

「……そうか」

「そうよ」

フレデリカはそう言うが……彼女は孤児院の姉であり、保護者であり……先生でもある。

そもそも誰かに優しくすることを教えてくれたのも、フレデリカなんだよな。

子供の頃の記憶というものは、かすれて思い出せないものも多い。ぼんやりと、そんなこともあったかな、と思い起こせる程度のものだ。

そうだな……古くなった落書きを、何年も後に探すようなもの。それをいざ見つけても、もはや何を考えて描いたのか、そもそも何の絵なのかも分からなかったりする。

だが、必ずその時の俺達はそこに存在し、何かしらのことを考えてやっていたのだ。思い出せなくても、それが今の俺を形作っている。

……記憶の、片隅。

そういえば、フレデリカはずっと、変わらない姿だよな。……女性にそのことを聞くのは失礼なことぐらい分かっているが、それでもどうしても気になってしまう。

さりげなく、探りを入れてみるか。

「そういえば、フレデリカはいつから管理メンバーなんだ？」

「アドリアの孤児院が最初よ、それから各地の孤児院施設をいろいろ巡っていたわ」

そうなのか？　だとしたら……。

「ラセルちゃ～ん、失礼なことを考えてないよね～？」

……まあ、さすがに今の質問だと意図ぐらいは分かるか。

「誤魔化す方が失礼かもしれないから、言っておこう。フレデリカは本当にずっと変わらないよな。俺と並んで街を歩いたところで、同い年にしか見えないと思うし」

「……」

フレデリカは、何か言い返そうと口をぱくぱくさせていたが、すぐに俯《うつむ》いてしまった。

……何だよ、結局自分から明確に聞いておいて調子の狂うヤツだな。

「黒いの、やるなあ！」

「ひゅーひゅー」

「だ、だめだよ、ライカさんは私……」

囃《はや》し立てるんじゃない。やれやれ、子供がからかってくるのはどこも変わらないか。

だが、今のは全面的に俺が悪い。自分で気まずい空気にしてしまったな。

「あー、なんかすまん。洗い物は俺がやっておくから、休んでいてくれ」

「う、うんっ、そうするね……！」

フレデリカは食器をキッチンに置くと、ふらふらしながら部屋に戻っていった。

「……ラセルって、やっぱけっこーわるい男かー？」

「どういう意味だおい」

「シビラがそういってたぜー、ラセルはえっと、ひゃくまた？　の、わるい男だってー」

やっぱあいつは帰ってきたら叩《たた》く。


洗い物のような地味な作業も、やってみると案外悪くないものだな。そういえば、ベニーがずっとこちらを見ている。あまり見ていても面白いものじゃないと思うのだが……。

「……ラセルさん、あれは聞いた？」

「あれって何だ」

「聞いてなかったんだ」

要領を得ないな。『あれ』じゃ何も分からねえよ、何のことだか喋《しゃべ》ってくれ。

「渡したでしょ、丸いの」

そういえば、ベニーから何かもらっていたな。『聞いた』となると……。

「『音留《とど》め』か」

「……何それ」

確実に正解だと思ったが……もしかすると、『音留め』という言葉を知らないだけか。

そもそも縁のない物だものな。……だとすると、元の持ち主は一人しかいない。

「アシュリーのものなんじゃないか？」

「多分、そう。アシュリーさんの部屋のもの」

ベニーは、あっさり頷《うなず》いた。

「勝手に他人の物を、まるで自分の持ち物のように俺に贈るんじゃない。完全に俺が盗んだみたいじゃないか」

「……」

「おい、何とか言ったらどうなんだ」

謝るかと思っていたが、無反応。こういう指導はやりにくいな……フレデリカを呼んでくるか？　俺が頭を悩ませていると、ベニーは奇妙なことを言い始めた。

「あの石、なんか男の声が聞こえてきて」

「は？」

「だから低い男の声だって。聞いてないの？」

初耳だ。男の声？　それがあの石の中に封じられている？

以前説明した通り、『音留め』の魔道具は貴族向けの非常に高価な道具だ。町中で買えるようなものではないし、まして子供が手に入れることなど普通は不可能だろう。

その『音留め』に、娘の声を入れたものを報酬としてもらっていたのがアシュリーだ。

実際に、マイラの声が聞こえてくるところを見せてもらった以上、男の声が聞こえてくることは有り得ないと考えていい。

だが、ベニーが嘘《うそ》を吐《つ》く理由がない。全ての事情を知らないのだから。

「だって、部屋の近くを通ったら、なんか声がして。それで、説明しようと思ったんだけど……アシュリーさんが帰ってきて、ちょっと気まずくなっちゃって……」

ああ、魔王を討伐した帰りだな。確かにアシュリーに襲われた直後みたいなものだったし、気まずい空気をベニーが感じ取ったのも分かる。

体調不良の原因、アシュリーのもらった報酬。挙動不審気味なベニー。孤児院での疑問が一通り解決した、といったところか。

……同時に、新たな疑問が生まれた。アシュリーが愛娘《まなむすめ》の声を聞くために手に入れた魔道具から男の声が聞こえた、という完全に未知の情報。

「すぐにその丸い玉、黙っちゃったからよく分かんなくて……。ラセルさんは、すごい回復魔法を使えるから、直せるかなって」

人体のように道具を回復はできないんだが……。それでも、運が良かった。俺はこの道具の使い方を目の前で見ている。ベニーは使い方を知らないだけだろう。

「分かった、何も心配しなくていいから、解決は俺に任せておけ」

「うん……」

俺はベニーの頭を撫《な》でて見送り、二階の部屋へと戻った。


誰もいない部屋から、窓の外を見る。

俺がこうやってのんびり食事を取っているときも、あいつらは戦っているのだろう。

フレデリカを守りつつも、問題解決の役に立つことができればと思っていた。俺はポケットから『女神の書』を小さなテーブルの上に置き、丸い玉を取り出す。

「間違いなく、アシュリーが持っていたのと同じものだな。さて、少女が出るか『赤会』が出るか――」

ふと、先日似たようなことをシビラが言ったなと思い出した。

――シビラお前、それもう『赤会』が出るって言ってるようなもんだろ。

そうだ、確かにそんなことを思ったな。

俺は石を両手で持ち、アシュリーが使ったあの言葉を口にした。

「――《プレイ》」

あのときのアシュリーと同じように、俺の『プレイ』という言葉に魔道具が反応する。

『……これで、大丈夫なはずだ』

『今から喋るのですか？』

『はい、司祭様。既に始まっております』

『分かりました。――神々と魔神の争いは、終わることなく続いた。圧倒的な力を持つ神々と、無尽蔵の力を持つ魔王。その二者に挟まれた地上は、大きく荒れ果てた』

音留めの魔道具、最初は確認から入ったのか。

ベニーが言っていたのは、これのこと……ではないだろう。

魔王はもちろんのこと、神々も最初は地上を巻き込みつつも戦いを止めなかったわけか。

意外と穏やかじゃないヤツも多いんだろうか。まあシビラみたいなのが女神やってるぐらいだし、あれより元気な女神が…………あれより元気な女神は勘弁願いたいな……。

『一つの島が滅んだ時、神々は思った。このままでは、大地が滅ぶだろう。……その中で、一人の神が立ち上がる。太陽の女神は言った。「地上の者に、戦う力を。その人の人生を肯定する者に、守る力を。誰かの為《ため》に心を痛める者に、癒やす力を。大地を育み命を繋《つな》げる者に、育てる力を」と』

かわいそうだな、滅んだ島。どこのことだか分からないが。確かこの文は序章だったはずだ。こうして話す者の速度に合わせて聞くと、いい復習になるな。

それにしても……聞いていると、なるほど確かに聞き取りやすい澄んだ声だ。流し読みしていた時に比べて、内容がすっと入ってくる。

『太陽の女神に賛同した神々は協力し合い、人間に力を与えた。それが『職業《ジョブ》』である。女神は人々の心を理解し、その人の未来の選択肢を授けた』

……その結果が、【聖者】か。人々の心を理解しているというのなら、俺のあの日々は一体女神にとって何だったんだろうな。

理解して、選択肢を授ける……か。

『そして、地上に女神が降りた』

ん？　読み飛ばしていた部分だろうか。女神が降りたのは最終章かと思っていたら、こんなに序盤で地上に降りてくるのか。

女神の書の内容は、基本的に地上で行われたこと、なんだよな。

信心深いわけじゃなかった俺みたいなヤツなら、女神の書に書かれた内容をただの創作神話だと思っていただろうが、生憎《あいにく》と俺は本物の女神が存在することを知っている。

だから、ここに書かれている内容は――恐らく事実だ。

どれほど昔から、シビラはいるのだろう。他の神々はどこにいるのだろうか。全員は降りてきてないとは思うが、シビラだけとは限らない……？

『女神は、祝福を授ける。女神を讃《たた》えよ』

最後は、そんな感じで終わるのか。これが、女神の書の始まりの章なのだな。

人類向けに、女神を自然と讃えるようになるための内容だ。太陽の女神がどんなヤツか全く分からん。なんといっても、俺が知っている唯一の女神がアレだからな……。

太陽の女神があれぐらいお調子者なら、多少は親近感も……。

いや、待て。シビラが二人……？　そう考えると……いかん、頭痛が……。

せめて、女神の中であそこまで自由奔放なのはあいつだけだと願いたいな……。

『ここまでで構わないのですか？』

『ええ、お疲れ様でした。もう戻ってもいいですよ』

『はい、分かりました』

最後にそんな会話をして、声が止まる。確かに男の声は聞こえたが、これだけだったな。

一体ベニーは何のことを言っていたのやら。

まあ面白いものも聞けたし、悪くはないか。

確か開始地点を最初に戻す魔法もあったが……戻す方の言葉は忘れてしまった。この魔道具をアシュリーに返す時にでも聞いておくか。

俺は音声が止まった球状の魔道具を見ながら、手元の『女神の書』を開く。復習がてら読み直すと、今聞いた部分が本当に序章だけというぐらいの僅かな部分だと気付く。

次のページからは、地上で女神の教えを受け継いだ、太陽の女神教における『始まりの人』の話が始まる。その人物が、『女神の書』を記し始めるのだ。

それを更に、多くの者が写し始める。自分の書を持ち各地に移り住んだ人が、その地で女神の教えを広めて『太陽の女神教』の教会を作る。

そうして王国には、女神教が広まった。

……それにしても、よく最初の人は女神というものを信じる気になったよな。何か特別な力を与えられたりしたのだろうか。

本を作る能力？　それとも勇者みたいな力か？　基本的に神の視点で始まりと教訓みたいなものが書かれているため、人間の具体的な話はそこまで出て来ない。

そこまで考察して、ふと当然のことに思い至った。

——聞きたくなったら、シビラに聞けばいいな。

あいつ、女神だし。話しぶりからして『女神の書』の編纂《へんさん》に携わっているっぽいしな。

俺は、椅子に深く座り直す。手持ち無沙汰だな。自分から留守番を言いだしたわけだが、待っているということが、これほどまでにもどかしいとは。

こういう時になると、自分の能力が隠匿されるべき闇魔法であることを恨めしく思うな。

魔物が山ほどいるという環境に二人はいる、落ち着くのは無理というものだ。

――ああ、そうか。

俺はエミーを、ずっとこんな気持ちにさせていたのか。戦いとは、なにも魔物を倒すだけではない。心を強く持つことも含めて、戦いなのだろうな。

何か、手がかりになるものでも探すか――。

『定時連絡です』

――ッ!?

今、確かにあの魔道具から声がしたぞ！　男の声だ。遠くから聞こえる感じだったが、確かにした。

この孤児院には、子供とフレデリカのみ。ならば、男の声はこの魔道具からしか有り得ない。

俺は、魔道具に顔を近づける。

『はい、ご苦労様です。そちらの様子はどうですか？』

『裏より野に放たれた緑は、街には近づかないよう外に。馬を使い、セイリス方面へ広げる形で行っています』

『大変よろしい。それで、緑の者の監視はさせていますね？』

魔道具の声が、止まる。……何だ、そこで止まるのか？　随分半端なところだな。もう少し情報が欲しいのだが。

そう思っていると、更に小さく声が出てきた。

『……い、いえ……監視の者は、残しておらず』

どうやら、しばし黙り込んでいたようだ。若い男が小さく言葉を発した瞬間。

急に応対する魔道具からの声は、雰囲気を変えた。恐ろしく低いトーンだ。

『聞き間違いですかな。監視の者を残していないと聞こえたのですが』

明らかに、嫌な雰囲気だ。明確な沈黙。この後に何があるのか。

姿が全く見えない音留《とど》めの魔道具では、黙られると何が起こっているのか分からない。

嫌な予感を覚え、少し耳を離して魔道具を見る。

その、数秒後。

『神に仕える資格がない！　その程度の信仰で幹部になったなど！　愚かしい！　なんと嘆かわしい！　おお、我らが神よ、この者の『解放』をご所望でございますね』

『お、お許しください大司教様！』

ガチャリと、扉が開く音が聞こえる。声以外も、音とあらば留めておけるのだな。

『この者は、『解放』がお好みらしい』

『お許しを！　どうか！』

『二度目を願うような無能は要らない』

それから、男の悲鳴が遠くなり、扉が閉まる音がする。

──何をしたか。そんなの、子供でも分かる。

あの嫌がり方と、『解放』という言葉。文字通り『赤会』からの解放じゃないとするとシビラの言った通り、完全に生贄《いけにえ》か、処刑の類いだな。

……なるほど、ベニーが気まずいと言うわけだ。こんな会話、聞いたとあらば精神的に無傷では済むまい。

ベニーは、よく俺にこれを託してくれたな。

『無能を従えるのは疲れるな。……『駒』用の石か。あまり使い方を聞かなかったが』

これは……恐らく、この魔道具を見た声だな。

『司祭様……いや、駒の娘も、予定通りに解放か』

……今。こいつは、何と言った？　俺が考える前に、魔道具から扉が開く音がする。誰か新たな者が入ってきたのか、再び若い男の声。

『ただいま戻りました、大司教様』

『ええ、ご苦労様です。無事にBランクの冒険者様を救うことができましたか？』

ふん、変わり身の早い男だ。これがついさっき一人の命を奪ったヤツの声か。他者の人生の終わりを理解していながらここまで平然としているとは、嫌悪感しかないな。

恐らく本当に、何とも思っていないのだろう。マイラを利用する、嘘《うそ》で塗り固められた大司教。仮面の下には、あの狂信的であり冷徹な言葉の数々。

『はい、無事に『赤い救済の会』であるとお伝えできました』

『素晴らしい。それでは、アシュリーを呼んできてくれませんか？』

『アシュリーですか？　分かりま――』

そこで、ぷつりと声が途切れる。

あくまで予測だが……ここまでが『音留めの限界時間』といったところなのだろう。かなり長い時間音声が聞こえていたと思うが、これだけで『女神の書』の全文を網羅するのは不可能だ。

……それにしても、ベニーが持ってきたもの、とんでもない証拠品だなおい。これさえあれば、連中が一体何をやっているかが明確に理解できる。説得力が段違いだ。

恐らく音を留めるための魔法は使ったが、それを止める魔法を使い忘れていた、ということだろう。

――ベニー、お前はアシュリーを救う最後の鍵だったのかもしれないな。

話の内容を整理しよう。抽象的だが、俺にも何が何のことを指しているかは分かった。

『駒』というのは……アシュリーだ。『駒の娘』が司祭のマイラなのだから。

ふん、随分と上から目線のあだ名を作ったものだ。自分は手を汚していないのにな。やはり大司教は、俺も一番嫌いなタイプだ。

……アシュリーは、大丈夫なのだろうか。

やはり、暗殺を何度も延期する状況を許容するヤツには思えないぞ。

シビラの予想自体はある程度正確だろうが、事前情報があってこそだ。あいつがこの声を聞いたら、大幅に軌道修正するだろう。……俺も、少し楽観視していた部分もある。

大司教、そう安易に数を減らすような不自然な真似《まね》はしないと思っていた。とんでもない、こいつら平気で減らすぞ。

アシュリーを駒扱いする証拠は、この魔道具のみ。シビラには、待機すると伝えた。その判断はきっと正しい。

正しい、が。

――それで、本当に俺は納得がいくのか？

静かになった魔道具を見て――俺は、剣を手に取った。

14 助けに行く。何よりも、俺自身のために

孤児院で準備をし、ポケットに魔道具を忍ばせた俺が一階に降りると、子供達《たち》の頭を撫《な》でていたフレデリカが俺の姿を見て、すっと目を細める。

「行くのね」

その目は、何でもお見通しというような年長者の目……と同時に、どこか寂しそうな目だった。

「ああ、少しアシュリーに関して気になることがあってな」

「そうなのね。アシュリーとも出会ったばかりなのに、大切に考えてくれる。やっぱりラセルちゃんは正義の味方だね」

「そんなんじゃないさ。ただ……そうだな、今動かないと後悔すると思っただけだ」

そう——後悔だ。

力がないうちは、まだ仕方ないと言い訳できたかもしれない。だが【宵闇の魔卿《まきょう》】として力を得た今、動かなかったために事態が悪化したのなら、きっと後悔する。

あくまでも自分のため。そんな大層な理由じゃない。

行動を起こした結果、失敗するのは悔しいだろう。だが、それはあくまで自分の行動によって得た結果だ。恐らくシビラなら……ま、あいつのことだ。『そんな暇があるなら次を考えなさい』なんて言いそうだな。

だが……挑戦すらしないまま、敗北の結果だけを知らされるようなことになれば、俺は自分を許せるだろうか。

「俺はあくまで、俺のために動く。結果的にアシュリーもマイラも助ける、それだけだ」

「……マイラ？」

あ、しまったな。あまり深く考えずに、喋《しゃべ》ってしまった。

「あー……黙っていてすまない。俺が話していいのか分からないが、こうなったら隠す方が却《かえ》って気になるだろうな。マイラというのはアシュリーの娘のことだ」

やはり知らなかったのだろう、フレデリカは目を見開いた。

「アシュリーに、娘がいたなんて。その娘が……近くに？」

「ああ。司祭とかいう変な役目を押しつけられ、朗読ばかりさせられている」

「そんな……。ずっと一緒に住んでいて、私はそんなことも知らなかったなんて……」

「いや、アシュリーもフレデリカに心配させたくなかったのだと思う」

秘密にしたい気持ちは分かる。アシュリーにも責任感や使命感があり、同時に自分の中で溜《た》め込んでしまう性格なのも、短い付き合いで理解した。

思い詰めると、少し判断力が鈍るところなんかもな。

俺とフレデリカが会話をしていると、それを聞いていたベニーが声をかけた。

「アシュリー、娘いるの？」

「これだぞ。『プレイ』」

「あっ、それ……！」

俺は魔道具を取り出し、その球体から声を流した。音留めの魔道具はやはり珍しいのか、フレデリカも驚きながらその声を聞く。

澄んだ声で、『女神の書』の第一節を朗読する球体の魔道具。

「……綺麗《きれい》な、声」

「そうだな。『ストップ』」

最後まで流れた後は、自動的に最初に戻るようだ。たまたま再生してみたが、助かったな。

朗読が終わったところで、俺は声を止める。この合図は必須だった。

——あの男達の声を聞かせるわけにはいかない。

ベニーにちらと視線を送ると、小さく彼は頷《うなず》いた。……聡明《そうめい》だ、察してくれて感謝する。

この子達を優秀に育てたのが、アシュリーなのだろう。やはり、しっかり愛情を持って育てているじゃないか。何が『本当の子供じゃない』だよ。

アシュリー、お前は十二分にこの子達の母親だと思うぞ。ならば……俺がやるのは一つ。

「ベニー。この声の子と会いたいか？」

「えっ……うん、会いたい。すごく、綺麗……」

ベニーは少し視線を彷徨《さまよ》わせて、照れたように頬を掻《か》いている。声だけでここまで興味を示させるなんてな。見た目も声と同じぐらい可憐《かれん》だから期待していろよ。

そんな反応を見せたベニーの頭を笑って撫でながら、フレデリカは俺の手の中にある、今は沈黙した球体を見る。

「その声が、マイラっていう子？」

「ああ。ベニーよりも年下ぐらいだ」

「……」

フレデリカは、少し目を閉じると頷き、目を開いた。

俺がどこに向かうか、理解したのだろう。昼に見せたような、真剣な顔だ。

「無理、しないでね」

「お互いに、な」

フレデリカは一瞬呆気《あっけ》にとられたように瞠目《どうもく》すると、すぐにくすりと笑った。

「分かった。ラセルちゃんのお願いとあらば、ちゃんと守るわ。だけどそれでも必要に迫られて疲れちゃった時は、報告優先。そうなったら、たっぷり褒めて癒やしてね」

「任せろ。俺の魔力は無尽蔵、最後にはこの街の人間を全て『聖女伝説』の力で回復させるつもりだ。フレデリカ一人なら、いくらでもやってやるさ」

「ふふっ、『聖女伝説』を再現するなんてさすがに強がりすぎよ〜。そういうところはまだまだ可愛《かわい》いわね。でも、期待してるわ」

別に強がりではないというか、むしろ『聖女伝説』の再現の方が余裕なんだがな……。

「本当にラセルちゃんがずっと一緒だったら、私ももーっと頑張れるわね」

「だから頑張るなっつってんだろ。やれやれ……それじゃ、行ってくる」

話が長くなりそうだったので、俺は最後にベニーの頭を少し乱暴に撫でておく。俺がこの可能性に賭ける気になったのは、こいつのお陰だ。

まさかうちの女神も、孤児院の子供に先を越されるとは思わなかっただろう。あいつなら、それすらも喜びそうだが。

扉を開け、外に一歩踏み出す。最後に、背中へと声がかかった。

「行ってらっしゃい、ラセル。私達の……私の、聖者様——」

自分のタグに触れて、軽く魔力を流す。

『アドリア』——【宵闇の魔卿】レベル13。

そこに表示されるのは、当然のように宵闇の職業《ジョブ》。これを『赤会』みたいな新興宗教がいるところで表示するのはまずい。

女神教では太陽の女神によって授与されるとされる職業《ジョブ》。

宵闇という闇魔法専門の職業《ジョブ》が、どう解釈されるか分からないだろう。

さて、門番だが……シビラとエミーがいないって事は間違いなく外に出たはずだよな。

ならばそのことを話せば、出ることができるかもしれない。

「出たいのだが、構わないか？」

「あん？　なんだ女子供ばかり。お前も早く帰れ、今外は」

「魔物だらけ、だろ？」

男が驚いたように目を見開く。……よく見ると、この男には見覚えがある。

「俺と一緒に来ていたパーティーメンバーが先に出ていたはずだ。職業《ジョブ》は見せたか？」

「あ、ああ……まさか、あんたも……」

「【聖騎士】エミーと合流の予定がある。先日一緒に街に入ったのを覚えているか？」

シビラが自分の資金で手配したので、結構いい馬車を使ってやってきた。それなりに目立つはずだから、覚えているはず。

「ああ、あの時の……！」

「そうだ。外の魔物が減った時に、俺が回復する手はずとなっていてな。そうだな……

《エクストラヒール》。どうだ、疲労回復しただろ、この力を【聖騎士】に使う約束だ」

門番は俺の魔法を受けて、すぐに自身の変化に気付いた。

「うお、うおおおすげえ、体のどこも疲れてねえ！　凄《すご》いな……！」

「あんたも仕事、大変そうだな。大丈夫、俺が外に出たら、もう少し安全になる」

やはり、能力を見せるのが一番。俺の言葉が信用に足るものだと思ったようだ。

「はっ……！　わ、分かりました、許可します」

「感謝する。ところで、俺とエミーとシビラ以外に門から出たヤツはいるか？」

「ここから今日出たのは、三人です。東門からは分かりませんが」

東門のことは気付いているが、今日は間違いなくアシュリーもここから出たのだろう。

俺はそいつのことを考え、腰の剣を確認するように触れた。


目の前に広がる光景と、後ろで門が閉まる音を聞いて、ひとつ溜息《ためいき》を吐《つ》く。当たり前のようにエミーと合流するためと伝えて出てきたが、無論俺にそのような予定などない。

「やれやれ……うちの女神様の影響かな」

あいつが平気で嘘《うそ》吐きまくるから、俺も似てしまったのかもしれない。誇り高い女神に似た……と言いたいところだが、完全に悪戯《いたずら》女神のノリに悪い影響を受けた感じだな……。

それにしても、だ。

視界に広がる圧倒的な光景に嘆息する。あの緑の魔物の死体が、所狭しと転がっていた。

ちょっと多いとか、そんなものじゃない。オークの死体、斑《まだら》模様の如《ごと》しである。

そういえば、こいつらは女の顔をじろじろ見て、下卑《げび》た笑みを浮かべながら近づく魔物だったな。エミーはあれで素手でもオークより強いから、負けるということはないだろう。精神面は少し心配な部分もあるが、あいつもあいつで心を強くしようと頑張っている。

シビラの方は、下卑た魔物相手だろうが、心配するだけ無駄ってぐらいふてぶてしいから心配しない。……頭の中でシビラの幻影が抗議してきたが無視。

「両方、心配する方が失礼ってものか。ならば、俺も俺のやるべきことをやろう」

シビラと何度も向かった、赤い建物へと足を進める。

今は赤いローブを着ていないが、こうなった以上そんなことを気にする必要もあるまい。今のこの状況だ、あの場所にいるのはそれ相応に上位の者のみだろう。マイラや幹部連中は当然、マイラの世話をする人間も常駐しているだろう。

恐らくアシュリーも、それを理解した上で向かったはずだ。

シビラとエミーが近くにいたら合流したいところだが、見つからなければ構わない。まずはアシュリーが気がかりだ。

他の『赤会』の連中ならともかく、少なくともあの大司教と、アシュリーの元旦那だけには、たとえ俺の素性がバレようとも容赦なく闇魔法を使ってやる。

「《ウィンドバリア》。……無事でいてくれよ」

俺は小さく呟《つぶや》くと、未《いま》だ生きたオークが蔓延《はびこ》る中『赤会』本部方面へと走り出した。

門から離れてすぐ、生きたオークが現れ始めた。つまり、二人は壁沿いに魔物を倒しているものの、こちらの方には来ていないと考えるのが自然だろう。

剣を片手に、シビラと一緒にいた時と比べて随分と殺気立っている魔物を鼻で笑う。まさか、女がいないからというだけで、こんなツラになっているのか？

「あいつならこう言うだろうな。——魔物の癖に生意気だ！」

俺は魔物の群れに踏み込むと、剣を横薙《よこな》ぎに払い魔物を倒していく。折角の一人の機会と、弱い敵をあしらえるチャンスだ。動いておくのも悪くない。

剣を何度も振り、魔物の身体《からだ》から流れていく血を尻目に次の獲物に狙いを定めて倒す。

《《エクストラヒール》》

頭の中で魔法を使う。怪我《けが》だけでなく、体力そのものを回復させてくれる魔法は、こういう時に何よりも役に立つ。

戦士系の職業《ジョブ》と比べて、体力がある方ではない。それに、どんなに屈強な戦士だろうと『疲れ』で必ず勢いが鈍る。だから皆、力を温存して戦うのだ。

だが、この魔法を使えば常に全力で戦える。

一瞬が勝敗を分ける戦いにおいて、『全力』を何度も使える影響は計り知れない。

俺は周りの魔物を一掃すると、遠くに見えてきた『赤会』本部を睨《にら》んだ。

建物の近くまで魔物が現れていたので、全て討伐する。途中、大きい個体であるグレートオークも襲いかかってきた。珍しい個体と聞いていたが、三体は倒したぞ。多いな……。

建物の前には、以前司祭に会いに行った時にいた見張りがいない。とはいえ、今の状況ならそれも当然か。

そもそも『赤会』信者以外がこの建物に入るのか俺には分からないが、こういう時に信者が助けに来ない辺り信仰の程度が知れる。

……まあ、そうだよな。死んだらそれで終わりなんだ。

今まで運悪く死んだ人間も、女神への信心が足りなかったから死んだわけじゃない。シビラも言っていたな。『信じる者は救われる』という言葉のトリックを。

ジャネットからは、金を貢ぐと上位になって救われる……だったか？　そう聞いていた。

ならば、信者は自分の命が最優先だろう。命を張ってまで大聖堂に来るはずがない。

実際に太陽の女神よりも存在が不確定な神であることが、こういう時に出てくるというわけだ。こういう宗教の真価はいざという時に出るものだな。

「どちらにせよ、今はそれを利用させてもらおう」

俺は建物の中へ入る。以前シビラと来た時は、信者で溢《あふ》れていたが……こうやって誰もいない廊下を歩くと、随分と広く目に悪い場所だなと思う。

孤児院出身としては憎い限りだが、こういう所に限って金回りは良さそうだ。

『……となったのです……』

ッ！　中から声が聞こえる。俺は慎重に、大聖堂の中へと足を踏み入れた。軽く見渡してみたが、他に人の気配はない。

声の主は、すぐに見つかった。いや……声の主と言うべきか。

『――それが、自分だけの力で魔王を倒した、初めての人となった』

マイラの声。だが、壇上にマイラはいない。ならば、この声を流しているものが何であるかは明白だ。

「アシュリー」

「……ラセル様？　えっ、待って《ストップ》。ラセル様が何故《なぜ》ここに？」

「いい加減その敬称をやめろ。じゃなくて、気になることがあってな」

俺はアシュリーの横、大聖堂の最前列に座る。……こんなところに座るだけのことに、大金がかかるというのだから、本当に馬鹿げた宗教だ。

こちらを見ながら首を傾《かし》げるアシュリーに、ローブの中からそれを取り出す。

「あっ、もしかして、前なくしていたやつ……！」

アシュリーの持ち物であることは分かっている。が、今回の主題はそこではない。

「アシュリー。お前はこれを以前再生して、そのまま部屋に置きっぱなしにしていたな」

「あ、ああ……あー、そうですそうです、そのはずです。戻ってきたらどっかいってて」

「ベニーが犯人だ。そこで……音が流れっぱなしになっていて、取られたわけだ」

アシュリーは驚くと、俺の手にある魔道具を受け取り、音を流し始める。

「《プレイ》」

その声に反応し、魔道具からは先ほど聞いたばかりの音声が流れてくる。

「やっぱり、これです。序章の朗読を保存した、最初にもらったマイラの音留《とど》め……」

しばらく声を聞いていたアシュリーだが、ふと首を傾げる。……気付いたか。

「私は、この魔道具の音を止め忘れたことはありません。再び聞くには最初に戻す必要がありますからね。じゃあベニーが戻した……？」

「しなかった。アシュリー、お前は間違いなく止め忘れたんだよ」

「そんなはずは……」

「止める言葉を言わなかった場合、お前はどうしていた？」

「んー……多分、最後まで聞いていたんじゃないでしょうか。途中で止めたりした記憶はあまりないですね」

俺が頷《うなず》く頃に、音留めの魔道具の言葉が途切れる。

「最初は使い方が分からず、手探りの声が入っているんですよね」

俺は、黙って魔道具をじっと見つめる。アシュリーは……気付いたようだな。止める言葉を言わなかった場合、必ず最後まで聞いていた。今がその状態だ。ベニーはこの朗読後地点の魔道具を見つけたのだ。

静かな大聖堂。

どれだけの金を積んで作ったのか分からない、広い空間に俺とアシュリーの呼吸音だけが聞こえる。アシュリーは、魔道具をじっと見ている。俺に声をかけることなく、静かに黙して。

やがて、その時が訪れる。

『定時連絡です』

突然の声にびくりと震えて、アシュリーの目が俺の方を向く。その顔に頷くと、再びアシュリーは流れ続ける声を、緊張した面持ちで聞く。

そこから流れる声。明らかに大司教の声。

『この者は、『解放』がお好みらしい』

解放——それは、アシュリーの報酬として愛娘《まなむすめ》マイラに対して言われていた言葉。シビラが、先日指摘したばかりの言葉。失敗した部下に激昂《げきこう》した大司教が、言った言葉。

「え……これ、って……」

アシュリーがぶつぶつと、視線を彷徨《さまよ》わせながら呟く。俺は、アシュリーの手に触れる。

はっとした彼女がこちらを向いたので、俺は目を合わせた瞬間手元の魔道具を見る。

『司祭様……いや、駒の娘も、予定通りに解放か』

駒と、駒の娘。その直後に出た名前。

『アシュリーですか？　分かりま――』

「これが、音留めの魔道具が留められる時間の限界なのだろう。俺が聞いたときも、全く同じ場所で止まった」

アシュリーは俺の言葉に反応を示さず、魔道具をじっと見る。

アシュリーは、魔道具を懐に仕舞うと、壇上の方を見て話し始めた。

「この後、私は孤児院に『神の粉』……あの白い調味料ですね。それを置き、周りの家に広めたことを伝えました。ギルドも受け取ったことが評価されて、これを渡されました」

ぽんぽんと、先ほど再生していた魔道具を叩《たた》く。……なるほど、そういう経緯で街にあの味覚覚醒粉が広まり、その対価として初めて魔道具がアシュリーに手渡されたのか。

ギルドも判断力が鈍っているなと思っていたが、信者にならないにしても一通り街の人間を弱らせるような下地が整っていたというわけだ。

「その、前の会話が、これだったわけですね」

「ああ。恐らく声の男は『解放』……つまり処分されたということだろう。大司教の変わり身の早さには驚くばかりだな」

「はー、こんなに冷たい声を出せる人だったんですね。いやあ私らマジ節穴だなー」

「この時処分された男が誰かは分からないが……」

「——ジェイク」

突然、アシュリーが知らない名前を出す。解放——処分された男を知っていたのか。

「知り合いだったのか」

「まあ、知り合いっていうか旦那でしたね」

「なっ……!?」

さらっと答えたが……アシュリーがその意味を理解していないわけがないだろう。

「最近まるで会わないなって思ってたんですよ。そっか、こんなに簡単に、一度のミスで処分されちゃったんだ。旦那、幹部ですよ？　命ほんとにやっすいなあ……」

ジェイクは、司教だったはず。だというのに、一度の失敗で処分されたというのか。

「……できれば私が手にかけたかった」

「おい、冗談でもそんなことを言うんじゃない。お前の手は子供達《たち》の頭を撫《な》でるためにあるんだ、その手が血塗られるべきではないぞ」

「そういうこと言っちゃうの、聖者様も大概女神様によく似てますよね」

俺が、あいつに？　似てるなど普段なら否定するところだが、今の流れだと子供好きってところか？　全く自覚はないが……。

「でも、ジェイクは死んで……あれ、このままだとマイラは──」
「神への裏切り者ですか」

──ッ！

俺とアシュリーは、互いに同じ方向を向く。声がしたのは、壇上の奥。
そこには、あの大司教が部下を引き連れて立っていた。

15 『赤い救済の会』、大司教達との戦い

ぞろぞろと、いやらしい顔をした集団が大聖堂の中に入ってきた。どいつもこいつも、全身真っ赤なローブ姿をしている。

大司教が赤いローブ、左右の人間も赤いローブに……杖《つえ》か。戦士タイプはいなさそうだ。

……『赤い救済の会』大司教の男。表面上は笑顔を取り繕っているが、あの自分に酔った粛清の罵言を聞いた後だと鼻で笑うしかないな。

「それにしても、いやはや……まさかあなたが裏切るとは思っていませんでしたよ、アシュリー。こちらとしても、あなた以外に動かせる駒がなかったので参りましたね」

大司教がぺらぺら喋《しゃべ》りつつ、周りの連中は俺達を取り囲むように左右に広がっている。

「裏切るも何も、この魔道具に声を入れたのは大司教様でしょう？」

「誤算でした、確かに最初は使い方が分からず、魔道具の録音機能を停止し忘れていました。……このことには、もう大分前から気付いていたというわけですか」

「いいえ、孤児院の子供が見つけてくれたみたいです。私も気付かなかった声を」

「……おのれ薄汚れたガキどもが」

大司教が小さく悪態を吐《つ》く。一瞬の変化であり、小さな声。だが広く静かな大聖堂では、その声はよく聞こえた。……隣の、息を呑《の》む音も。

やはり、偽物の大司教などその程度か。人の地位を金で分ける組織のトップに孤児への慈愛などあるはずもなく、その目は金欲にまみれた泥の色のみ。こいつは、人の上に立つ器ではない。

「大司教様は、本来はそっちの姿なのですね。じゃあ、やっぱりジェイクは」

「赤き神と一つになりましたよ。実に光栄なことだと思いませんか？」

「そんなに光栄なら、ご自分も一体化なさってはいかがですか？」

「いえ、私にはまだまだやらなければならないことがあるため、とてもとても……」

ああ言えばこう言う、と言わんばかりにのらりくらりと躱《かわ》しながらも、まだ大司教としての体裁を保とうとしている。その男が、ふと表情を消してこちらを向く。

「ところで……そちらの方はどなたですかな？」

そうだろうなとは思っていたが、どうやらあいつは俺のことを全く覚えていないらしい。ここまで全身真っ黒だと、覚えていそうなものだと思ったが……まあ遠くで見ているだけだったし、こいつにとって馬車の俺や御者よりフレデリカの方に目が行くよな。

さて、こういう時はどう返してやればいいか。……そうだな。

「『邪神の信徒』ってのはどうだ？」

「……面白いことを言う人ですね」

口では穏やかなつもりだが、苛立《いらだ》っているのがよく分かる。『赤会』のことを言っているのか、『赤会』から見た太陽の女神のことを言っているのか判断に迷うところだろう。

ま、正解はそのどちらでもないわけだが。

「大切そうにしていた魔道具を忘れていたので、孤児院の先生に届けに来たというわけだ。実に親切だろ？　忘れ物を届けるのは昔から俺の仕事でな」

「ええ、そうですね。……外がこんな状況でなければ、忘れ物を届けることを不自然には思いませんでしたよ」

ま、そりゃそうだよな。こんな状況じゃ、門番も迂闊《うかつ》に誰かを外に出したりはできないだろう。俺が普通ではないことぐらいは予想がつくか。

「外のあれは、あなたがやったのですか？」

「まあ、そうだな。回復術士《ヒーラー》になったが、剣で斬った」

「剣士でありながら【神官】をもらったのですか」

俺はその問いに黙って鼻で笑い、肩をすくめる。

「自身の努力を否定されるような職業《ジョブ》を授与されて、あなたは太陽の女神が間違っていると思ったことはありませんか？」

「そうだな。一度や二度じゃない」

大司教の目が、値踏みするように薄く開く。

「ならば、『赤い救済の会』はいかがですか？　『太陽の女神』より上位の存在として、我々は『赤き神』の復活を願っています。あなたは優秀そうだ。是非幹部に――」

「断る」

俺は声を被《かぶ》せるように、ばっさり拒否。片眉を上げて黙る大司教。

「お前等《ら》が信仰してるのは、赤き神じゃなくて魔王か何かだろ？　だから、魔物の数なんてものをコントロールしている」

「……」

「他の街から救援が来たら都合が悪いんだよな？　そりゃこういうこともさせるわけだ」

俺はポケットから、紙切れを取り出してひらひらと見せる。

復元された救援依頼を見た瞬間、大司教の細い目が大きく開く。……ふん、俺のカマかけでそんなに分かりやすい反応をしてるようじゃ、これを見つけ出したヤツ相手には即丸裸にされそうだな。

野郎の裸には興味はないが、こいつの臓腑《はらわた》の汚さになら興味はある。

「アシュリー、読んでみな」

「……マデーラ平原にオーク多数発生、救援願う。宛先はハモンド、冒険者ギルド発！」

アシュリーの読み上げに、周りの連中が動揺する。

「やれやれ。あなたは実に興味深い。……首を突っ込みすぎると言われませんか？」

「あんたにはそう見えるってことだな。突っ込みすぎたら、どうなるんだ？」

からかい気味に答えてやると、大司教は左右に目配せする。……そろそろ来るか。

「一応聞いておきましょう。あなたはその魔道具の話を、全て聞きましたね」

「もちろんだ」

「アシュリー。あなたも全て聞きましたね」

「はい」

「ならば、『解放』の意味も分かりましたね」

「生贄《いけにえ》、もしくは『処分』ですかね」

「それを知っていてなお、正直に答えるとは実に結構」

淡々と喋るアシュリーに対して、肩を揺らして余裕そうに笑う大司教。

「ふふふ……よくもまあ素直に喋ってくれるものです。もう諦めましたか？」

アシュリーは、その問いにははっきりと答える。

「私は、知りたいだけです。結局私の人生に意味はあったのか」

「意味はありましたよ。髪が赤い母親が、髪の赤い娘を産んだ。それだけで、あなたの価値は他の信徒よりも十二分にあります」

「……それ以外は？　髪が赤いこと以上のもの、沢山あるでしょう。生まれ持った顔は？

かつて手入れをしていた肌は？　家事や、能力、性格や職業《ジョブ》は――」

大司教は、つまらなそうに溜息《ためいき》を吐いて、ばっさり切り捨てた。

「そんなの、髪が赤いことと比べればほとんど代用が利く意味のないものでしょう。司祭様を産んだ。それ以上の価値などありません」

アシュリーは絶句し、拳を握る。遂《つい》に、怒りの形相で叫んだ！

「あの子は、マイラだ！　『司祭』じゃない！」

「ふむ」

何の関心もなさそうに、大司教はアシュリーの心の叫びを聞き流すと、懐から杖を取り出してこちらへと向ける。

「やはりガキと同じ場所に行ってもらうか」

「……ッ!?　マイラをどこへやったの!?」

「あなたたちも、赤き神への贄として捧《ささ》げさせてもらいましょう。光栄に思いなさい」

そろそろ限界、といったところか。もう少しお喋りしてもよかったんだがな。

「《ファイアジャベリン》！」

部下が、魔法を放ってくる。攻撃魔法まで徹底して赤とか、律儀すぎて笑えてくるな。

「《ウィンドバリア》」

俺は隣のアシュリーが踏み出しそうになっていたのを捕まえると、防御魔法を使った。

もちろん二重詠唱だ。交互詠唱でなければ、二重詠唱で使うのも癖になってきたな。

「動くなよ、アシュリー」

「ふむ、なかなかレベルが高いようですね。さすがは今の状況でこの建物に来た者。ですが、こんなものではありませんよ」

大司教の後ろから、新たに二つの影。……他にもアサシンらしきものを仕込んでいたか。ならば、次は。

「――グッ、これは……!?」

突然動きを鈍らせた大司教と二人の男が唸《うな》る。今の瞬間ハデスハンドを使った。ああいう『速度』を武器にしたヤツらには、一番厄介な攻撃だろう。

「マデーラの魔王同様、速度の出ない【アサシン】など足手まといでしかない。それでも後ろのクソ野郎に尻尾振りたいなら、かかってこいよ。回復術士《ヒーラー》が剣で相手をしてやるぞ」

男達《たち》は、大司教に振り返る。その顔には恐怖。対して大司教は眉間に皺《しわ》を寄せていた。

「……あなた達、何をしているのです。二人とも『解放』されたいですか？」

その単語にびくりと反応すると、男達はこちらを向いてナイフを構えた。

「おーおー、随分な恐怖政治じゃないか。やはり赤いだけの神ってやつは駄目だな」

太陽の女神みたいな放任主義の方がよっぽどマシだし、俺の女神はリフレッシュのために海やレストランや高級宿に連れて行ってくれるからな。比ぶべくもないってやつだ。

「赤き神を冒瀆《ぼうとく》するなど……！」

俺は、ノロノロと走ってきているつもりの遅いアサシンを見ながら剣を抜く。これは魔王との能力差ってやつだろうか。遅い遅い。

俺が右のヤツの脚を斬ったと同時に、アシュリーが左側のヤツの腕をナイフで斬っていた。……やはりアシュリーは、それ相応に強いな。とんだシスターがいたもんだ。

途中、左右から魔道士達が攻撃魔法を連射してきていたが、俺のウィンドバリアの前には熱風みたいなもんだな。ま、この魔法はファイアドラゴンの炎も防いだから今更か。

「ただの術士ではありませんね」

「これでも剣には自信があるんだ。なかなかやるもんだろ？」

「……マデーラの魔王、と言いましたか。まさか、あなたが？」

「まあな」

二人の協力で倒したが、誰が止《とど》めを刺していてもおかしくなかっただろう。

喋っているうちに、アシュリーが動く。左右の術士を片付けるつもりだ。

二人の魔道士はヤケになって魔法を撃ちまくっていたが、俺に魔法が届かないため油断していた。アシュリーに腕を斬られて、杖を落とす。反対側の術士が慌ててアシュリーの方に魔法を撃とうとするも、アシュリーは魔道士を盾にした。

相手が怯《ひる》んだ隙に、大聖堂の反対側にいた魔道士にナイフを投げる。その銀の光は相手の手首を斬り裂き、男の悲鳴と共にもう一つの杖も床に落ちる。

「上手《うま》いじゃないか。なぜシビラにはやらなかった？」

「考えてはいたんですが……今のウィンドバリアのような魔法を使われると、ラセル様に気付かれるだけになるので却《かえ》って危険と判断しました」

……本当に優秀なアサシンだったんだな。まあ、そこまで熟練した上で、その思考をシビラに読まれていたということか。

「さて、一人になったな」

「……」

大司教は、憎々しげに俺を睨《にら》み付ける。まだ隠し球があるかもしれない。油断するな。

「このオークが溢《あふ》れた現状、お前が指示を出してやったことだろ？」

「……何のことですかね。あなたが、マデーラのダンジョンを攻略した影響では？」

「皮肉を返したつもりだろうが、マデーラダンジョンの話題を何故《なぜ》出した？」

「……！」

「その理由は一つ。マデーラダンジョンの赤ゴブリン集団を溜《た》め込んで増やしていたのがお前で、オークもお前達が溜め込んでチマチマ放出してたからだ、そうだろう！」

目を見開いて一歩後ずさる。墓穴を掘ったな、馬鹿が。

下手な弁解と、下手な非難は自分に刺さる。

多少の謙虚さでも備わっていれば、こんなマウントの取り合いで迂闊な発言はしないものだが……それだけ周りを盲信者で囲っていたというわけか。

こういう時は沈黙あるのみだ。表情も変えてはいけない。そこまでやって、ようやく手《て》強《ごわ》い相手になる。

……ふ。この感覚を養えたのも、あのお喋《しゃべ》り女神の影響だろうか。なんてこと、あいつに言おうものなら調子に乗りそうだから言わないが。

少なくともこいつは、俺に出し抜かれているようじゃ三下もいいところだな。

「どういうことですか、ラセル様」

「赤ゴブリンを街に氾濫させるために育てていた。それを知らなければ、ダンジョンの影響で魔物が氾濫するなんて言わない。つまりこいつは、溜めた魔物が溢れること、すなわち『オークを溜めている』ことを知っている。魔道具で言ってただろ？『野に放たれた緑』と」

緑は間違いなく、オークのことだろう。旗色が悪くなったと理解したな。

俺に追い詰められた大司教は——逃げに入った！

「《ストーンウォール》！」

こ、こいつッ……！　部下は赤色で揃《そろ》えておいて、自分は逃げるために地属性かよ!?

どこまでも保身的で、自己中心的なヤツだな！

俺がヤツを追うため石の壁に向かって走ると……途端にその壁が崩れた。

「無茶しすぎよ、でもいい判断だわ。さすがリーダーね」

そこには余裕そうに笑うシビラと、腕を取って背中に膝を乗せる形で、大司教を地面に縫い付けるエミーがいた。いいタイミングだ……！

「そいつと、あと四人いた。一応全員戦闘不能にしている」

身廊を歩きながら、大聖堂で転がっている二人のアサシンの横を通る。妙な動きをしそうになったところで、エミーが大司教を強めに押さえつけた。

ミシリ、という音とともにくぐもった声が聞こえ、男達は構えを解く。アシュリーと近くに寄ると、シビラは溜息を吐《つ》いた。

「それにしても、本当に無茶したわね」

「今すぐ動かなければ後悔すると思っただけだ。俺は俺のやりたいことをやったまで、特別なことじゃない」

「この状況でそう言える辺りが、本当に特別って感じよ」

助けに入ってくれたのは本当にありがたい。こいつは逃すと厄介そうだ。

「よく来てくれた。全く連絡していなかったはずだが、一体何故だ？」

「魔物の討伐が終わったあとに、一旦エミーちゃんと門に集まったの。その時に門番の人が言ってたのよ、『仲間とは合流しなかったのですか』って」

ああ……そうか。そもそも『聖騎士に協力する』という名目で、俺は魔物だらけの街の外へと出たのだ。門番が訝《いぶか》しがるのも当然っちゃ当然の話だな。

「状況から、アタシはすぐにラセルがここに来たと判断してエミーちゃんに説明した」

なるほどな、さすがにこいつなら俺の行動ぐらいは予想がつくか。

「それにしても、今日はアタシたちに任せるって判断だったでしょうに、何があったのよ」

「そうだな……アシュリー」

俺は、アシュリーに話を振る。それで何のことなのか察したアシュリーは、俺が持ってきた魔道具の再生を始めた。

しばらく、マイラの綺麗《きれい》な声が大聖堂に響く。

その序章が終わり、軽い会話とともに声が止まる。

「《ス――――ガアッ!?》」

往生際の悪い大司教が魔法を放とうとした瞬間に、エミーの拳が大司教の頭に落ちる。

たった一音すら、声に出せない。途轍《とてつ》もない反射神経であり、容赦のない一撃だ。

「今の感じ、魔法ですよね。まさかラセルに魔法を使うつもりですか？　私は、あなたに関しては正直遠慮なくやっちゃっても許されるな、ぐらいの気持ちでいます」

エミーは竜牙剣を抜き、地面に突き刺す。俺の魔法がなくとも赤絨《じゅう》毯《たん》の下の石畳を割る程度のことなら、竜の牙とエミーの怪力なら余裕だ。

……それにしても、あの虫も怖がったエミーがここまで怒りを露《あら》わにするとはな。

とはいえ、街に入る前にあどけないマイラを、エミーは俺より近くで見ていたのだ。事情を知れば、むしろよく我慢した方だと言えるだろう。

俺も、『こいつはもう殺していいんじゃないか？』と思っているぐらいだしな。そんなやり取りを挟んでいるうちに時間は経過し、魔道具から声が出る。

「き――グッ……!?」

エミーが籠《こ》手《て》に包まれた手で大司教の口を塞ぎ、もう片方を頭頂部を握るようにして固定する。ヤツは何か言おうと顔を真っ赤にしているが、無駄だ。

それからしばらく、『解放』の話、アシュリーの話が出たところで、音が唐突に止まる。

シビラは腕を組んで数度頷《うなず》き、エミーは押さえ込みつつも驚愕《きょうがく》に目を見開いていた。

「……なるほど、これをラセルが見つけたってわけね」

「正確にはベニーだ。できる限り速やかにこれを伝えようと思ってな」

「明日でも良かったのに、それだけのためにこんなところへ一人で来るなんて無茶をしたのだから、本当に心底聖者様って感じよね」

「そんなんじゃない。本当に、好き勝手に動いてるだけだ」

「あんたらしいわ。特に……どこぞの『我々に感謝するのです』みたいなことを何にでも付け加えるような大司教とは大違いね。エミーちゃん、口元外していいわよ」

エミーは頷くと、手を外す。シビラは腕を組みながら、ニヤリと笑って大司教を見下ろした。この状況と構図でシビラが大司教に何を言うか、実に楽しみである。

「あらぁ～！　これはこれは、白い布を着込んだどっかのおっさんじゃないの～！　窓越しぶりね～！　あれからちゃんと『女神の書』は読み込んだかしら～？」

仰々しく両手を広げたシビラのあまりにしらじらしい言葉に、吹き出しそうになる。

さっき魔道具の会話を聞いたばかりだというのにな。

「女神教の、護衛の女……！」

「まあ正式な護衛じゃないわよ。暇していただけの冒険者パーティー。ちなみに『赤い救済の会』のことはよく知ってるわ。先日ここにも入ったことあるし」

「……何？」

「赤いフードを被《かぶ》れば誰でも『赤会』、なわけないでしょ。後ろの端で、一部始終を見させてもらったわ。ところで……」

シビラはしゃがみ込み、大司教を近くで見下ろす。

「『司祭様』がいらっしゃらないようだけど、今日は留守なのかしら」

今のところ、マイラはここにはいないようだが……。

「この人員から察するに、先にアシュリーを始末するつもりで来ていたと考える方が自然か。アシュリー、待機命令でも出ていたんじゃないのか？」

「仰《おつしや》る通りです、大聖堂で待つようにと。……口封じをするつもりだったのですね」

自分で言葉にしたことで、ようやくアシュリーも自身が置かれていた状況を実感したようだ。この場にマイラはいない。

「……ふ、ふふふ……人質に取ろうと思っていたが、結果的に正解であったな」

「どういう……まさか、大司教あんた既にマイラちゃんを生贄《いけにえ》に捧《ささ》げたわね！」

シビラは叫びながら、大司教をエミーから奪うように襟を両手で握り持ち上げる。

大司教は……この状況で、気持ち悪いぐらいの引きつった笑みを浮かべていた。隣でアシュリーが「ひっ……」と小さく悲鳴を漏らす。

エミーも汚いものを見るような目で後ずさった。目は血走り、歯茎を剝《む》き出しにした大司教の顔。もはや正気を保っているとは思えない。

シビラがドン引きしながら顔を少し離したところで、大司教の男が逃げ出そうとした。

それを見た俺は——自分の力の限りに殴りつける！

大司教の顔に拳がめり込み、錐揉《きりも》み回転をしながらヤツの体が壇上に落ちる。

「そんなに命を捧げたけりゃ、勝手にてめえの命を捧げてろ、このクズが！」

大司教はのそりと起き上がると、自分の鼻に触れ、その鮮血の色に——口角を上げた。

マジでこいつ、赤けりゃ何でもいいのかよ、気持ち悪いったらありゃしねえなおい!?

「素晴らしい赤！　なんと鮮やかな赤！　ああ、赤き神が降臨する！　分かる、感じる、我らの赤き神を！　救いの手が、今日我々のもとに！　神よ、私の力を捧げます！」

両腕を上げて大聖堂の天井を眺める大司教。つられて俺も天井を見ると……！

「何だあれは……」

大聖堂の天井付近に、赤い穴が現れている。

濃い魔力が溢れるように、中から毒々しい赤い霧が漏れ出していた。

「魔神……」

シビラがぽつりと、その単語を口にする。魔神……魔王ではなくて、か？

「ああ、やはり神はいらっしゃったのだ！　これで太陽の女神教は終わり、『赤い救済の会』が世界を統べるのです！　王国も、帝国も、全て太陽の女神教！　間違っていたのです……そう、この私こそが——」


『よく喋るものだ』


大司教が壇上で立ち上がったところで、赤い穴からくぐもった低い声が聞こえる。

『なるほど、『塗り替え』ではなく『塗り足し』を行った者がいるな。ならば剝がすとしよう。その方が……絶望の味がする』

何だ、この声は……いや、何を言っているんだ。塗り替え？　絶望の味？

俺が疑問に思うと同時に、天井から赤い光が大司教に落ちる。それと同時に――。

「……。……私は。……今まで私は、何を……何を……？」

突然、大司教の様子が変わる。

『美味。もう結構』

その直後、赤黒い塊の何かが天井の穴から溢《あふ》れ出る。

「あ」

大司教はその塊とともに地面に沈んだ。散々見た色が、放射状に壇上に広がる。

それで、終わり。

好き放題してきた大司教は、自身が『世界中を操れる』と魔王に唆されて信奉していた赤き神改め、赤き魔神によって死んだ。辞世の句もない、あっけない最期だ。

だが……最後の、あれは……。

『女神に封印された我が肉体が、まさか人の手で復活できようとはな……』

その復活させた本人には全く興味を示さないように、淡々と天井の穴から声が漏れ出す。

喋りつつも、赤い穴は少しずつ小さくなっていく。

『ここは魔力が濃いが、地上への顕現はもう少しか。あるいは、魔界からなら……』

最後に小さく声らしきものを発し、赤い穴は消えた。あんなものが出て来られるのなら、この大聖堂も普通の場所ではないのかもしれない。

それにしても、魔界か……恐らくシビラの言っていた通りダンジョン最下層のことなのだろう。言うまでもなく、オークが出現するダンジョンの、だな。

魔神による、あまりに一方的な展開。残されたのは俺達《たち》四人と、『赤会』の四人。特に『赤会』の四人は、壇上にある大司教の跡を見ている。

「あれが、あんたたちが信奉していたヤツよ」

シビラの声に、『赤会』の四人が振り返る。

「赤いワインは血の比喩。女神が別の世界に封印したのは、上位の神ではなくて『魔神』のこと。その大司教は、マデーラの魔王に接触した際に『神を復活させると世界を掌握する力が手に入る』って言われてたわけ」

互いに顔を見合わせる『赤会』の殺し屋達。マデーラの魔王は、唐突な話だろうな。

「マデーラダンジョン下層へは、もう簡単に潜れるわ。嘘《うそ》だと思うのなら、魔王がいないことを行って確認してきてもいいわよ。ま、少なくとも——」

腕を組んで、天井を見る。

「あれが味方じゃないことぐらいは、馬鹿でも分かるわよね。あんたたちが『赤会』の信者だったとしても、雇われの殺し屋だったとしても、もうご主人様はいないわ」

シビラの話の内容。目の前で、歪《いびつ》な声とともに大司教を殺した赤黒い穴。しばらく、誰もが虚《うつ》ろな目でぼんやりとしていたように思う。

四人のうちナイフを持っていたであろう頭まで赤いフードを被っていた一人が、自分の懐からネックレスを取り出して床に叩《たた》き付けた。他の三人が見る中、男は話を始めた。

「俺は『赤い救済の会』の助祭だ。……俺達は、あんなものを信奉していたのか……」

「文字通り、盲目的にね……って言いたいところだけど、街の冒険者も含めてあのおっさんが恐怖で支配してたことは知ってる」

あの魔王が言っていた話からすると、大司教一人が暴走していたのは想像に難くない。

「あんたら全員街の兵士に突き出したいけど、そんな呑気《のんき》なことを言ってられなくなったわ。……街そのものが魔神に殺されかねない。分かるわよね」

今度は迷いなく四人とも頷き残り三人もネックレスを投げ捨てた。

「この中で、オークのダンジョンに心当たりがあるヤツはいるかしら」

「いや、知らないな。その魔道具からの話も初めて聞くものばかりだった」

「そう。助祭なら発言力もあるわよね。反省しているのなら大司教の死と、もうこの宗教が終わりであることを街の皆に伝えなさい。赤き神ではなく、太陽の女神に誓える？」

四人は顔を見合わせ、こちらを振り向いて頷いた。

本来なら兵士に捕らえさせる必要があるが……最早《もはや》悠長に構えている暇などない。

「ラセルとアシュリーもいいわよね」

「構わない。これ以上そいつらに付き合う余裕もなくなったしな」

つい先ほどまで命を狙っていた相手は、呆然《ぼうぜん》と天井を見上げながら、どこか魂が抜けたかのように空っぽの表情をしていた。

「……あれが、私達が神だと思い込んでいたもの、なのか……」

ある意味では、こいつらも被害者のようなものなのだろう。静かな天井には何もなく、しかし壇上に広がる赤色だけが、起こったことが夢ではないことを物語っていた。


四人を見送ると、俺はシビラの方を向く。

「次は、どう動く?」

マイラが、生贄に捧げられている。だが、どうやら本格的に顕現したわけではないらしい。まずはあの魔神も最下層——魔界から現れるようだ。

あんなヤツがこの世界を闊歩《かっぽ》するなど、それこそ神々でもなければどうにもならない。

だが、魔神はマイラではなく大司教によって、復活を果たしてしまった。

それでもシビラなら、マイラを助けに行くと即答するだろう。

そう期待していたのだが……シビラはなかなか返事をしなかった。

16 俺は、初めて逆らう

誰もいなくなった静かな大聖堂に、俺達四人だけがいる。変化したことといえば、壇上で赤い染みとなった大司教の成れの果てと、床に落ちたネックレスだけ。

かつて『赤い救済の会』のステータスであったそれは、ゴミのように……いや、むしろ今までの恨みを込めて、床に叩きつけられていた。

魔神にとって、人間を殺したことすら興味のないことなのだろう。

シビラの方に向き直る。……こんなに黙っているなんて、珍しいじゃないか。

いつもなら、さっさと動くものだと思ったが、まだ何か分からないことでもあるのか？

エミーとアシュリーも、シビラが何を言うか待っているぞ。

「……ないわ」

「ん、何だ？」

シビラに聞き返すと、シビラは目をそらしながら小さく呟《つぶや》いた。

「戦いには行かせられないわ」

俺はシビラの出した答えを、一瞬理解できなかった。

……行かせられない、だと？　今、シビラがそう答えたのか？

「聞き間違いか？　俺には行かせられないと言ったように聞こえたのだが」

「そうよ。ラセル、あなたにアレの相手をさせるわけにはいかない」

今度は断言した。

シビラは、どんな時でも人類のために最良の結果を考えて動いてきた。自分が負わなくてもいいような責任を感じ、結果的に歴史の影となってでも討伐をしている。

それと同時に、相当な子供好きでもある。否定の余地がないほどに。

……これまでのシビラの言動から、何の理由もなしにこんな結論に至ったとは思えない。

「理由を聞いてもいいか」

「あれが間違いなく『魔神』だったからよ」

魔神、という単語……確かにシビラは、穴が出現した瞬間にそう言っていたな。

「魔王とは違うのか」

「そうね。分かりやすく言うと、魔王が平民で、魔神が王族。当然持つ力もね」

魔王が平民だと……？　名前に王と付いているのに、随分な扱いだな。

シビラのあまりにも極端な例えに、アシュリーは絶望する。

「それじゃあ、マイラは……」

「……助けに入る前に、こちらが全滅するわ。街の住人が全員死ぬ可能性もある」

「何故《なぜ》そんなに恐れるんだ。今までの魔王だって同じようなものだっただろう」

シビラは、俺の服に視線を向けた。その場所にあるのは……。

「……これか」

俺は、ポケットから『女神の書』を取り出す。

例の魔王が持っていたものだ。

「そう。話したわよね、一節を。ここでマイラが皆を集めて読み上げていたものを。その魔神を封印したうちの一つがこの地よ」

……何だと？　この地が、その一節で魔神を封印した場所だというのか？

「さっき現れたのは、かつて神々が対峙《たいじ》した魔神。女神の書に書かれるような存在なの。人の手に負えるものではないわ」

話を聞いたアシュリーは力を無くし、ふらふらと近くの椅子に座り込む。エミーは介抱しながらも、こちらを不安そうに見ていた。

——シビラの目を見る。いつになく、真剣な目だ。

女神を連れて魔王を相手にしている以上、可能性は考えていたが。本当に神々が戦った敵が現れるとは、な。

「俺が惜しいか」

「惜しいわ。ラセルを失うわけにはいかない」

からかい半分に言ったつもりだが、随分素直に返してくれるものだ。いつもなら冗談が跳ね返ってきそうなものだが。冗談を言う余裕もないほど、魔神という存在は特別なのだろう。

「あの魔神はどうするんだ」

「救援を呼ぶわ。王都の方に」

王都、となると……何か特別な存在でも多数いるのだろうか。シビラがどういう伝手《つて》を持っているかは分からない、何か頼れる相手がいるのだろうとは思うが……。

「それで、勝てるのか」

「……分からないわ」

そこまでやっても、断定できないのか。断定できないのに、他者に託すのか。

シビラの、赤い目を見る。……そういえば、宵闇の女神というわりには赤い目なんだな。

マデーラでは、『女神の書』――シビラ達が編纂《へんさん》した本――に関する問題であったが故に、シビラに指示を任せていた。お陰で、様々な部分がうまくいったように思う。

不透明な『赤い救済の会』の秘密、潜入から仕組み解明、その目的から街に張り巡らされた様々な秘密。一人でやったとは思えないほどのスピードで謎を解き明かしていった。

俺一人では、到底ここまでできなかっただろう。シビラは優秀だった。

それこそ、俺が並び立つなどおこがましいにも程があると理解させられるほどに。

「ラセル、今回はここで終わりよ。『赤会』の黒幕は死に、部下は離散。成果としては十分だと思うわ」

シビラは頭脳明晰《めいせき》だった。

それこそ、俺はこいつを相棒と呼んでいいのかといつも思ってしまうほどに。

「だから、後は任せましょう」

シビラはいつだって正確だった。この女神に任せておけば、間違いはないと思うほどに。

そう。シビラに任せておけば、間違いはないのだ。

だから——。


「断る」

俺は、はっきりとそう答えた。

シビラの目を見る。驚愕《きょうがく》と、動揺と、——ごく僅かな期待を感じる目。

「なんで、よ」

「お前の判断を信じていないからだ」

俺は、シビラと出会った時のことを思い出す。

故郷であるアドリアの孤児院にダンジョンスカーレットバットが現れた時、シビラは悪態を吐《つ》きながらも戦っていた。

今思えば、レベル8の魔道士が一人で、魔力を枯渇させつつ必死に剣を振っていたというあの状況は異常だ。後衛職が剣一つ。どう考えても無謀だし、準備不足だ。

だが、何故こいつはそんなことをした？

そんなの決まっている。うちのチビどもを『助けたかったから』だ。

女神である自分の命を、孤児のために懸けることを惜しいとすら思っていなかった。

「俺が信じているのは、孤児院を助けに来た『ソロ冒険者シビラ』だ。断じて、仲間の命とはいえ子供と天秤《てんびん》に掛ける『宵闇の女神』ではない」

だから……分かるのだ。俺の安全のために、苦渋の決断をしていると。

本当は、『自分はどうなってもいいからあの子を助けてほしい！』って叫びたくて仕方がないことも。

シビラは、正確だった。

正確すぎだ。

可能性を考えて、段々と俺やエミーが優秀になっていくに従って、今のパーティーが貴重に感じるようになったのだろう。それ自体は俺個人としても嬉《うれ》しいと思う。

だが……あまりにも上手《うま》くいきすぎて、判断を鈍らせたのだ。

「俺達《たち》が、勝てないという理由で挑むのをやめたことがあったか？　ファイアドラゴンの時、俺は勝てないはずの戦いを挑んで勝った。だから俺は、『黒鳶《くろとび》の聖者』になれた」

あの時も、悲しむ母娘《おやこ》のことを考えて俺は今の道を選んだ。

そんな俺が、一度切り抜けられたからといって守りの姿勢に入ったら、それはもう『黒鳶の聖者』と名付けてくれたブレンダに誇れる俺ではない。

今、近くで娘を奪われて、娘のために影で尽くして、その結果娘を生贄《いけにえ》に捧《ささ》げられようとしている母親がいるんだ。奇《く》しくも、あの時と同じだ。

だが今回は、シビラの言い分を一切聞かない形となる。

それでも構わない——俺は、初めて女神に逆らう。

「マイラを救えずして、のうのうと生きるつもりなどない」

シビラは目を閉じる。

「……」

どれぐらい、そうしていただろう。

シビラは大きく息を吐いて、ゆっくり目を開ける。

「『人間に勇者を与えたのは、勇気を讃頌《さんしょう》するから。人間を讃頌するのは、人間の勇気が神々の想像を超えるから』……かつてそう言った女神がいたわ」

「お前のことか」

「いいえ、姉よ」

突然の告白に驚く。シビラに、姉なんてものがいたのか……。

話から察するに、太陽の女神とは別の女神のようだが。……そういえば、こいつの話をもっと聞くと約束していたのに、全然聞かせてもらっていないよな。

「あの時は信じられなかったけど……今なら姉の言っていたことも分かるわ。人間は、神々の想像を超える。こうやって人は、神の手を離れていくのね」

「おい、離れるつもりも超えるつもりもないぞ」

何か勘違いしているようなので、まだ喋《しゃべ》っている途中で割り込む。

「あくまで俺は、『パーティーメンバーであるシビラに並ぶ』ために自分で判断して選んだつもりだ。お前の下になったつもりも、ましてお前の上になるつもりもない」

シビラは一瞬目を見開き、腕を組むと……ようやく緊張が解けたように、小さく笑った。

……随分と久しぶりに、笑顔を見たような気がするな。

「ああもう、ほんと生意気ね。いいわよ、このパーティー『宵闇《よいやみ》の誓約《せいやく》』はラセルがリーダーだもの。パーティーリーダーの指示には、当然従うわ！」

驚愕に目を見開いたアシュリーが、ふらふらと立ち上がる。

「えっ……じゃあ、マイラは……」

「二人とも！　この心底聖者しちゃってる馬鹿に付き合ってもらうわ！　そもそも封印で留《とど》めていたのが甘っちょろかったのよね。『女神の書』の魔神、ブッ殺しに行くわよ！」

途轍《とてつ》もなく無謀な挑戦。

だが、エミーもアシュリーもすぐに頷《うなず》いた。負ける気などないという表情だ。

「ところで、話から察するにダンジョンは見つけたのか？」

「さっき見つけたわ」

さすがだ、もう見つけていたのか……頼りになるな。

「えっ、全然見つからなかったって言ってたじゃないですか！」

おい、エミーと言ってること違うぞ！　本当に大丈夫なんだろうな!?

シビラはそんな心配など余所《よそ》に——それこそいつものように——ニッと笑うと、黙って大聖堂を出た。俺達は顔を見合わせつつも、シビラについていく。

……最後に、一度大聖堂を振り返る。

あれが、魔神を信奉した成れの果て。俺達が今から挑む相手の力量か。

全く、すっかり退屈とは無縁の生活になってしまったな。

しかし何もできずに安全だけが保証された生活に比べると、今の俺は、俺自身の力で俺の存在を認められるようになった。それが何よりも、嬉しく思う。

だから、神のために他者を犠牲にするような人間になるつもりはない。

俺の【聖者】という職業《ジョブ》は、教会の幹部にもなれるような存在。他者を従えられるような権力を持つことのできる存在だ。

——だが、決してああはなるまい。

そう神ではなく自分の心に誓い、俺は大聖堂を後にした。

もう、振り返ることはないだろう。


シビラは廊下を早足で歩く。黙ってついていきながら、何度か曲がり角を曲がって……

そのまま一周し、外に出てしまった。

「何をしたんだ」

「マッピングよ」

地図を頭の中に作っているのか。……こんな何もない廊下だけの建物で、か？

「可能性の一つとして考えていたけど、『赤会』の信者どもや幹部連中がうろついていたから、調べることができなかった。だけど今、はっきりと分かったわ」

シビラは、建物の壁沿いに歩いていく。その後ろの方の端に、裏口らしきものがあった。

……裏口？　こんな場所に出られる扉、この建物の廊下にあったか？

「最後の鍵は、音留めの言葉。『裏より野に放たれた緑』。緑はオーク。じゃあ裏は？」

シビラの考えに、俺も気付いた。しかしまさか、そんなことが……。

「アタシが最初にここを可能性の一つとして考えたのは単純な理由よ。……ラセル、この建物、何階あるか数えた？」

「……！」

先入観など何の役にも立たない。こいつはいくつもの予想をする中で、その可能性を既に考えていたのか……！　この建物は、十六階！

「アタシだって、最初は『ほぼ有り得ない』ぐらいにしか考えてなかったわよ。だけど、さっき歩いて確信した。この建物、内部と外とで大きさに差異がある。つまりはね──」

シビラは、エミーに促して裏口の重そうな扉を開かせる。

「──この建物自体が『上に向かって伸びる十六階層のダンジョン』だったのよ！」

建物内部の入口付近には、マデーラダンジョン下層で見たのと同じ鉄の檻《おり》があり、内側から力任せに破壊された跡があった。

それを視認したと同時に、細い廊下をうろついていたオークが一斉にこちらを向いた！

「《ダークスフィア》！」

手から闇の球を連射し、やや広めの長く伸びる通路を埋めていく。こういう一本道の廊下は逃げ場がないから、その黒い暴力から逃れる術《すべ》はない。

俺は魔法を使いながら、淡々と前方に歩くのみ。

足元に転がっている緑の魔物の死体を踏み越えながら、細い廊下を進んでいく。

「こ、これが、私の受けた……」

「そう、ラセルの闇魔法。実際に見てみるとどうかしら」

「正直、事前に知っていたら絶対挑もうとは思いませんでしたね……あの時本当に、激痛で気力が消えるようなとんでもない感覚に襲われましたし。私だって命は惜しいです」

自分で撃っておいてなんだが、さすがに感想を聞くと可哀想《かわいそう》に思えてくるな。とはいえ、使わない選択肢はなかった。結果的に今こうして一緒に行動している、それが全てだろう。

そんな会話を聞きながら考えていると、すぐに二階への階段が現れた。

「もう終わりか」

「そうね。アタシがこっち側から進もうと思った理由もそれよ」

「なるほど、理由は短いからってわけだな」

「それだけじゃないわ。マイラちゃんが魔界の生贄になっているのなら、その場所まで連れて行く必要がある。恐らく大聖堂側から魔神のいる場所に入り込めるはず」

「……おい、そういう考えがあるのなら、そっちから行った方がいいだろうが」

「普通はね。だけど、隠蔽に隠蔽を重ねた大聖堂側の隠し通路。その広い部分を十六階層分、大司教が死んだ状態で上るつもり？」

……そうか、生贄までの道筋を大司教しか知らないのなら、もう誰も分からない。

秘密を知る他の司教もいるのかもしれないが、誰であるか、そもそもいるのかすら俺達は知らないのだ。

「そんな誰もいない廊下で頭を悩ませた結果、時間切れでマイラちゃんが殺されて魔神はさっさと街に行きましたーとかいう『戦わずして負ける』ような結果は嫌よね」

うわ、滅茶苦茶《めちゃくちゃ》嫌だなそれ。

魔王に挑んで、魔神に挑んで、その結果力が届かないのならまだ分かる。だが、挑む前に時間がかかりすぎて全てが手遅れになってしまうという結果は、後味が悪すぎるぞ……。

「もう一つは、これよ」

シビラが懐から取り出したのは、黒く大きい耳。討伐証明のうちの一つだと思う。

黒ゴブリンのように見えるが……。

「これはね、黒オークキングの耳」

「強いのか？」

「身の丈ギガント並の怪力。下層のフロアボスと考えるのが自然ってぐらいは強いわよ。

恐らく一階の檻を破壊したのはこいつで、大司教は表面の扉だけ閉じたのね」

あの金属の檻を、自分の力だけで破壊するオークか……。

この階にいる、背丈が俺より低い好色気味な雑魚とはわけが違うようだな。

「他にも黒オークジェネラルとか、緑オークジェネラルとか。全部エミーちゃんが倒したけど、こんなのが野に放たれている状況なんて想像したくはないわね……」

同感だな……それこそ勇者パーティーでもいないと、普通の馬車なら護衛も含めて馬ごと潰されておしまいだ。ん？　ということは、このダンジョンには……。

「気付いたようね。そう……このダンジョンは、恐らくもうボスがいない。後は十六階まで廊下を走り抜けるのみよ」

「それは楽でいいな」

なるほど、シビラが大聖堂側から上るより速いと考えた理由はそれか。

こちら側を素早く進むには、ひとつ条件がある。それはもちろん、隠し通路を探すことよりも、魔物を倒す方が速くなければいけない。

それでもシビラは、迷いなくこちらを選択した。その理由は、一つ。『ダンジョン十六層分全ての魔物を相手にする』という選択が、『魔物のいない十六階を走り抜ける』よりも確実に速いと判断したから。

それは、俺の魔物討伐速度に対する無言の信頼——ならば、応えるしかないな！

「速度を上げる、ついてこい！」

「任せたわ、全部おいしい経験値だと思うと楽しいわよ！」

それは実にやる気の出る提案だな。経験値も高そうだし、存分にいただいてしまおう。

俺は、階段を駆け上がる。階段を降りる雑魚オーク連中を、全て吹き飛ばしながら。

……なるほど、何かしらダンジョンの枷《かせ》が外れたのか、こうやって外に出て来ようと階層を行き来するようになっているというわけだな。

恐らく上までは一本道だ。

こいつらを倒しきれば、人工建造物であるこの建物から、マデーラの平野へと追加の魔物が出てくる可能性は低い。シビラじゃなくても、それぐらいは分かる。

「《ウィンドバリア》」

何度も経験したから分かる。ゴブリンがあれだけ凶悪な毒の矢を使うのだ。オークが弓を使って襲いかかってくる可能性も十分に有り得る。

小柄な魔物を蹴って横に避けると、上の階層目がけて魔法を放ちながら二階へと上った。

そこからは、一方的な蹂躙《じゅうりん》の始まりだ。途中グレートオークが交ざっていたが、同じように一撃だ。最早《もはや》構う必要すらないだろう。

五階に少し広い部屋が現れたが……そうか、ここは上層フロアボスの階になるのか。

「次、六階。《エクストラヒール・リンク》、《キュア・リンク》」

分かりやすいように声に出して回復させ、返事を聞く前に先へ進む。一体、赤いオークが出てきていたが無視。この程度の相手に速度を落としている場合ではない。

「速度は変える必要なさそうだな」

俺は赤オークを蹴り飛ばすと、再び走り始めた。

「はは……いやほんとラセル様って、デタラメすぎるぐらい強いですね……」

「でしょでしょ、もーほんとラセルってかっこいいんだから！」

「『太陽の女神教』からすると公表できないのが惜しいですね……もしも今の姿を見せることができたら、間違いなく人気になると思うんですけど」

「そーなんですよーっ、シビラさん、その辺どうなんでしょう？」

「太陽の女神教が白い光を讃《たた》えすぎてしまったのもあるけど……腹立たしいことに、それと同時に『闇』という名前がついた、実際に悪事を働く組織が多すぎるのよね」

「あー……」

宵闇の女神そのものは、太陽の女神と敵対しているわけではない。むしろ話を聞けば、『太陽の女神』とも親しいのだろうなということは、俺でもなんとなく分かる。

だが、『宵闇の女神』という名前を聞いて『闇の暗殺組織』みたいなものを連想してしまうのは、間違いなく人の業によるものだ。

光の力を讃えることは、決して悪くはない。ただ……俺達《たち》人間は光を讃えすぎた。

光があれば、闇が生まれる。それは必然のことだ。

だというのに、俺達は『闇』というものを、光より悪い印象をつけて使っている。

──夜が昼より悪いなど誰が思うものか。

宵闇は、正午と同じように毎日訪れるのだ。偏見を持たない、ということは難しいことかもしれない。

（自分を受け入れてもらうには、まず自分が寛容にならなければならない……か）

人間とは難儀なものだなと思いつつ、俺は倒れたオークの先にある階段を見た。

再びかなり広い場所に出た後、次の階段の先を見ると……。

「うげ、なんだこれは」

「あはは……真っ赤だね……」

隣に来たエミーの感想に、皆が頷《うなず》く。

先ほどまで中層扱いだったダンジョン第六層から第十層にあたる部分を走り抜けてきたが、普通の白い廊下だった。

だが……この階段から見える第十一層は、これ見よがしに真っ赤である。

「やれやれ、さぞや赤く壁を塗るのが楽しかったんだろうな……」

「赤が大好きな変態どもだから、目がちかちかするのを『健康になる栄養が届いた』ぐらいの感じにしか捉えられないと思うわね……」

「わー、本物の馬鹿ですねー……」

「……いや、本当に……改めてみると、ほんと馬鹿っぽいぐらい真っ赤ですね……」

エミーの素直すぎる毒にアシュリーが意気消沈しているが、慰めてやる暇はない。

「《ダークスフィア》。まさか闇魔法の黒の方が、目に優しいと感じる日が来るとはな」

俺は十一階に魔法を叩《たた》き込むと、同じように下層の攻略を始めた。

鎧《よろい》を着た戦士やローブを着た術士もいるが、それらの物理防御や魔法防御を固めた雑魚というのは、むしろ俺にとってはカモでしかない。

……上の階であるここを『下層』と呼んでいるのに違和感しかないが、無視。

十二階、十三階、十四階……全てが黒いオークで埋め尽くされていた。

闇魔法なら、この辺りの敵は一撃とまではいかなくとも大差ないか。防御魔法を併用していることと、このダンジョンそのものが狭いことが影響したな。

直線の道なら、これほど有利な条件はない。

隣でエミーがいつでも飛び出せるように構えてくれていたが、結果的に出番はなかった。

最後の辺り、明らかにフロアボスっぽい大きめのオークが倒れた。

その瞬間、頭の中に声が響く。

「これは……！」

魔物が多いのが幸いしたのか、どうやら運が俺に味方をしたようだ。階段の先にある大きな扉を確認し、ポケットの中に手を入れる。

あの先に、『女神の書』に書かれているほどの魔神がいるのだな。

人の少ないマデーラの街を思い出しながら、俺はこの騒動の決着をつけに闘志を燃やす。

今回の戦いは、シビラの指示に逆らった俺の意思によるものだ。

必ず、勝ってみせる。

17 閉じ込められたマイラと、本物の『神話』の敵

俺はシビラに、先ほどのレベルアップのことを話す。

「14……！　ここで上がったのね！　敵も強かったもの」

「……そうだったのか。正直どの魔物も大差なく感じたな」

「ハハッ、闇魔法の叩き売りね。それじゃ……次の魔法も連射できるかしら」

「恐らくな」

「よーし。それじゃまずはアシュリーをパーティー登録するわ。一応タグはあるかしら」

「はい、必要な時もあったので」

シビラはアシュリーのタグを手に取ると、すぐに登録を済ませる。

「じゃあラセルは、階段の下に向かって魔法を撃っていてちょうだい」

俺はシビラの指示に従い、準備を進める。

シビラはエミーに扉ごと外させると、直後にアシュリーの腕を摑《つか》んだ。

「——マイラッ！」

部屋の中には、確かに裏口から入れられたであろう、あの少女がいた。シビラは焦燥感

から飛び出してしまうであろうアシュリーを止めるために摑んでいたのだ。

一度彼女を横に寄せて、手を前に出す。

扉のあった場所から少しだけ部屋の中側に、無詠唱したであろう小さな石の壁を出した。その次に、指から石の粒を発射させた。ファイアボールの石魔法版だろうな。

撃ち出された魔法は部屋の中にある石の壁に当たり、跳ね返って……。

「えっ⁉」

異様な動きに、エミーが驚きの声を上げる。石の壁で跳ね返った石の弾が戻ってくるかと思いきや、元々扉があった空中で跳ね返り、再び石の壁に向かったのだ。

それを見届けて、シビラは溜息《ためいき》を吐《つ》いて石壁を崩す。

「やっぱり、見えない壁がある。この部屋に入ったら最後、もう出られないわ」

「出られない。……つまり」

「ええ。この部屋に入った時点で、アタシたちは覚悟しないといけない。『魔神を倒さなければ、生きて帰ることはできない』と」

俺は、真剣な顔をしているシビラの近くに行って肩をすくめる。

「何怖がらせてるんだ、俺達の魔王討伐の時だってずっとそうだっただろ？」

「ま、そう言われちゃその通りなのよね～。それじゃ……みんな揃《そろ》って、出られるように頑張りましょ。出るときは五人で、ね」

「ああ、分かった」

「はいっ！」

「アシュリーは、できる限りマイラちゃんと逃げて。生き延びることが最重要事項」

「はい……！」

お互いに顔を合わせて頷き、全員武器を構えて闇属性を付与。

部屋の中に入る直前、階段を振り返る。

再びこの階段を歩いて降りられたらいいと思いつつ、部屋に入った。


室内は紫ではなく、ここに来てもまだ真っ赤だった。本当に、赤色に塗れると思ったと同時にテンションが上がってダンジョンのルールを無視してしまったんだろうか。

有り得そうで頭が痛いな……。

「マイラ……！」

この室内の奥に座り込んでいた少女に、アシュリーが駆け寄る。フードを取り払うと、そこにはアシュリーを見ながらどこか呆然《ぼうぜん》としたマイラの姿。

その少女の声が、初めてアシュリーにかかる。

「あなたは……見たことがあります」

「えっ!?」

「時々最前列にいましたよね。視線を強く感じたので、覚えています。何かご用、ですか」

壇上でマイラは、誰に何か言われるでもなくアシュリーのことを意識していた。そのことに、アシュリーは無言でマイラを抱きしめる。

突然の行動にマイラは驚き、どこか助けを求めるように視線をこちらへ向けた。

「うっし、ちょっと手助けしてあげますか」

シビラがマイラに近づき、首元や肩を揉《も》み解《ほぐ》していく。

「わっ……!?」

次に頬を両手ですりすりと撫《な》で回し、最後はその赤い髪を梳《す》くように頭を撫でる。

「ふぁっ……ひゃん……!　あっ、やめ……っふふ……!」

頬を染めながらも、目を細めてくすぐったそうに笑うマイラ。その顔は、年相応の少女のものだ。アシュリーは、壇上や姿留《とど》めの魔道具でのマイラとは全く違う表情を見た。

「これが、マイラの本当の顔……ああ、絶対こっちの方がいい……!」

「あの、えっと……?」

「はいはーい、ちょっとごめんね。会いたかったわ、愛《いと》しのマイラちゃ〜ん!」

シビラが会話に割り込む。窓で見たあの時以来だ。

「あなたは……覚えています。初日はお礼を言いそびれてしまい、申し訳ありません」

「いいってことよ～、んもぉ丁寧でいい子ね。まずは……今からあなたは、その人と一緒にこれから現れる悪いヤツから逃げてもらうわ」

「『悪いヤツ』ですか？」

「そう。といっても、このアシュリーが命がけであなたのことを守ってくれるはずだから、この人を信じていれば問題ないわよ」

「わ、分かりました……」

まだ事情を呑《の》み込めていないマイラに、アシュリーが微笑《ほほえ》みかける。

マイラは次に、エミーにも礼を言う。エミーは満面の笑みで手を振った。

最後に、俺を見た。

「あなたも、あの時にいた気が……」

遠くだったのに、よく覚えているな。俺は頷くと、小さく手を上げて応えた。

「やっぱりです。どうして皆さんがここに？」

「その前に、マイラちゃんはここがどこか知ってる？」

「何か、大切な部屋と聞いていました。あまり覚えていないのですけど……」

――生贄《いけにえ》のつもりだったか。

空間を揺らすような声が部屋に響き、アシュリーがマイラを強く抱きしめる。俺は前に出たエミー越しに、部屋の中央付近を睨《にら》む。

そこには、赤い部屋の天井よりも血のように赤黒い、円の空間が突如現れた。

『このダンジョンに満ちた魔力で、既に僅かな顕現が可能となっていたが……』

生贄自体はそもそも要らなかったらしい。なら本当に大司教の命は何の意味もなく散ったわけだし、マイラも何の意味も持たずに死ぬところだったのか……。

俺達《たち》人間のことなど、本当に何とも思ってなさそうだな。

天井から足が、鎧を纏《まと》った姿で現れ、地面に降りた——。

「——グッ……！」

その着地の瞬間、黒い光が床から溢《あふ》れて部屋の中央を埋める！

なんてことはない、俺は既に《アビストラップ》を仕込んでいたのだ。こんな攻撃チャンス、逃すわけないだろ？

今の小さな声を聞いて確信した。完全防御無視の攻撃、魔神だろうと届くな。大丈夫だと思っていたが、僅かでも効くというのは、それだけで大きな情報だ。

黒い光が収まったその場にいたのは……魔王に似ているが、異様に大きな体の男。禍々《まがまが》しい鎧を着込んだ、明らかに格が違うという雰囲気の存在だった。

「闇……宵闇がいるのか……！」

憎々しげにこちらに目を向ける魔神とやら。

「やっぱりあんただったのね。赤き魔神ウルドリズ」

「おのれプリシラ、またしても俺の邪魔をするか！」

……ん？　魔神も、あのマデーラの魔王と同じ名前を挙げたな。

「……」

シビラは魔神の問いかけに対して、黙っていた。その姿は不自然で……俺でもなんとなく、どういう意味か予想がつくな。その辺りのことも、帰ったら聞くか。

「まあいい。このダンジョンは大幅に魔力が飽和している、魔物も既に溢れ出ているようだ。ならば、この我も部屋を出られるだろう。今度こそ、地界を魔界と繋《つな》げる」

魔神と神々との争いというだけあって、話の内容に興味はあったが……会話は終わりとばかりに、魔神は両手を前に出した。

魔神との、戦闘開始だ。

「……《イビルバレット》！」

魔神が鎧に包まれた手から魔法を放つと、あの赤黒い弾がシビラ目がけて飛んでいく。その衝突直前で、エミーの盾が黒く光り魔法を自分の進行方向に誘導する。

更に衝突の瞬間、盾を白く光らせて魔法を弾《はじ》き飛ばした。……上手《うま》い。攻撃を寄せ付けて守る力と、攻撃を弾いて守る力を同時に使って後ろを守ったのだ。

「あぎッ……！」

しかし、確実に防いだと俺が見ても分かったのに、衝突の瞬間エミーは呻《うめ》いた。

(《エクストラヒール・リンク》)

「大丈夫か?」

「あっ、うん大丈夫! ありがとね! うーん……なんだろあれ、何かが削られた感覚。もしかすると、ラセルの魔法に近いタイプ?」

今の魔法が、俺の闇魔法と同じ系統……!

だというのなら、完全防御無視——鎧《よろい》や盾も、魔法防御も貫通して肉体に痛みを負わせる魔法というわけか。

あの時、大司教が一撃でああなったのは、自身の生命力があの攻撃に耐えられなくなって破裂した、ということなのだろう。想像するだに恐ろしいな……。

「騎士も、回復術士《ヒーラー》もいるか。なら、確実に魔力が枯渇するまで潰すのみ」

魔神は両手を前に出し、あの魔法を連射するらしい。そうなると、盾の力があろうとエミーも相当辛《つら》いだろうな。

ならば、届く前に消すしかあるまい。

「どれだけ耐えられるかな、女神の奴隷ども。《イビルバレット》!」

「《ダークスフィア》《ダークスフィア》」

「ぬっ……!」

一度目の攻撃を俺の魔法が防ぎ、次の闇魔法がヤツの身体《からだ》に到達する。

なんだ、いけるじゃないか。……と思ったのも束《つか》の間《ま》、大して効いてなさそうな魔神の姿が現れる。さすがに他の魔王とは違うか。

「お前が、【宵闇の魔卿《まきょう》】か。威力が明らかに通常の者よりも高い。相当無理をしていると見るが、どうだ？」

「そうだな。試してみるか？」

全ての手札は、まだ出さない。俺は魔神を値踏みするように、余裕の笑みを見せながら言う。

「お前のような者は人間に多い。最期はいつも決まっているものだ――」

魔神は両手を出して、赤い光を大きくする。

「――自らの能力を過信した弱き人間は、その弱さに滅びる運命にある！」

魔神は先ほどより明らかに大きな魔法を、こちらに向かって撃ってこようとする。

「エミーちゃん、散開！」

「えっ!?　でも……！」

「安全に固まって勝てる相手じゃないわ！　それに結果的に、横から抑えていた方が全員生存できる確率が高い。ラセルを信じて！」

シビラが既に魔神の左側に走って行ったのを見て、エミーは右側から攻めるように回り込んで剣と盾を構える。

「侮られたものだ。《イビルスフィア》」

魔神は一瞬両手を横に向けると、赤黒い火の玉を横に放ち再び俺の方へと魔法を撃ち始めた。シビラは石の壁を複数出しながら横に飛び退《の》いたが、それでも俺のダークスフィアに似た爆風が当たって壁に叩《たた》き付けられた。大丈夫か？

エミーは魔法を盾で受け止めたが、その攻撃を跳ね返す前に爆風がその場で広がってしまい、やはり顔を顰《しか》める。シビラほど重傷ではないが、決して楽観視はできない。

（《エクストラヒール・リンク》）

攻撃魔法の間に回復魔法を捻《ね》じ込み、俺は攻撃魔法を使いながらもじりじりと近づく。

ふらつきつつも立ち上がったシビラを確認しつつ、魔神の方を睨む。

魔神は口元を喜悦に歪《ゆが》ませた。

「そこのシスターが無詠唱の回復術士《ヒーラー》と見た。なかなか優秀なパーティーではないか。まだ力の一部しか戻っていないとはいえ、今の我でもなかなか楽しめそうだな」

……今の時点で、力が一部しか戻っていない。魔神、というからにはそれぐらいの力か。

そりゃ地上を巻き込むぐらいにはなるよな。

喋《しゃべ》りながらも、魔法を連発している。無詠唱だ。

しかも俺の相手をしながら、時折左右にも先ほどと同じ魔法を撃っている。

シビラは誘爆させるのに必死だし、エミーは何度も攻撃を受けるのをさすがに嫌がって避けた。だが、避けた瞬間に背中側で魔法が爆発してふらつく。

すかさず回復魔法を使うが……確実に回避する手段のないエミーは、何度も激痛に苛《さいな》まれる攻撃を受けて辛そうだ。

セイリスの魔王のように三人分の腕があるわけじゃないのに、倒せる気が全くしない。俺達三人を相手にして、なおこの余裕なのだ。

やはり今までの魔王とは全く格が違う。魔法もどこか、今までの魔王のような魔法とは全く違うな……それを言えば、そもそも魔王の魔法が俺達と同じなのも気になるが。

さすが神々と戦った存在。人間が相手をしていい存在とは思えない。

魔力枯渇など狙える相手とも思えない。俺としては、いくらでも撃ち合っていいところだが。

それでも現状では決定打に欠ける。

ならば——そろそろ仕込んでいた作戦を使わせてもらうか。


魔神の余裕そうな顔を見て、俺はエミーの方に視線を向ける。痛みに耐えつつも、エミーは小さく頷《うなず》く。それを確認した俺は、迷いなくシビラの方へ踏み込んだ。

「まだ抵抗する気があるとは面白い。すぐに終わってはつまらないからな」

こいつにとっては久々の戦いなのだろう。余裕そうな声色でこちらに魔法を撃ってくる。

俺はそれを防ぎつつ、シビラの隣に立つ。

「大丈夫か?」

「アタシの無事は無視しなさい。生命力だけはあるから、そう簡単にあの魔法で即死することはないわ」

「その言葉、信じるからな」

俺はシビラの横から離れ、入口の反対側で剣を構えた。

「まさかそんな遅い動作で後ろを取ったつもりか?」

当然魔神は、俺の方を向く。地面に根を張った木の魔物でもなんでもないから、そりゃあそうするよな。……だが、当然俺もそんなことは予想済みである。


シビラを一瞬見る。

俺はこのマデーラに来て、本当に頼りっきりだった。『女神の書』というものが事実をベースに作られていることを知り、シビラ達がどういう想《おも》いで編纂《へんさん》したのかを知った。

魔神というものが存在し、こいつらを人間のために地上から封印したことも知った。

シビラは人間のために動いてきた。それを俺達は、当たり前のように思っていた。

だが、子供と遊ぶシビラを見て思うのだ。そもそも、神が人間を助ける義理などあるのだろうかと。ならば、どうして助けるのか。

――正しいことを、自分の信じたことをしようとする、正義の目。

俺の目を見たシビラの感想。あの時は実感はなかったが、今なら分かる。

守りたいんだ。マイラとアシュリーの未来を。僅か数日でも世話になった子供達を。

それはシビラも同じなのだ。守りたいんだ。それは、シビラが女神であることとは関係なく、だ。

――意識を集中する。

剣を握る。これまでの人生を思い返す。

血液の温度が上がりそうになったところを、静かに抑える。頭を冷やせ。

目の前の敵を見ろ。身体の中にある無尽蔵の魔力。こちらを向いた魔神。

……そう、わざわざこちらを向いたのだ。

こいつは、確かに能力が高い。だが、セイリスの魔王のような能力はない。

ならば――！

「行くぞ！」

俺は右手の剣を構え、左手で魔法を撃ち込みながら踏み込む。

「術士が剣か、面白い」

魔神が俺に意識を向けたと同時に、エミーが踏み込む。だが魔神は当然そんなの予測していたようで、片手を地面に向けて魔法を放つ。

「《イビルバースト》」

瞬間、黒い魔法が地面で爆発する。

まるで俺のダークスフィアを大きくしたような魔法。

エミーが盾を構えるも風圧で吹き飛ばされ、俺は地面に剣を深く刺して耐える。俺の姿を見てエミーもすぐに学習した。

「なるほど、小賢《こざか》しい」

再び魔神が魔法を放つ。それを再び自分の魔法で相殺させながら、更に踏み込む。

剣が、遂《つい》に魔神へと届く。

「無駄だ」

しかし俺の剣は、相手の手に突然現れた赤黒い剣によって防がれた。武器をいきなり出現させて使えるのか。他の魔王にもできるのなら、魔神ができてもおかしくはないが……。

相手の剣は、宵闇の魔卿の闇属性と同等のタイプのものだなと思う。

やれやれ、厄介だな。

あと一手。何か、この均衡を破れる一手があればいいが……。

18 アシュリー：今日から私は、理想を目指す

ラセル様が戦っている。黒いローブを着た、不思議な【聖者】様。

私はどうにか、魔神を挟んでラセル様の対角線上で身を潜め、魔神の視界から逃れる。

腕の中には、ずっと求めていた愛娘《まなむすめ》マイラの温かな感触。

「どうして、あの人達《たち》はあそこまで頑張るのですか？」

突如、そのマイラから私に声がかかる。

「あの人達は……特に、あの男性はあなたを助けたいからなの」

「その上で思うのです。どうして、大して縁もない私をそこまで……？」

「……どうしてなのかなあ。素敵な本物の聖者様だから、としか私には答えられない」

「聖者様……」

部屋の隅に隠れながら、ラセル様を見る。自分に備わったアサシンとしてのスキルで、私と腕の中のマイラの気配を、周囲に意識させないよう小さくしている。

約束した。必ず生きて帰ると。この子のために、何より孤児院の子供達のために。眼前の戦いに、入る余地はない。自身の無力を、どれほど恨んでも仕方がない。

「あなたは、戦わないのですか？」

腕の中にいる娘の小さな声に、私は息を呑《の》む。

「無理、よ」

「無理をしているのは、あの人達も同じ。それは私も分かります」

あまりに鋭い言葉の刃が突き刺さる。まるで私の心を見抜いたように、その赤く大きな目が——私と全く同じ色の目が——私の目を覗《のぞ》き込む。

「……私は、自分がただの客寄せであることを、薄《うっ》すらと理解していました」

衝撃的な一言。マイラは、自分が利用されているだけの人形であることを理解していた。

「この場に呼ばれたのが、生贄《いけにえ》になるためであることも。このまま死ぬのもいいかなと思いました。なにもやりたいことなど、ありませんでしたから」

そん、な……マイラがそこまで、追い詰められていたなんて……！

心臓が止まりそうなほど、痛ましい言葉。マイラは全てを理解して……その上で抵抗しなかったんだ。

「でも……今は違います」

しかし、はっきりと意思を持った声で、先ほどの言葉を否定した。その言葉の意味を理解しようとする前に、マイラに畳みかけられる。

「私の話はいいのです。あなたの役目は、私を守ることなのでしょう。でも——」

その声が矢となり、私の心を包む殻に罅《ひび》を入れる。

私の。私の、ずっと閉じ込めてきた本心が。

私自身も全く理解していなかった――私の本質が現れたのでした。


「――あなたのやりたいことは、何ですか？」


その言葉を受けた瞬間。私の今までを繋《つな》ぐ全ての記憶が、頭の中を走る。

最初に現れた感情は――！

（――あああああああアアアアアアアアア！）

怒り！　それは、理不尽な人生……ではなく、今の自分自身に対する怒りだった！

私は……私はッ！　一体何をやっているんだ！

聖者様だなんて自分で持ち上げておいて、それを文字通り教会の免罪符にでもしているつもりか!?　だとしたら大層高値で売りさばいてそうな免罪符だな！

あの人は、ラセル様は、本来ただの部外者！　しかも、聖者ということは術士！　殴られりゃ脆《もろ》いし痛いし、努力しても剣士の力に敵《かな》わないような、そんな人だ！

そう、ただの人！　神でも何でもない、等身大の青年！　私と何が違うんだ！

だというのに、命を懸けて魔神に剣を向けている！　大して縁もない私の娘の為《ため》に！

それに比べて、今の私は何だ！　一回り年下の孤児の子達が頑張っているのに、マイラを抱いてビビってる私は何なんだよ!?

昨日の会話も……ラセル様とフレデリカさんの会話も、私は聞いてしまった！

あの人は、レベル1で、ただの【神官】だった！　戦う力なんて全くない、それこそ虫も魔物も殺せないような、優しすぎる人だった！　戦いになんて絶対向いてない！

なのに、ラセル様の肉盾として一回攻撃を受けるだけのために、命を懸けようとした！

それに比べて、今の私は何だ！　あんなに弱いフレデリカさんが戦いたがっていたというのに、【アサシン】なんて強力な職業《ジョブ》でシビラさんの命を取ろうとしておいて、この状況でまだ戦いに参加していない私は何なんだよ!?

私だって、子供の頃には色々なものに憧れた。英雄だって、お姫様だって、全部憧れた。何度も挫折を経験して、家族との別れを経験して、それでも負けずに進んだ英雄の物語に心を躍らせる子供だった。

それに比べて、今の私は何だ！　大して学びもせず男に騙《だま》されたのを引き摺《ず》って、結婚を女神に捧《ささ》げたフレデリカさんの世話になりながら、いつまでもダラダラダラダラと悲劇のヒロイン気取っている、情けねぇ私は何なんだよ!?

だせえ、だせえだせえだせえクッッッソだせえよ！　今の私はマジで何なんだよ!?　自分で自分が一番許せねえよ！

今の状況に似合わないほど、自分に失望して勝手に怒り狂っている中で……そんな私を優しく肯定してくれる人がいた。

「……良かった。あなたの目は、この状況でまだ死んでいない」

丸裸になったことで暴走した、まるで赤く焼けた鉄のような私の心。その心を穏やかな風が冷ますように包み込んだ。

今の状態から少しずつ冷静になり、涼やかな声を奏でるマイラへと目を向ける。

「今、何て言ったの……？」

「あなたには、力があります。そして、諦めていません。だからまだ燃え上がるのです」

肯定の言葉。今の自己嫌悪まみれの悪感情ごと包み込んでくれる言葉が、心地いい。

「私は、無力です。無力ですが……それでも、学ぶことだけは怠りませんでした」

マイラも、自分の想《おも》いを告白する。

……私が子供の頃に、憧れた理想。無謀で無茶で、現実は果てしなく遠かった。

「作戦があります。とても危険なので心苦しいですが……協力していただけますか？」

だけど、この年齢でその理想に手を伸ばし、心に火を灯《とも》している子がいる。

ここで私が……私が立ち上がらなくて、どうするというのだ。

「何でも言って。私はね、あなたの作戦なら、ここにいる誰よりも命を懸けちゃえるんだから」

焼けた鉄が冷えて固まり、元の姿以上の強固さを持った。

私は【アサシン】。昨日までの、楽な道に逃げて逃げて、現実から目を逸《そ》らし続けていた自分に、今日引導を渡す。

聖者様や女神様に任せっぱなしじゃない、自分で自分を認められる人になるために。

今、この瞬間生まれ変わるのだ。

勝手に悲劇のヒロインを気取っていた、無力じゃないのに何もしないだけのダサい私はこれでおしまい。

さあ、子供の頃に思い描いた、本物の格好良さを持つ理想の大人《わたし》を。

そして——今思い描く理想の母親《わたし》を、新たに目指そう。

19 傲慢なる魔神の豪腕を、経験で圧倒してこそ人間

魔神の魔法は全て、魔神専用の属性。接近した時に、剣も使える。能力の一部しか取り戻せておらず、本来より大幅に弱体化しているなど信じられないほどの強さ。

人間では勝てないように設計されているかのような、反則的な相手。

……だが。

「無駄かどうかは俺が決める」

人間の規格を外れた魔力量が相手なら、どうかな？


本来扉があったはずの部屋の入口は、閉まらないようにエミーが扉を外している。

部屋の外から中に入ってきたのは、黒い球体に針が生えたようなもの。

その先端から、魔法が放たれる。

「……！」

球体から現れたのは小さなダークアロー。初級中の初級魔法。決して強くはない……だが、『確実にダメージが入る』防御無視魔法。

それを放つ球体が、部屋の天井へ移動していく。

「この程度の仕込みなど！」

魔神が魔法を放ち、一撃で球体を消し飛ばす。俺は一瞬の隙を突き、魔神の腕を切りつける！　俺が剣を繰り出す速度に、魔神の防御は間に合わなかったようだ。

「チッ、随分剣を使い慣れた術士だな！」

小さく、だが確実に紫の血液が噴き出した。それは間違いなく、ダメージを与えた証明。女神の書に書かれた神々の敵に、俺の積み上げてきた剣技が届いた瞬間だった。

「いい気になるなよ！　《イビルバースト》！」

横から飛びかかりかけたエミーが俺と同じように地面に剣を刺し、爆風に耐える。激痛ではあるが、ウィンドバリアは大幅に魔法の威力を軽減してくれている。

「お前は最初に殺——ッ！」

再び魔神の動きを止めたのは、先ほどと同じ黒い球体の魔法。

「鬱陶しいな！　そんな小玉一つでこの我を止められる、と……」

魔神は、一瞬止まる。

その瞬間を見逃さず俺は魔神を切りつけ、エミーも踏み込んで剣を振るう。魔神は黒い盾を出現させてエミーの攻撃を防ぎ、先ほどの魔法を立て続けに発動して吹き飛ばした。

……最初からその盾を出しておけばいいものを、完全に舐《な》めていたな。

魔神の顔は、驚愕《きょうがく》に染まったままだ。

「おい、術士……【宵闇の魔卿《まきょう》】は貴様だけではないのか」

「俺だけに決まってるだろ、そんなにぽんぽん居てたまるかよ。それとも俺一人で出したようには見えないか？　ではお代わりをくれてやろう。《アビスサテライト》」

「馬鹿な……貴様は本当に、人間か……？」

俺の手から出た黒い球体に、驚愕の目を向ける魔神。

その背後では……同じ黒い球体が数えることも億劫《おっくう》になるほど、天井一面を埋め尽くしていた。

言うまでもない。卑怯《ひきょう》上等、勝利のためなら何でもアリの、悪戯女神《シビラ》の仕込みだ。

「人間を舐めるなよ、神話の魔神。奥の手があるなら早めに出しておいた方がいいぞ？」

アビスサテライト。それが宵闇の魔卿レベル14の魔法だ。

簡単な攻撃魔法を放つ、自律型の球体を出現させることができる。ある程度は自分で操作でき、一定の魔力消費で消滅する。

通常は一体か二体を出現させて自分の後方を守らせるように使うものだ。単独行動の多い【宵闇の魔卿】ならではの補助魔法だな。

ただし消費魔力が非常に大きいため、予備のマジックポーションを用意してなお、歴代で四体以上出した宵闇の魔卿はいなかったらしい。

それがシビラに聞いた、普通の使い方。

だが、もしもこの魔法を、無尽蔵に魔力が湧き出る俺が使ったのなら。

その全てを、二重詠唱で召喚したのなら――――！


天井一面に広がったアビスサテライトが、一斉攻撃を始める。無数の球体から放たれる黒い矢が雨となり、魔神に容赦なく降り注いだ。

一撃一撃は蚊の刺すようなものだろうが、最早《もはや》無視できるダメージではないだろう。魔神は再び俺のアビスサテライト目がけて攻撃魔法を放つ。

しかし、俺は魔神が腕を向けた場所を視認し、球体に意識を集中させる。俺の意思を受け、天井にあるアビスサテライトは、イビルスフィアを一斉に回避した。

「この数を、同時操作……魔力量が足りるはずが……！」

更にこの瞬間を狙って、俺は今まで溜《た》めに溜めておいた魔法を放つ。

「《ハデスハンド》！」

「ッ！　これは……おのれ、『神性』の妨害魔法を！」

相手の速度を遅くする魔法は、魔神にも効いた。

解除できないのは相手が本来の実力を発揮できていないからなのか、それともこの魔法が特殊なのかは分からないが、僅かながら魔神は動きを鈍らせた。

千載一遇のチャンス。エミーとシビラが同時に剣を持って踏み込む。

「人間風情が、舐めるなアアア！」

両足を開いて叫んだ魔神の盾が、衝撃波のような攻撃を放つ。エミーは再び地面に剣を突き刺し、シビラは石の壁を作ってやり過ごす。

魔神……まだこんな手を隠していたとは、やってくれる。

だが、そうでなくては倒し甲斐《がい》がない！

俺は剣を両手で構え直すと、わざと打ち合わせるように叩《たた》く。

「まだまだ出せるぞ、《アビスサテライト》！　俺の魔力が枯渇するのが先か、お前がやられるのが先かな!?」

「舐めた真似《まね》を……！」

魔神の両腕についた盾は二つ。

シビラとエミーを何度も吹き飛ばしながらも、剣は俺を相手にするしかない。


歴代の【勇者】が戦ってきた魔王を、何体も相手にした。

歴代の【聖女】が行ってきた魔法を、何度も使ってみせた。

だが——足りない。まだ、『神話』に並び立つ俺には足りないのだ。

「魔神！　お前を超えることは、俺にとって必然でなければならない！」

「女神の力を借りただけの人間風情が、この我をそこまで侮るかッ！」

ようやく勝ち筋が見えてきた。俺は今、神々が封印したほどの敵と戦っているのだ。

ハデスハンドによる弱体化、アビスサテライトによる連続攻撃。シビラとエミーによる盾の封じ込め。全ての状況を集めて、今の俺は、魔神と剣を打ち合わせているのだ。

「女神の力だけじゃない。剣を使うのは、俺の力だ」

魔神が片手で持つ剣は、俺の両手剣を上回る怪力。圧倒的な力量差、普通なら勝てるはずのない相手だろう。だが、人は工夫し、成長するものだ。

人間は、弱い。最上位職を貰《もら》ってなお、仲間と組まなければ魔王とは戦えない。

その上、油断すると一瞬で殺される可能性の方が高いほど、人間は脆《もろ》い。

それでも、勝ち筋が見えるのだ——そう、相手を上回るほどの技術があれば。

「グッ、何故《なぜ》倒しきれない、いくら力が一部しかないとはいえ、この我が……魔神が、術士に剣で負けるなど……！」

「それは、お前が成長してこなかったからだ。……俺は同じ人間にいつも押し負ける程度には力が弱かった。だが、最終的には負けることはほぼなくなった。それが成長だ」

「成長だと……」

「そう、成長だ。……ふん、ヴィンスの比にもならないほど単調だな、お前の剣は。よっぽど力押しで適当にやってきたのだろう、何も考えなくても勝ててしまっていたから」

もし成長しなくても、全てが思い通りになるほど強ければ、何も苦労はしないのだろう。

だが、それは本当に自分の力だといえるのか。その果てに、何が積み上がるというのか。

「読めてきたぞ」

「なッ……！」

俺は再び、相手の手の甲を小さく切りつける。

「大振りで手癖が強い。今までその動きで問題なかったんだろうな？」

魔神の剣が天井近くに届き、そのまま力任せに振り下ろされる。

本来なら超高速の攻撃であり、受けることなど不可能な怪力。だが二重詠唱で速度を落とした今なら、振り下ろす前の動きをよく見れば攻撃地点も予測できる。

「そういうのが、考えナシだって言ってんだよ」

俺は相手の剣を回避し、左手からの攻撃魔法を弾《はじ》き、踏み込んで切りつける。

「油断したな！」

魔神が叫ぶと、先ほど弾いた魔法が背後で爆発する。

体力と精神力を削りそうな激痛が背中を走り抜けるが、俺はお前を過小評価していない。

当然、想定済みだ。被弾と同時に、回復魔法を使えるよう準備している。

（《エクストラヒール・リンク》《キュア・リンク》）

服が修復するのを確認する前に、痛みの治まった身体《からだ》に気合を入れて踏み込む。魔神は、俺が魔法の直撃を受けてなお、動けることに驚いているようだった。

「その修復速度、【聖女】でないのなら【賢者】！　術士、お前だな！」

左腕の盾で吹き飛ばしてから、シビラの方へと魔法の集中砲火を浴びせる。その魔法を石の壁を何枚も作りながら、シビラは黙ってニヤリと笑う。

「まずは貴様からだ！」

再びあのイビルバーストで、自分を中心とした周囲を爆発させる。腕に取り付けた盾の攻撃が、恐らくこいつの本領なのだろう。俺への攻撃を剣から盾の衝撃波に切り替えた。

再び地面に剣を突き立てて耐える俺を見下しながら、シビラの方へ手を伸ばすが……そちらへ意識を割くのは悪手だ。

「な、グッ……！」

魔神の身体は、次の瞬間にふらついた。シビラの反対側にいるのは、エミー。何度も魔法を受けるうちに慣れてきたのか、剣を突き立てて、盾を黒く光らせていた。

【宵闇の騎士】の、特殊スキルの黒い盾。その効果は、相手を吸い寄せること。

それも、最下層のフロアボスが逃げられないぐらいの力。いくら魔神といえども、何の影響もないわけがない。だが、何よりも魔神が警戒するものは。

「そこっ！」

「グッ！　おのれェ……ッ！」

エミーは、近接戦最上位職の両方持ち。単純な力だけなら、間違いなくこの中で一番強い。その剣の一撃に細かい動きはない。だが、大振りかつ強力な一撃なのだ。

唸《うな》りながら盾を向けてエミーを衝撃波で吹き飛ばすが、その時にシビラが魔法をちくちく撃ちながら「あら、もうアタシを狙わなくていいのかしら～？」と煽《あお》ってみせている。

いやお前、散々魔神との戦いを警戒しておいて、この期に及んで煽るのかよ!?　いやほんと……ほんとお前と来たら、こんな時でも最高にシビラだな！

――俺は、一人で戦っているわけじゃない。

心強い仲間達《たち》のお陰で、ようやく今の拮抗《きっこう》状態に持っていけているのだ。

ならば俺も、もっと攻めてやらないとな！

「《アビスサテライト》、《アビスサテライト》、《アビスサテライト》……」

「き、貴様は……」

「会話はよしてくれ、魔法を使うのに忙しくてな。《アビスサテライト》」

俺は魔神と剣を打ち合いつつ、延々とアビスサテライトを増やしていく。手を使わなくても、魔法はどんどん使えるからな。

既に現段階でとてつもない数だが、いくら増えても困るまい。

「この我が、この我が、この魔神である我が人間ごときに……！」

次第に焦燥感を露《あら》わにする魔神。ああ、そうだよな。気付くよな。

『継続ダメージが終わらないと気付いた瞬間、必ず焦りを生む。相手の頭がいいほど、精神に攻撃を与えられる戦法ね』

アドリアでのシビラの話、今のこの状況にぴったりじゃないか。小さなダメージを与えるだけの、ただの補助魔法。フロアボスと戦う時のものではないもの。

だが、制限なく『溜められる』魔法ほど、俺に向いているものはないだろう。

「《アビスサテライト》、《アビス——」

「——調子に乗るなよ眷属《けんぞく》がアアアアア！」

魔神はその場で再び、あのイビルバーストを使う。再び隙を見て打ち込もうとしたが……魔神の様子が変わった。今までに比べて、大幅に力が増幅している。

状況が、大きく変化した。

天井が吹き飛び、『赤会』が作った建物の壁が破壊される。所詮人工物に過ぎない、ダンジョンの模造物。頑丈に作ったところで、魔神相手には耐えられるはずもない。

魔神の魔力が灰色の薄暗い空に飛び、いたずらに魔法を撒《ま》き散らす。エミーが広範囲の魔法を防ぎ、俺は回避する。しかし数秒遅れて、背後遠くで派手な破壊音が聞こえてきた。

街にまで魔法が飛んだのか!?　ちっ、迂闊《うかつ》に避けるわけにはいかないな……！

「顕現失敗だ。我は今回、力を全て使う。貴様等《ら》を倒した後、そのまま魔界に一度戻ろう。その代わり……この魔力を使い切ってでも確実に殺す」

……まだ、奥の手があったか。だが、ある意味では第一段階の攻略は完了だ。

魔神は、この場で自分の力を使い切るつもりらしい。恐らく魔王どものいる魔界とやらと繋《つな》がっている、何かを切った。それはこの戦いに、地上への顕現を諦めてまで俺達に力を注ぎ込むということ。だが、こう返そう。

「なるほど、つまり俺が魔力を枯渇させてもいいってことだよな」

魔神は俺の言葉に静かになると……笑い始めた。

「フフ……ハハハ……！」

「笑えるところはないだろう」

「笑うしかない！　ここまで傲慢だとは！　その身を以《もっ》て自分の愚かさを呪うがいい！」

叫びながら不意打ちした魔神の剣は、先ほどより速度が遥《はる》かに上がっている。

だが……同時に、全く変化していない剣筋だ。

——それはな、さっき見たんだよ！

「俺はできることしか言わない主義でな」

「よくぞ吠《ほ》えた、やはり貴様から殺そう！」

とりあえず、魔神がしばらくこの地に降りないことだけは確定した。それでは完全勝利を目指して、久々に本気の剣技で相手をさせてもらおう。

……傲慢、か。

最早《もはや》俺の魔法すら気にすることなく、魔神は俺の命を奪いに剣を構えた。

視界に映る、ドラゴンの牙ですら比べものにならないほど凶悪な、神話の剣。

魔神が予備動作に入った。その動きを確認すると俺は腰を落とし、横に身体を傾けながら未《いま》だ何もない空間へと剣を振る。次の瞬間には、魔神の剣が俺の頬を掠《かす》め、代わりに俺の剣は相手の籠手《こて》を切りつけている。

予備動作を見たんだから、どんなに速かろうとその格好で終わることぐらい予想がつく。

「何故だ……！」

次の攻撃も、その次も。俺の攻撃は、全て当たる。魔神の攻撃は、全て掠るのみ。

未だ理解の及ばぬ魔神に、俺は呆《あき》れつつも言葉を浴びせる。

「お前が、本当の意味で『弱い』からだな」

魔神の小さく呻《うめ》く声を聞きながらも、次の攻撃を構える。後ろへの回避……は、駄目だ。引くことは、許されない。心が引いては、相手に踏み込まれる。

押せ。

押せ。

押し潰せ。

その傲慢にも未だ力任せな、堕落しきった怠惰なる剣筋を、俺の人生で押し潰せ。

力が強いヤツに、技術で勝つのは俺の得意分野だ。

何度も負けた。

何度も何度も、力で負けた。やがて俺は、勝ちを拾うようになった。ずっと勝ち越せるようになった。

それでも、職業《ジョブ》は俺の努力を打ち砕いた。

親友との均衡は崩れ、幼馴染《おさなな じ》みを俺から離した。何もかもに、置いて行かれたと思った。

だが、シビラは、術士でありながら剣を持つ俺を肯定した。戦う力を俺に授けてくれた。

幼馴染みも、俺と再び一緒になることができた。やろうと思えば、自分から動けばよかった。——本当は、やろうと思えば、全てを摑《つか》みに行くことができたのだ。

やらなかった俺が……諦めて、遠慮して、任せっきりで流されっぱなしだった俺が、ここにきてようやく摑める、主役《おれ》に始まりをくれた女神《シビラ》の横に立つチャンスなのだ。

今日俺が摑み取る結果は、魔神討伐……だけではない。

全てを最初から奪われたマイラ。初めて俺が、誰かに『始まり』を与えられるのだ。

だから、シビラが難色を示そうとも、引くわけにはいかなかった。たとえ魔神が相手だろうと、絶対に引くわけにはいかなかったのだ。

今日は俺が、あの時のシビラになる日。だから——もう、引くことはない!

「終わりだ」

俺は、相手が俺に唯一怪我《けが》を負わせた——わざと掠めたとも知らず——馬鹿の一つ覚えの突き攻撃を確認し、今度は相手の懐に踏み込む。

「何故《なぜ》……当たらない……！」

「お前の内情など知らないが、俺には絶対に帰らなくてはいけない理由があるからな」

命のやり取りをしながらも、俺の心にはずっと、俺の帰りを待ってくれる人がいる。あの人を悲しませることだけはあってはならない。

彼女の心の声が俺を支え、俺を護《まも》り、魔神を圧倒するほどの力となったのだ。

「魔神《おまえ》みたいなヤツには、この見えない力の大きさは永遠に分からないだろうな」

身体の中心に、するりと剣が刺さる。一拍遅れて、魔神の口から紫の血が溢《あふ》れ出した。

「ばか、な……」

俺の剣技の――いや、俺達『宵闇の誓約』とフレデリカの祈りが、魔神の命に届いた。


エミーとシビラも勝ちを確信したようだが、それでも武器を構えて魔神を警戒している。

「負けを認めるわけにはいかない！　このまま魔界に帰るわけには、いかない……！」

唐突に魔神が叫んだ瞬間、魔神の鎧《よろい》がどろりと溶ける。爆発的な魔力の動きに、天井中央付近のアビスサテライトがまとめて弾け飛んだ。

突如雰囲気の変わった魔神を、俺は警戒する。シビラが目を見開き、叫ぶ。

「ラセル！　腰にマイスターコア！　ああ、えっと魔石よ！　これは……魔神ウルドリズ、あんたコアの魔力で自爆する気ね!?」

自爆だと……!? ぐっ、往生際の悪いヤツだ!

アドリアの魔王を嫌でも思い出す。魔王ですらダンジョンの最奥地で自爆した威力が、そのまま村を滅ぼしかねないほどになったのだ。

シビラは、魔神との戦いで地形が変わったと言っていた。ならば、自爆で吹き飛ぶのはこの辺り一帯だ。マデーラを含めた全てが地図からなくなりかねないぞ!

そうか、これが『女神の書』に書かれていた、島が吹き飛ぶような戦いか……!

「そんなに体裁が大事!? 人間に負けて魔界に帰ったら恥だとか、そんなこと——」

「そんなことで済むものかッ! 神々からの封印ならまだしも、人間に負けた我など魔界に戻れるはずもない」

「ああもう、だから魔界のプライドお化け連中は嫌いなのよ! ラセル、割るわよ!」

シビラが後ろに回ろうとする中で、再びあの両腕の盾から衝撃波を出し、エミーとシビラは床に伏せて回避する。

「……騎士を抑え込むのに、かなり力を使うが……残りの力だけでも、十分だ」

エミーの力が、魔神をずっと抑え込んでいたのか。ならば俺も、それに応えなくては!

「おい! この死に損ないが、そんなに自爆したけりゃ一人で死んでろよ!」

剣を構え、再び闇を纏《まと》わせる。

「胸の一突きでは足りなかったのなら、首を落とす！」

「……貴様は危険だ。我とともにこの世界から消えてもらうぞ」

「お断りだ、残りの魔王も魔神も全部滅ぼすまで死ねるかよ」

「その傲慢を可能とする魔力……やはり危険だ、恐らく純粋な人間ではないな」

どこからどう見ても人間だろーが。喋《しゃべ》りながらも、剣を持って踏み込む。

魔神はまだ動けるようだが、先ほどより大振りになり、回避することは容易《たやす》い。

「宵闇の魔卿《まきょう》に、この剣技……危険、危険だ……」

再び俺のローブを掠めて、鎧ごと俺の腕が浅く切れる。次の瞬間には回復しているが、さすがにそう簡単にはやらせてくれないか。

相手が『防御』に意識を持ち始めたのが厄介だ。この魔神は、自爆狙い。つまり、俺にとって時間切れは負けを意味する。

「その回復、やはり賢者を先に潰さねばならなかった……回復さえ、しなければ……！」

エミーには身体能力があるが、シビラの肉体は人間の術士でしかない。起き上がらないところを見ると、今の衝撃で気絶してしまったのか……！

治療魔法をかける。だが、シビラは起き上がらない。

魔神が満足そうに口元を歪《ゆが》めた瞬間——突然背後に、左腕を向けた。

「おのれ——回復術士《ヒーラー》風情がァ！」

魔神が肘から大量の鮮血を吹き出していた。シビラの方へと、黒い影が移動する。

その手元には、俺が属性付与《エンチャント》したアサシン用の武器。攻撃したのは、アシュリーか！

「こっちだ、魔神ナントヤラ！　ああもう名前忘れた！　ラセル様、加勢します！」

ここに来て、アシュリーが戦闘に参加した！　動きは非常に洗練されていて、戦力としても十二分信用できる。正直かなり助かるが……マイラは、いいのか？

俺は注意深く見つつ魔神を攻撃する。魔神はアシュリーの方に盾の魔力を向けようとするが、その瞬間にエミーが一歩進んで地面を踏みしめ、魔神はすぐにエミーを抑えるために魔力を使う。やはり今の魔神でも、エミーの一撃は恐ろしいらしいな。

「そろそろ斬られろ！」

俺は、剣を相手に……突き立てられない！　魔神の左手に、右手と同じ剣が現れて俺の攻撃を防いでいる。

俺の両手剣を片手で止められるのだ、くそっ、片手だけ斬っても意味がないか……！

「ハハハ……！　我の術式が、そろそろ完成する。これでこの辺り一帯が滅ぶがな！」

災害そのものだなこいつはッ！　あと一手……あと一手でいいんだ！

俺が何かないかと剣を力の限り押し込んでいると……突然、誰一人想像していなかった現象が起こる。

——太陽の女神は言った。

どこからともなく、声が聞こえてきたのだ。

「何だと……ッ！」

魔神は不意打ちを警戒し、後ろを振り向く。

だが、視線の先には壁際で口を噤《つぐ》んでいるマイラ一人。武器も何も持っていない、脅威ですらない存在。しかしマイラが口を閉じている間も、幼い声は淡々と言葉を紡ぐ。

聞こえるのは、マイラの声。瓜二《うりふた》つの声色が聞こえてくるのは、魔神の足元から。

『地上の者に、戦う力を。その人の人生を――』

そこで俺は、喋る内容から一体何が起こっているのか理解した。

これは、あの『音留《とど》め』の魔道具だ！

本来、戦いの最中に使ったところで何の意味もない、音声を記録するだけの魔道具。

だが、そんな何の意味も成さないはずの魔道具に、唯一勘違いしてしまうヤツがいた。

「――おのれ、五人目が暗殺を狙うかッ！」

怒り任せに叫びながら、魔神は足を持ち上げて地面を踏み抜き、盾の魔力を解放した。

自分の命を狙う暗殺者を殺すために、過剰なまでの全力で声の主を狙う。無論、そこに存在した声の主は、ただの球体の魔道具でしかなかった。

その一瞬の隙を見逃す俺達《たち》ではない。アシュリーは命すら惜しくないと言わんばかりの踏み込みをして魔神の左腕を大幅に損傷させ、地面に叩《たた》き伏せられる。捨て身の一撃だ！

エミーも無論、ずっと受けていた魔神の盾の魔力がなくなった隙を見逃さない。一瞬の隙を突いて踏み込み、盾を黒く光らせながら魔神の盾へ全力で体当たりする！

確実に勝てるはずだった魔神が、一気に崩れている。何故このような結果になったのか。それは勿論《もちろん》、魔神にとって『魔道具』そのものが理解できなかったからだ。

人類の叡智《えいち》。能力がない者でも日々を便利に過ごせるように、創意工夫した道具。言うまでもなく魔神は、自分が封印された後に発明された道具のことなど知らない。

「私が、初めてやりたいと思ったこと。それは――」

この絶好の機会を生み出した人物の、澄んだ声が聞こえる。

「――私の為《ため》に命を懸けてくれる、そんなお人好《ひとよ》し達の役に立つこと。これは、そう……何もかも言いなりだった、そんな私の、初めて溢れ出した自分の意思……！」

そうか……あの魔道具を魔神の足元に投擲《とうてき》したのは、注目されていなかったマイラだ！

魔神は無論、俺達ですら戦力として計算していなかった彼女が、戦いに一手を出した。凄《すご》い子だ……！　あの子はこの状況で自我に目覚め、自ら動くことで街の全てを救うほどの一手を繰り出したのだ。

マイラはお飾りの司祭様だったが……その心は、あの汚い大司教とは比べものにならないほど、聖女然としたものだ。

千載一遇のチャンス。これを逃すわけにはいかない！

「これで、終わりだ！」

「まだだッ！」

魔神が俺を両断しようと、両手で剣を振り上げる。

ここで頭に血を上らせた魔神に、更なる一手が炸裂《さくれつ》した。

「何だと……!?」

魔神の振り上げた手が、石の大槍《おおやり》と衝突して横にぶれたのだ。

俺を狙うはずだった剣は空を切り、俺の剣は相手の腰に深々と刺さった。

ぱきり、と音がした。コアが、割れた音だ……！

「何故、だ……回復術士《ヒーラー》は、皆気絶させた……」

気絶したフリをしていたシビラが起き上がり、肩をすくめて笑う。

「先入観ありすぎよ。シスターは【アサシン】で、アタシは【魔道士】でーす」

「【賢者】の、はず、では……」

「言ってないじゃん。ねー？」

ああ、ニヤリと笑っただけで、お前は確かに何も答えていなかったな。シビラの表情を見て、勝手に魔神が勘違いしただけだ。

はは、全く……あいつときたら、魔神相手だろうとこれだもんな。

「ならば、回復魔法は……」

俺は最後に、回復魔法を声に出した。

「《エクストラヒール・リンク》。自己紹介がまだだったな、俺は『黒鳶《くろとび》の聖者』ラセル。【宵闇の魔卿】と【聖者】の二つの職業《ジョブ》を持つ剣士だ」

アドリアの時に、シビラが無詠唱を使い分けることで魔王を騙《だま》してみせた戦法を採用したというわけだ。

俺の魔法に魔神は目を見開き、声を絞り出す。

「危険だ……伝えなければ……いや、我は滅ぶのか……」

「そ～よぉ～？　ウルドリズ、あんたは自分のプライドに負けてヤケクソしちゃったから、ここでな～んにも持ち帰れずに滅んじゃうの。残念でした！」

「ぐ……選択を、間違え、た……」

その呟《つぶや》きを最後に、魔神は他の魔王と同じように、さらさらと空気に溶けた。

それは間違いなく、今までと同じように討伐できた証《あかし》である。


神話の魔神を相手にした、ギリギリの戦い。

大陸の一部が滅びかねないほどの、危険な最期。

その結末は、全員生存と魔神消滅――俺達の、完全なる勝利だ！

20 皆の過ごすマデーラを、かつての姿に戻すために

この街でやるべき事は、まだいくつかあるが……まず最初に。

俺は、赤い髪の綺麗《きれい》な少女の前に立つ。その勇気に、素直に頭を下げた。

「マイラ。ありがとう、助かった」

「い、いえ……あなたが私を助けたのでしょう？　ですから、頭を上げてください。先に私が言うべきですよね、ありがとうございました」

俺が顔を上げると同時に、マイラが丁寧に深く礼をする。その様子を、既に起き上がったアシュリーは見ていた。

「そういえばアシュリーは、マイラに話をしたのか？　お前がいた理由」

「いえ、ラセル様。まだ私は……」

「——母親だから」

突然割り込んだ言葉に、言った本人以外が驚く。その言葉を出したのが、目の前のマイラだからだ。アシュリーは目を見開き、マイラを見つめる。

「え……？　どう、して……」

「やっぱりでしたか。……アシュリーさん、というのですね。あなたはこの戦いでは明らかに力不足に感じました。ですが、戦いに参加した理由は……私、ですよね」

「……」

マイラの言葉に、視線を揺らしながらも躊躇《ためら》いがちにアシュリーは頷《うなず》く。

「教会では、大切にされていましたが……ある日、自分が『魔道具みたいだな』と思って。私にとって、大人の身体《からだ》は冷たいものでした。……だから、私を抱くあなたの腕の温度に……その熱さに、全く別のものを感じたのです」

この子は、そこまで大人を見抜いていたのか……。

あの『赤い救済の会』の人を人と思わない幹部連中と、マイラは何年も過ごしている。きっとこれまで、様々な悪意というものを目の当たりにしてきたはずだ。

ずっと自分に仮面を付けて、取り繕って生きてきたのだろう。そのマイラにとって、アシュリーは初めての『温度のある大人』なのだ。

「いえ、違いますね。今の話は難しく考えた理由でしかないのです、本当の理由は……」

しかしマイラは今の深い分析を否定し、彼女にとって一番重要だった理由を話す。

「似てるから、かな？　すぐに分かっちゃったんです。『あ、この人お母さんだ』って」

——それは、この子が素直に導き出した答えだった。

言葉を放った彼女は頬を赤く染め、目を細めてはにかんだ。

　それは間違いなく、今まで誰にも見せなかった、少女の年相応の顔。誰をも魅了する天使の微笑《ほほえ》み。母親《アシュリー》が何度も取り戻したいと願っていた、仮面を外した愛娘《マイラ》の、本当の顔。

「あぁっ……マイラ、マイラぁ……！」

「……ずっと見てたんだよね、ごめんなさい、お母さん」

「ううん、わ、わだじ……ずっと、マイラと話したくて……いきてて、よかった……！」

　アシュリーの涙腺は決壊し、マイラを抱きしめ嗚咽《おえつ》を漏らしながらも、自分の言葉を伝えた。その母親の苦労を理解したように、マイラは同じ色をしたアシュリーの頭を撫《な》でる。

　……ははっ、これじゃどっちが母親か分からないな。

　隣で、エミーがずびずびと鼻水を出しながら「よがっだねぇ……！」と泣いていた。

　右ではシビラが穏やかな顔をして二人の母子を見守り、直後俺の視線に気付いた。するとニヤリと笑い、親指を立てたのだ。こんな時でも、やっぱりこいつはシビラである。

　あの時のストーンランスは、本当に絶妙のタイミングだった。

　マイラが生み、皆で作った僅かな隙をあの場で極限まで大きな隙に変えた影響は大きい。

「最後、助かったぞ」

「ほっといても勝てた最後を、確実に勝てる最後にした。それだけよ」

「お前の言う『それだけ』は、お前以外にできるのか？」

　軽口を叩きながら、いつものように互いに手の甲を当てる。

「今日は褒めてくれるのね」

「いつも褒めてるだろ」

「……そうかもね」

と思いきや、口の方はいつもと違い、軽口を返してこなかった。大抵は売り言葉に買い言葉って感じなのが、こいつとの会話なのだが。

「どうした、何か悪い物でも食べたか？　拾い食いは良くないぞ」

「あんたがアタシのことをどう思ってるか、よーく分かったわ……」

大きな溜息《ためいき》を吐《つ》いたシビラは、まだ泣くエミーの方に行き頭を撫でる。しばらくそうしていたが、皆が落ち着いてきたところで建物を降りる。

「ここ、悪魔召喚みたいな形で作ったものだから、多分これ以上魔物は増えないわ」

「そうか。どのみちこの建物は、解体した方がいいかもな」

「アタシもそう思うわ、あんな真っ赤な大聖堂、やっぱ目に悪くて使う気起きないもの」

そりゃ同感だな。ああ、全く……もう赤色はこりごりだ。

今はもう、この街に赤色は——。

「ん？　どうしたのですか？」

「何でもない。帰るぞ」

——この母子の髪の色だけで十分だな。

少し日を跨《また》いで、集会の日がやってきた。あの大司教の最期を見た者達に主導してもらい、皆を『赤い救済の会』の大聖堂に呼ぶ。

壇の上に立つのは、俺達五人。マイラが皆を壇上から見下ろし、『自分の言葉』を紡ぐ。

「集まっていただき、ありがとうございます。こうして自分で話すのは、初めてですね。司祭、という役をしていたマイラです」

席に座った者達は、お互いに何事かと顔を見合わせる。……こうやって普通に話すことが普通ではない事態であるほど、この子にとっての日常はずっと異常な毎日だったのだな。

「皆様にお話ししなければならないことがあります。まず、大司教は死にました。殺したのは、『女神の書』の魔神です」

にわかにざわつきが大きくなった辺りで、壇から大きな音が鳴り一気に声が静まる。

何をしたかというと、エミーがその怪力で足元を踏んだのだ。巨大な魔物の一撃にも匹敵するその力に、近くの信者も息を呑《の》む。

「静かに聞いて下さいね、大事な話ですから」

その有無を言わせぬ一言に、皆は押し黙る。

「エミーさん、ありがとうございます。大司教を殺した魔神は、我々……いえ、大司教が信仰していた赤き神そのものでした。大司教の魔神を讃《たた》える言葉に、魔神は何の興味も示さず一撃で殺したと聞いています。その成れの果てが……これです」

マイラは、足元を見る。

そこには放射状に広がる、乾いた赤黒い色。

最前列の人は、それが何であるかを察する。

「この街は……マデーラと近隣の全ては、魔神によって消滅するところでした」

一瞬ざわつくが、先ほどのエミーを思い出してかすぐに静かになる。

「……ですが、我々は死んでいない。理由は、この人達《たち》です」

その声に合わせて俺とエミーが前に出て、シビラがタグに触れる。目の前に出てきた【聖者】と【聖騎士】の職業《ジョブ》に、人々は再びざわめく。

「静粛に、静粛に……はい、ありがとうございます。『太陽の女神教』を代表するお二方は、たまたまこの街に来ていました。だから、私は生きています。……大司教に生贄《いけにえ》として捧《ささ》げられようとしていた私が生きています！」

それまでとは全く違う強い声色でマイラが叫び、皆はその圧に再び息を呑む。

「我々は、魔物を育てていました。あの赤い実から作る粉も広めていました。あれも毒物、この街を蝕《むしば》むものだったのです。街の人々の判断力が鈍ったところで、我々は魔物を野に放ち、弱い魔物に狙われた人間を救うという自作自演で信者を増やしてきました。……全部が全部、作られた偽物の救済劇だったのです」

マイラは一呼吸置くと、再び話を畳みかけ出した。

「とはいえ、私を含め皆あの魔神を信じていました。この宗教に入った人は、『太陽の女神教』を信仰しても不幸なことがあったから、何かを信じたくて入った人も多い筈《はず》です。いきなり司祭の私から間違いだと言われても、信じられない人も多いでしょう。ですから……まずは本物の【聖者】の力を……伝説の『聖女伝説』の力を証明してもらいます」

最後に力強く言葉を放ち、全ての人の注目を集める。マイラは俺を見て、頭を下げた。

「どうか、愚かな私を……私達を……私達の街を、救ってください」

その赤い髪を見て、俺は頷く。

……実のところ、ここまでの流れは予定通りだ。

マイラが俺に皆の前で代表として頭を下げる。このことの意味は大きい。『赤い救済の会』が、『太陽の女神教』に頭を下げるところを、皆に見せるのだ。

もちろん、いきなりそんなことをされても納得しない者もいるだろう。今まで壇上に立っていたマイラの頭の価値は、決して安くはない。

だから、ここから俺が『何をするか』が重要になる。

……俺は別に、良いことをしようという意識があって行動しているわけではない。好きなように、今の行動を選択しているに過ぎない。

シビラに言わせれば、それが【聖者】らしい本質……ということらしいが、俺自身には自分にとって当たり前のことなのでよく分からない。

ただ、今の俺にはその評価も素直に受け止められるだけの心の余裕がある。

今の【宵闇の魔卿《まきょう》】らしい、勇者の陰で魔王討伐をする仲間との生活も、嫌いではない。

しかしそれは、皆の陰で活躍することが特別好きだからやっているわけではない。ただ目立ちたくないというだけで、この道を選んだ……というわけではないのだ。

マイラは、この壇上に立った。

本来皆の前に立つ必要すらない子だろうに、それでも視線の刺さる矢面に立っているのだ。それも、自分を閉じ込めてきた『赤い救済の会』の人間に対して、だ。

それだけこの子の中で『皆を救う』という願いは強いのだろう。俺は、そんな芯の強いこの子に応えたい。

俺もずっと、この街を見てきた。

シビラから、かつてのこの街の活気を聞かされた。

……目立ちたい、目立ちたくない。感謝されたい、陰で讃えられたい。

全て、関係ない。

結果俺がどうなるかなど関係なく、ただこの街を救いたい。それが俺の今やりたいこと。

そう思えるだけの気持ちを、既にこの街から受けた。

ならば……俺のやることは一つ。

目を閉じる。

闇が、俺の視界を染める。その瞼《まぶた》の裏に、様々なものを幻視する。

マデーラの街。昼間ですら、誰もいない街。あの道が、活気に溢《あふ》れることを幻視する。

紙芝居の人が用意を始める姿を幻視する。孤児の皆が、揚げ菓子を食べる姿を幻視する。

――その中に、マイラが交ざって笑う姿を幻視する。

これからそれらが、幻ではなくなることを願って。

そして……ジャネットに教えてもらった呼吸法で、今から使う奇跡の成功を信じて。

(《キュア・リンク》……《エクストラヒール・リンク》も、だな)

かつて、聖女伝説のひとつで使われた魔法。村の全ての病人を、一度に治してしまった
魔法。『女神の祈りの章』の奇跡を、この街を対象に使う。

女神に祈ることなら、聖女以上に慣れている。何故《なぜ》なら実物を知ってるからな。

この場で、こうして堂々と皆を治療できるのは、それこそ隣の女神の活躍に他ならない。

治療の功績を悪用されないよう、ここまでシビラが予測した上で全ての謎を解明してくれたから、俺もこうして堂々と『赤会』含めた皆を治療できるのだ。後は、俺の仕事だ。

すぐに魔法の効果に気付き始めたのか、ざわめく声を聞きながら目を開き、眼下の人達が自分たちの身体に触れたり動いたりしている姿を見る。

だが、ここは『赤い救済の会』。言われたことが事実と証明され、視線を落とし呆然《ぼうぜん》と

する者、後悔する者、すすり泣く者……様々な反応をしていた。

やがて皆は俺に注目し始め、静かになる。こういうことは慣れていないが……いい機会だ。俺は皆を見ながら、言いたいことを告げる。

「今のは、聖女の祈り……というよりは、治療魔法に過ぎない。感謝してくれなくても、太陽の女神を信仰しなくてもいい。ただ、俺からお前達に何か言ってもいいなら一つ」

この建物の十六階で見た、母親の涙が頭を掠《かす》める。

「家族は大切にしろよ」

──俺には、いないからな。

最後の言葉を呑み込む。

言いたいことは言ったし、やることは終わった。これでもう、この街は大丈夫なはずだ。これから大切にされるであろう、救った家族の一人に視線を向ける。

「以上だ。もう解散してもいいよな、マイラ」

「は、はい！　ありがとうございました、聖者様……！」

マイラが大きな声で礼を言いながら深くお辞儀をしたため、大聖堂内に割れんばかりの拍手が響き出す。

やれやれ、さっさと切り上げようと思ったのだが……まあ、悪くない気分だな。

称賛は悪くはないが、そのためだけに生きることは望まない。あくまで俺は、俺のやりたいことを優先していこう。

大丈夫だ。仲間がいる以上、間違えることはないだろう。

マデーラの『赤い救済の会』は、この日、解散となった。

あれが本部かと言われると、当の大司教がいなくなった関係で誰も分からないらしい。

様々な後始末はあるが、それでも皆は晴れやかな顔をしていた。

もちろんそれは、洗脳が解けて体調不良がなくなった『赤会』の人間だけではなく――。


「あっ、聖騎士様！　聖者様！　お帰りなさいませ！」

門を開くと……その先には、全く違う街の空気があった。

窓を開けている家が多く、未《いま》だ外を警戒しつつも足を踏み出している人も多い。ただ、それでも道に出ている人はアドリアやセイリスに比べて少ない。

それでも今までと明確に違うと分かるものがある。――音だ。

窓を開けた家から、音が聞こえてくる。元気の有り余る子供達の声と、困ったように叱る父親の声。朗らかに笑う母親の声。

街中から声が溢れ出して、目に見えている以上の活気を俺達に伝えてくる。

シビラが呆《あき》れたように肩を叩《たた》く。

「ハッタリだと思っていた部分もあるのよ。でも、本当に全部治療できちゃったのね」

「当たり前だろ？　同じ事をやったんだから」

まあ、実際に治ったかどうかは見てみないと分からないと思う気持ちは分かる。……改めて、俺の魔力量はどうなっているんだろうな。俺は孤児院へと帰る道で、街の人に声をかける。

「『女神の祈りの章』を再現した！　体調不良の原因は取り除いたと皆に伝えてくれ！」

ちょうど窓が開いていたので、窓から外に身を乗り出す人が現れ始める。

「確かに体調が良くなって驚いている！　今の話は本当か!?」

「ああ、ついでに『赤い救済の会』も訳あって解散となったぞ」

「ま、待ってくれ、いきなりで情報が……。それは、本当か……本当なんだな!?」

窓から会話していた男が、窓枠を踏み越えて外に飛び出してきた。

「久々だ、買い物の用事もないのに飛び出したのは！」

中年の男が晴れやかに叫ぶ姿を見て、隣の家の人も顔を出す。

「お前だけ出るなんてずるいぞ！」

隣の家同士が賑《にぎ》やかに外で会話する様子を見て、徐々に他の家からも人が出てくる。更に人から人伝いに、『女神の祈りの章』の話と『赤会』の解散が伝えられる。

そのうちの一人が叫んだ。

「マデーラは、自由だ！」

ああ、そうだ。もうマデーラは皆の手に戻ったのだ。

やがて馬車も通れないほど道に人が溢れ出した様子を見て、孤児院へと歩み始める。

——ふと、街の中央を振り返る。

視線の先には、この魔道具の街マデーラを代表する、時計塔があった。

だが今は、その大きな時計塔がボロボロになっている。

魔神の攻撃。あの魔法によって、時計塔が動かなくなるほど破壊されてしまったのだ。

『赤い救済の会』の元信者も、これを見て夢から醒《さ》めた人もいたのかもしれない。

「……守ってやれなくてすまないな。結果論だが、街をまとめてくれたこと、感謝する」

俺は時計塔に向かって小さく礼を言い、その場を後にした。


孤児院に戻ると、今日もフレデリカが外で俺達の帰りを待っていた。

「お帰り、ラセルちゃん。エミーちゃんにシビラちゃんも」

フレデリカは、魔神討伐した日にもずっと外で俺達が帰ってくるのを待っていた。

まずアシュリーが前に出て、マイラを前に出した。フレデリカは、じっとマイラの姿を見ると、全てを理解して小さく一言告げた。

「……もう絶対に、離さないように」

その言葉に、アシュリーは息を呑《の》み、すぐにしっかりとした目で頷《うなず》いた。

それが、昨日の出来事。

「……ずっと外にいたのか？」

「うん。きっとラセルちゃんが『奇跡』を起こしてくれたんだと思って」

「買いかぶりすぎ……いや、一応やったことは同じか」

「本当に、あの聖女の奇跡で街を救ってくれたんだね。子供達《たち》も、外に出たくてうずうずしてるの。全部、ラセルちゃんのお陰。……やっぱり、ラセルはかっこいいよ」

フレデリカは不意打ち気味に俺に抱きつく。小さく後ろで「あっ」という声が上がった。

……さすがにこれは恥ずかしいので、俺は軽く頭をぽんぽん叩いて、やや無理矢理離す。

幸いすぐにフレデリカは離れてくれたが……エミーからの視線で穴が空きそうだな……。

「アシュリーとマイラは、少し遅れる」

「そう。もうちょっとだけ、ベニー君には待ってもらわないとね」

マイラを孤児院に連れてきたときの皆の反応は、面白かったな。マイラは元々、『赤い救済の会』司祭として皆の信仰を集める身。見た目には細心の注意を払っていた。

だから皆と同じような服に着替えたところで、傍目《はため》に見ても綺麗《きれい》な子だなとはっきり分かる。

女の子達は、丁寧で綺麗なマイラとすぐに仲良くなっていた。男子は……特に、ベニーは元々あの魔道具からの声を聞いていただけあって、マイラに少し期待を寄せていた。

　実際に見た時は、期待以上だったようだな。お陰で今も、そわそわとマイラを待っているというわけだ。マイラを連れ帰ってこれたのは、お前のお陰だぞ。

「それじゃ、先に料理を作って待っておくか」

「あら、ラセルちゃんが手伝ってくれるの？」

「邪魔じゃなければな」

「大歓迎よ！」

　フレデリカと軽くやり取りをした直後、無意識にエミーと目を合わせる。エミーは、軽く笑って頷いた。そこにはかつて俺がキッチンに立つことを恐れた幼馴染《おさなな　じ》みの姿はない。

　相手を信じて任せる、ということ。過剰に守るのではなく、相手を尊重するということ。必要になった時には必ず助けに入ること。

　それが最終的に、他者とのちょうどいい距離感になるのだと思う。

「うへへ、今日もラセルの手料理だぁ～……」

　……だと思う。恐らく。

　料理ができた頃には、アシュリーとマイラも帰ってきていた。

「ラセル様。正式に、『赤い救済の会』の大聖堂を取り壊すことが決定しました」

あの建物は、もともとマデーラには異質なものであった。アシュリーは残っていた幹部達と話し合い、『マデーラの『赤い救済の会』はなくなった』ということを伝えることが決定したらしい。

「こんなことでしか償えないですから。結局、太陽の女神教みたいに『教皇』などの幹部がいるかどうかは分からなかったんですけど。ただ、未だに『赤い救済の会』が世界各地に散らばっていることは分かっています」

ああ、そうだな。俺もジャネットに教えてもらったのは、ハモンドだった。

「建物が破壊されるところまでは見届けたい」

それが、この街での最後の仕事になるだろう。


食事も終わり、三人で部屋に戻る。あの大聖堂での話が終わり、肩の荷が下りた形だ。

「ラセルかっこよかった……ちょーよかった……」

「慣れない感じだったが、街を見る限り上手《うま》くいったようで良かったよ」

「マジでー？　あんたすげー慣れてる感じで、緊張とは無縁ですってツラしてたじゃない。最後は『家族は大事にしろよ』って、前日に考えてきてたわけ？」

「んなわけないだろ。ただ……フレデリカには秘密にしておいてくれ」

「何でよ」

俺はシビラに言葉をすぐに返さず、窓の方をぼんやりと見る。建物の窓は、街の西側を向いていた。この壁の先が、アドリアだろうか。

「アシュリーとマイラの姿を見て、な。最後、『俺には家族はいない』と言いかけたが、俺にとってフレデリカもジェマ婆《ばあ》さんも、家族だ。だから、何と言ったらいいかな……」

「いいえ、悪かったわ。それはアタシにも分かる。ちゃんとあんたはフレっちの料理も手伝ってるし、体調も回復してあげてるし……家族以上に大切にしてるわよ」

「そうか」

シビラからそのことを告げられ、もう片方の肩の荷も下りた感じだな。

「ところで」

シビラは、俺とエミーを見てふと聞いてきた。

「次はどこに行きたい？　結構振り回しちゃってるし、決定権は譲るわ」

俺はエミーと目を合わせる。なんとなくだが……同じ場所を思い浮かべている気がする。

エミーが頷いた。きっと、同じ気持ちだ。

俺は、シビラに告げる。

「一度アドリアに戻りたい」

エミーは隣で同じ意見だというふうに頷き、シビラもそれを肯定するように笑った。

形あるものは、いずれ全て崩れる運命にある……とはいうものだが。

それが人々の意思により、圧倒的に早まることもある。その結果が、目の前の光景だ。

『赤い救済の会』の大聖堂は、俺達が翌日に行ったときには上の階から順に内側から叩き壊され、最早廃墟《もはやはいきょ》寸前というほどに崩れ去っていた。

「見届ける、とは言ったが、まさかこんなに早いとはな」

俺達は、『赤い救済の会』の大聖堂が破壊される瞬間を見届けたかったが、どうやら少し出遅れてしまったらしい。エミーも「うわー」と、なんとも力の抜ける反応をしていた。

シビラは、足元に落ちている誰かのネックレスを拾い上げた。

それは、『赤い救済の会』で使われた、上位者であることの証明。人の内面に何も宿らない、表面的なだけの権力の象徴。

自分達の経験や能力という血肉となっていない道具は、実態を無くせばどんなに高価だろうと価値はこんなものだ。

「『赤会』……いえ、違うわね。元『赤会』の人達にとって、消し去りたいものなのよ。入信していた人ほど、その過去を象徴するものを視界に入れたくはないでしょうね」

シビラの説明を聞いて、今マデーラで動いているもう一つの事柄にも納得がいく。それは、オークの討伐がかなり早いペースで進んでいるということだ。

この『赤い救済の会』裏口ダンジョンには、平野で見たものと同じオークの死体が溢《あふ》れていた。それは何より、マデーラ周囲で人々を襲ったオークが、『赤会』裏口から溢れた事実を雄弁に物語っていた。

何よりそれを恥じたのが、大司教の指示で討伐に回っていた『赤会』の冒険者だった。後から聞いた話だが、大司教からは『人助け』という名目で誘われていたらしい。それが全て仕組まれたことだと知れば、当然怒りが湧く。

だが、それ以上に彼らを襲ったのは、羞恥と街の人への申し訳なさだった。

「正しいと信じていたものに裏切られると、大抵は怒りが来るものよ」

「……まあな」

「その『怒り』と『罪悪感』が天秤《てんびん》にかかった結果が、今の状況よ。この街の冒険者は、正しく、謙虚な選択をした。……マデーラは、もう大丈夫だと思うわ」

冒険者は今まで、正義感で魔物を討伐して、襲われる人を助けていた。

それが身内による作為的なものであると知り、怒るより前に今までの行為を恥じて、率先して街を守るために討伐に向かったということだ。

なるほど、この流れでそう行動できるのなら、確かにこの街はもう大丈夫だろう。

「もう、ここで俺達のやることはなさそうだな」

この街は、もう大丈夫だ。俺達は、その自立の手助けを少ししたに過ぎない。最後は目立ってしまったが、一部の人が覚えてくれる程度の活躍であればいいだろう。

俺は皆と頷き合うと、孤児院へと戻った。次に来た時には、もう建物の痕跡もないだろう。

出会いがあれば、別れもある。それが成功によってもたらされたものとはいえ、それでもやはり別れとは寂しいものである。

「さて、私もそろそろ戻らないといけないわね」

「フレデリカさん……そう、ですね。いつまでもお引き留めするわけにはまいりません。本当に、本当にありがとうございました。私は……間違えずに済みました」

「ええ。でもそれは、私の頑張りじゃないわ。みんなが本当に、頑張ってくれたから」

「はい」

アシュリーは、フレデリカの言葉に深く頭を下げると、俺達の方を向いた。

「ラセル様、エミー様、シビラ様。……もう何度もしつこいかもしれませんが、それでも言わせて下さい。私の人生を取り戻してくれて、ありがとうございます」

「構わないさ。俺達は孤児だ、俺達が羨ましくなるぐらい、親子の仲を深めてみせてくれ」

「必ず！」

俺の次に、エミーが身を乗り出す。

「みんな仲良く、ですよ！　マイラちゃん絶対美人になります！　男の子は好きな子に、ちょっかい出したりじろじろ見たりしちゃうので、ちゃんと守ってあげてください！」

「あはは、もちろん！　まだまだ悪ガキどもには、私の可愛《かわい》いマイラは渡さないよ！」

二人の話に、心当たりがなくとも思わず顔を逸《そ》らす。男の俺が聞くのは気まずいな……。

あ、隙間からベニーが聞き耳を立てているのが見えてしまった。……まあ、頑張れよ。

最後は、シビラだ。

「でもマイラちゃんすっごく頭良さそうだから、アシュリーも負けないようにちったあ頭使って皆を守れるよう頑張りなさい。まーアタシの見立てだと無理ね！」

「あ……あはは、よりによってシビラ様に言われると覆せそうにないですね……」

この期に及んで容赦ないなおい！　確かにマイラは既に相当頭の出来が良さそうだが。

そう思っていると、シビラが身を乗り出してアシュリーのおでこに指を乗せる。

「で～もね？」

驚いて目を見開くアシュリーに、再び座り直したシビラは穏やかな視線を向ける。

「どんなに大人びても、優秀になっても……娘なの。劣等感で卑屈にならずに、年上で母親だからと驕《おご》らずに。あの子を『孤児』じゃない女の子にできるのは、世界であなた一人だけなの。それがアタシからの、最後のアドバイス」

「シビラ様……女神様、ありがとうございます……！　必ず、守りますっ……！」

最後、アシュリーは少し涙ぐみながらも、声を絞り出して頭を深く下げた。

そうだ。あの少女の母親になれるのは、世界でアシュリーだけなんだからな。親の愛というものは分からないが……それでも、『女神の書』に出てくる魔神に対して、命を張って守りに来てくれる親を想像すると、それはきっと嬉《うれ》しいだろうな。

別れの挨拶をしつつも、一応馬車までは見送りたいということでアシュリーも付いてくることになった。というか、孤児院の子らも付いてきていた。

元々荷物も少なかったこともあり、俺達《たち》は来た時と同じ荷物の量で済んでいた。

孤児たちが思いの外懐いてしまったため、シビラは歩きながら器用に一人一人にスキンシップをし、子供達と一緒に馬車の乗り場まで向かうことになった。

ふと、そこで見慣れないものを見つける。あれは一体……？

「……同じだわ」

シビラが、呆然《ぼうぜん》と呟《つぶや》くと走り出し、人の多い道をかき分けて空き地に入る。

俺も皆と一緒に急いで後を追うと、そこにいたのはシビラが待ち望んでいた人だった。

「紙芝居、だな」

「ええ。老朽化してるけど、間違いなく先代の人が使っていたカートよ。新品の頃に見たもの。中の話は……変わってるわね」

シビラが興味深そうに近づく。孤児院の子も、後ろの方に回って一緒に見ていた。若い男性だ。孫か、曽孫《ひまご》か……分からないが、その紙芝居を一つめくる。

「斯《か》くして、『魔神』は【聖騎士】によって討伐されました。お姫様を救った【聖者】は、街を救って下さいと、太陽の女神様に祈りを捧《ささ》げたのでした」

完全に俺じゃねーか！　しかも何故《なぜ》か描かれている女性が赤い髪の長身だから、これだとアシュリーがお姫様になってるぞ⁉

それにしても、この内容ということは僅か数日の内に描き上げたのか……？　凄《すご》いな、紙芝居屋の末裔《まつえい》。これなら当分廃業することはなさそうだ。

「むぅ～～っ……訂正を要求したい。お姫様抱っこされたのは私だもん」

「ややこしくなるから、やめてくれ……」

エミーの肩を摑《つか》んで押さえる。しかもそれやったの港町セイリスだしな。

まあ、あれを見て俺とアシュリーだと思う人はいないだろう。……いない、よな？

ちらちら前の子供がこちらを振り返るが、知らない振りをする。

「あ、聖者様だ」

確信めいた誰かの一言を聞き、一斉に他の子供達が俺の方を振り向く。その声を探ると……あの時一時的に孤児院で保護していた『赤会』の親子がいた。

目を合わせて父親の方から礼が返ってくると、返事をする前に他の子供達が沸き立つ。

「えっ、あの人が聖者様？」

「私のママも黒いローブって言ってたから、本物かも！」

「でも目つき悪いよ」

悪かったな目つきが悪くて！　シビラがけらけら笑いながら「子供達は素直ね～！」なんて言い出したので、チョップをお見舞いした。隣の小さい悲鳴と共に、子供達が「ぼーりょくだ」「ぜったいあの人じゃないよ」と言っている。

……非常に納得いかない反応だ。

何だか最後の最後に、どうにも締まらない感じで終わってしまったな。俺はぶっきら棒に、紙芝居をする男の隣にいる妻らしき女性の方へと向かう。

こちらも、シビラに聞いた通りだ。変わらず伝統を祖先から繋《つな》いでいるのだな。

「揚げ菓子、四つだ」

「は、はい」

俺はそれらを受け取ると、来ていた孤児達に渡す。

「い、いいの？」

「ガキが遠慮すんな。それに、ベニーには礼としてはむしろ安すぎるぐらいなんだよな」

「え？　なんで？」

「ま、気にするな。遠慮なく貰《もら》っておけ」

何といっても、音留《とど》めの秘密を持ってきた張本人だからな。シビラですら、人工建造物による上に伸びるダンジョンは、ヒントなくして分からなかったのだ。

この街の救世主は、ベニーだと言っても差し支えない。他の揚げ菓子も皆に渡していく。

かつての子が切れ端を食べていたって話だし、丸々一つぐらい悪くないだろ。

こういう食べ物を食べていたかは分からないが、マイラにも渡す。

「マイラ、どうだ？」

「……！　おいしい、です……」

目を見開き、ふわりと自然に顔をほころばせるマイラ。そんな表情の一つ一つが、皆と同じ子供のそれだ。アシュリーは、マイラの姿を見て嬉しそうに笑う。

紙芝居のカートと、周りの子供達を見て思う。

俺の話の何が面白いのかは分からんが、まだまだ見たいといった様子だ。

「馬車まで見送りに来なくても大丈夫だ」

「えっ、でも……」

「紙芝居、見ていきたいだろ？」

子供達は顔を見合わせると、躊躇《ためら》いがちに頷《うなず》く。

それでいい。戻ってきたこの街の本来の姿を、『特別』から『日常』にしていくんだ。

その中に俺はいないからな。

お前達の『当たり前』を取り戻せたのなら、それ自体が俺の報酬として十分なものだ。

「そういうわけだ。お前等《ら》も、ここでお別れだ」

「ラセル、ばいばい」「じゃーなくろすけ！」「また来てください、リーゼロッテさん」

いやマジで何なんだよ三人目。エミーが「え、リーゼ……え？」と俺に視線を向けた。

……良かった、どうやら俺の耳がおかしくなっていた、ということではなさそうだ。

「じゃ、未《いま》だに俺の名前を覚えない悪ガキの面倒は頼むぞ、アシュリー」

「はい！　ありがとうございました、お元気で……！」

「ありがとうございました！」

最後に深く頭を下げた二つの赤い頭を見て、ようやく俺の心も赤色に対して良い印象を抱けるようになってきた。

……そうだな。今の赤色の印象は——母娘《おやこ》の絆《きずな》の色だ。

エミー、シビラ、フレデリカの三人も、笑顔で皆に手を振る。

さあ、俺達の故郷アドリアに戻ろう。

21 一つの戦いの終わりと、新たなる敵の影

馬車に揺られながら、外を見る。

すっかり魔物がいなくなったマデーラの平野に、御者も安心していることだろう。時々、巡回をしている冒険者達がいるので、地上の魔物は徹底的に掃除されたな。

「エミーちゃんが強いのを全て片付けたのが大きいわ。フロアボスの全討伐を確認していなければ、さすがにアタシもマデーラの冒険者ギルドに禁止言い渡してたわよ」

シビラは、自分の肩に頭を乗せて眠るエミーの頭を微笑《ほほえ》みながら撫《な》でた。

エミーは、俺が『赤会』の元信者から襲われたりしないか、ずっと気にしてくれていた。特にここ数日は気を張りっぱなしだったからな。

ちなみにフレデリカも昼間から眠っている。約束を破って無理していたな、やれやれ。

……まあ仕事を増やしてしまった俺が言うのも何だから、責められるわけないが。

「そういえば、ダンジョンの魔物は全て倒したが、あまり報酬の回収はしなかったな」

「したわよ」

そうか。…………ん？

「いや十一階から上の魔物切り取って、魔神戦前に部屋の外に袋置いてたわよ。はい」

シビラが俺にタグを軽く当てる。確認すると、明らかに大幅に増えている数字が目に飛び込む。……さらっととんでもない額の譲渡をやったな。

金目のものには抜け目なく、俺が魔物を仕留める後ろで自分は報酬を全部もらっていた。紙芝居の女神に比べ、隣にいる本物の女神様は、最後までちゃっかりしたヤツである。

「エミーちゃんにも渡しているわ。それでも多かったから、残りはアシュリーに渡した。魔物がいなくなっても、母親に平和は来ない。子育ては戦いだもの、せめて家族が増えた分ぐらいは予算を渡したわ」

そうか……そこまで考えていなかったな。一人増えれば、食費も一人分増える。当然のことだ。それが孤児院ともあれば、そうそう贅沢《ぜいたく》もできまい。

俺が気遣いできなかった部分を、シビラは俺の知らない間に補ってくれていたのか。やれやれ、シビラを見ていると、まだまだ自分で自分を聖者と認められる日は遠そうだな。

「──なんて思ってないでしょうね」

「だから勝手に心を高精度で読むな……」

「アシュリーは、自分の食費を削ってでもマイラちゃんの食事だけは確保するほどあの子が何よりも大事なの。それを成し得たあんたは、アシュリーの一番の『聖者様』。胸張らないと、むしろ失礼よ」

シビラは俺にそう伝えると、俺から視線を外して外の景色に目を向ける。

「……今回は、完全にアタシが間違えかけた。『宵闇の誓約』で世の危険に命を懸けているアタシが、保身に走って安全を取ってしまった」

「それは違う。シビラの選択も間違いじゃなかった。勝てたのは本当に、僅差だった」

そう。あの最後の一手が入ったのは、アシュリーとマイラの力だった。アシュリーがナイフを持ち、マイラが投げなかったら、あの街一帯がなくなっていたかもしれない。

俺が討伐を焦ったせいで、何も知らない街を巻き込んでしまうところだったのだ。

「最後の最後に助けられたに過ぎない。自分の力で勝ったなど過信はできないな」

「そう言えるのなら、安心ね」

確かに、俺はあの魔神を倒した。無事に母娘は再会し、平和に過ごしている。

だが……その現在を勝ち取ったのは、あの母娘自身だ。今は心から、そう思う。


さて、マデーラの全てが終わり、マデーラから離れた今なら、聞いてもいいだろう。

「シビラ。プリシラって、お前の姉か何かか？」

俺は、ここ数日考えていた疑問をぶつける。

いくつか、疑問に思ったことはあった。

シビラは女神である。魔神が実際に存在して、本物の女神であるシビラが編纂《へんさん》した神の一人であると知った以上、『女神の書』は創作ではなく本物である。

本の中で神々が魔神と戦っていた描写があり、その後に巻き込まれた形である人類に、女神側から【勇者】などの職業《ジョブ》を与えたという話の流れがある。

だから、おかしいのだ。何故《なぜ》、シビラは魔神と対等に戦えないのか。

神々は、神話の戦争で能力が落ちたのか、それとも職業授与《ジョブグラント》の能力と引き換えたのか。

可能性はいくつも考えられるが、それにしても力の一部でアレだった魔神と比べて、最初に出会った【魔道士】レベル8のシビラはさすがに差がありすぎる。

それ故に思ったのだ、魔神ウルドリズが戦った『宵闇の女神』は、プリシラなのではと。

シビラはこちらをじっと見つめ……諦めたように溜息《ためいき》を吐《つ》く。

「……まあ、気付くわよね」

「そりゃあな。最初は人違いかと思っていたが、あの魔神も『宵闇の女神』の存在からそっちを連想したのなら、間違いなく関係あると思った」

「アタシが偽物の可能性は？」

「実際に職業授与《ジョブグラント》された俺が、偽物だと判断すると思うか？」

シビラは黙って首を振り、馬車の天井をぼんやりと見ながら語り出す。

「最初は、姉が全部やってたのよ。魔神との戦い、職業《ジョブ》の授与。だけど、頑張りすぎた」

その姉を思い出すように、目を閉じる。

「アタシと違って、静かな夜の象徴みたいな性格でね。あんまり【宵闇の魔卿《まきょう》】を作り出すようなことに積極的でなくて、普段は一人で魔王討伐を頑張ってたの」

「一人で、か？」

「そうよ。だけど【宵闇の魔卿】プリシラ一人でできることなんて、たかが知れてたの。ま、いろいろあってね……。少しずつ能力が削られて、負けが続くようになって……最後には、今のアタシより弱くなっちゃった。だから――」

シビラは目を開き、拳を握る。

「――アタシが姉の代わりに、その役目を担うことになった」

そんなことがあったのか……。シビラはこちらを見て、自嘲気味に笑う。

「アタシ、末っ子なのよ。能力とか元々ぶっちぎりで弱いの。……がっかりしたでしょ」

「いや、むしろ安心したな」

「……え？」

何やら勘違いしているようなので、シビラにははっきりと言っておこう。

「俺は、自分で言うのも何だが口も良くない。プリシラという口数が少なく攻撃魔法に秀でた女がいたとしたら、協力する気にはならなかっただろうな。……いや、話から察するに、プリシラは俺を頼らないだろう」

話を聞くからに、当時の回復魔法を卑下していた俺が、プリシラと協力関係を結べたかというと、疑問が残る。それに元々【宵闇の魔卿】として魔王を討伐できるほど強いのなら、剣を持って戦ってなどいなかっただろう。

俺が最初にシビラと並んで戦いたいと思えた理由は、こいつだから、だ。

……そうか。ここまでシビラが徹底して『最良の結果』のために頭を働かせていたのは、神々の一人として弱い自分を意識しているが故の向上心なのか。

だが、そのお陰で俺の人生を俺自身が肯定できるようなことを学べたのだ。

俺にとって、それに勝るものなどない。

魔神の最期。あの時、自分を『剣士』と認められた原点は、やはりシビラがいたからだ。

「お前との距離感は、心地よいものだった。能力も、会話も。遠慮をしなくていい相棒というのは、こんなにいいものなのかと思えた。……俺には、いなかったからな」

「ラセル、あんた……」

「俺には、お前が……そうだな、俺にとって一番相性がいいと思える相手だった。きっとプリシラという女神では駄目だった。だから」

俺は、手の甲を見せる。

「これからもよろしく頼むぞ」

シビラは俺の手を見ると……少しの間目を閉じた。

その目が次に開く頃には、口角を上げたいつものシビラがいた。

「ええ、任せなさい。もう魔神討伐しちゃったから神話なんてとっくに超えてるけど、このまま姉の戦績を塗り替えてやるわ」

ああ、そうだ。それでこそシビラだ。

俺はプリシラを知らないが、きっとシビラをよく理解した良い姉なのだろう。なら、こう思うはずだ。超えてほしいと。それに、自分を卑下してほしくないとも。

シビラには、自分らしくあってほしいと思うはずだ。……俺がそう思ったからな。

シビラの手の甲が俺のそれを叩《たた》いたとき、むにゃむにゃと向こうから声が聞こえてくる。

「らせるぅ～……わたしもぉ～……」

なんだ、寝言か？

「わたしもちょっぷしてぇ～……」

完全に寝言だった。

俺はシビラと目を合わせるとお互い同時に小さく吹き出し、眠るエミーの手の甲に軽く自分のそれを当てた。

……今回の戦い、最も影響を及ぼしたのはエミーだろう。あの魔神は、右腕の盾からの衝撃波で、エミーを抑え込むことにかなりの魔力を使っていた。

エミーは身動きが取れずとも、ずっと諦めずに抵抗し続けていた。その結果、魔神は俺と剣の戦いしかできないよう引きずり下ろされたのだ。

気持ち良さそうに夢を見るエミーからは、その鬼神の如《ごと》き戦いぶりは想像もできない。

「ありがとな。……全く、どっちが救われてるんだか分からないな」

ふと見ると、シビラがこっちをじっと無表情で見ている。

「どうした？」

「そういうお礼とか、起きてる時に直接言ってあげたら？」

「そうなんだが、あまり面と向かって言うのも、な」

どうにも大真面目に褒めるのは慣れない。シビラは俺の様子を見て、「でしょーね、知ってる知ってる」と呆《あき》れたように溜息を吐いた。……悪かったな、こんな性格で。

「ま、いいわ。あんたがお礼をよく言ってるってことは分かったから」

シビラはそれだけ言うと、外の景色に目を向けた。

気がつくと、マデーラの平野からすっかり景色が変わっていた。森林が覆う山々が、視界に広がる。馬車の中に差し込む太陽の女神の恵み、その温かな光が山の木々の隙間から漏れ出て、ちかちかと馬車の中を明滅させる。

この雰囲気、間違いない。故郷《アドリア》は、もうすぐだ。


村に帰ると、皆が盛大に出迎えてくれた。

「シビラ様に、フレデリカさん！　お疲れ様です、お帰りなさいませ！　ああ、ラセルにエミーもお疲れ、ちゃんと飯食ってるか？」

　マデーラの門番は、俺とエミーに頭を下げていたが、アドリアの門番は明らかに俺とエミーだけおまけみたいな扱いで気楽に村に迎え入れる。このあっさりした対応を見ると、思わず俺やエミーも吹き出してしまう。同時に、安心もする。

　これぐらいでちょうどいいんだよ。やっぱり俺と住人の距離感は、故郷が一番だな。

　先に降りたシビラとフレデリカが、村の皆に応えながらも顔を合わせて頷《うなず》く。

「さて、まずは何よりも」

「帰らなくちゃね。私達《たち》の孤児院に」

　もちろん、そうだよな。居なかった期間はそれほど長いわけではないが、本当に色々なことがあった。俺の人生の中で、これほどまでに濃い時間はなかったな。

「ジェマおばあちゃん、元気かなー」

「あの婆《ばあ》さんがそう簡単にくたばるかよ。元気にやってるさ」

　俺達は笑いながら、孤児院に帰る。婆さんの不調なんて、誰も疑いもしなかった。

　だから……何が起こっているかなんて、想像していなかったのだ。

　孤児院の扉を開けると、フレデリカが声をかける。

「ただいま戻りました。ジェマさん、いらっしゃいますか？」

すぐに声が返ってくるかと思ったが、反応は……しばらく待ってからだった。

奥から出てきたその姿を見て、俺は息を呑《の》む。

「ああ……今、戻ってきたのかい……。おかえりフレデリカ……」

ふらふらとした足取りで、弱々しい声を出す、知っているはずの顔。ジェマ婆さんが、明らかにやつれていたのだ。殺しても死ななそうなあの婆さんが、今や押せば折れそうなほど脆《もろ》く感じる。これは、異常だ……！

「……シビラ、ラセルにエミーも戻ってきたのかい……！ ああ、これで——」

「《エクストラヒール》！ おい、随分らしくないじゃないか、どうした⁉」

俺は婆さんの声を遮って、何が起こったか踏み込む。

「この魔法は……。ああ、ラセルの力だね。体力は、戻った感じだ」

俺の回復魔法でも、ジェマ婆さんは元通りとはいえないほど元気がなかった。何なんだこれは……こんな婆さん、俺が生まれてから一度も見たことがない。

猛烈に不安になる。シビラが前に出てジェマ婆さんの肩を握る。

「何か、あったのね？」

「……会いに行ってあげな。寝室にいる」

会いに、行く……だと？ 一体誰がいるというのだ。

シビラは俺達とアイコンタクトを取ると、急ぎ寝室を目指した。

逸《はや》る気持ちを抑えつつ、俺達も後を追う。

扉の前に来た俺は、焦りが動きの荒さに出たのか、やや乱暴に扉を開ける。

大きな音が鳴り、部屋の中から小さな悲鳴が聞こえる。

「ひっ……！　ジェマさん、子供、入れないでって言ったのに……。こ、こないで……」

その部屋の隅には、蹲《うずくま》って帽子を深く被《かぶ》り、ガタガタと震える影。

そして――聞き間違えようもない、何年も聞き続けた声。


俺のいない間に、一体何があったのか。

それに、何故こんなことになっているのか。

現時点では何も分からないが……それでも明らかに、分かることはある。


――何か、された。


「まさか……ジャネット、なのか……？」

そこには、僅かな間に変わり果てたジャネットがいた――。

あとがき

二巻ぶりです、作者のまさみティーです。これを書いている時期はようやく夏も終わり、涼しくなった……と思ったら急に暑い日々が戻ってくるという毎日です。とはいえ秋は短いので、発売している頃にはかなり寒くなっているのだろうなーと今から想像しています。

まずは何より、本書を手に取っていただきありがとうございました。三巻を出すことが最初の目標だったので、こうして出版できて安心しております。

三巻はラセルをメインにしながらも、フレデリカが表紙を飾っています。

彼女はこの作品において、ダンジョン探索に出ることはなく、戦う力はありません。しかしラセルを育てた姉代わりの人であり、また同じように誰かを育てるため頑張る人です。彼女の内面と芯の強さ、その心の在り方が今のラセルにとっても素直に尊敬できる人物として、ラセルを支える力となるよう中心に置きました。

また、この巻での新たなキャラクターとして、アシュリーが登場しました。彼女には、明るい表面からは見えてこない、複雑な事情があります。

決して綺麗《きれい》なだけではない内面と、過去に縛られるままでは終わらないアシュリーの魅力を感じていただけたらと思います。

もう一つ、この巻ではシビラの内面も深めに掘り下げています。

一巻からメインヒロインとして振る舞ってきた彼女と、主人公としてのラセルの絡み合いも見て行けたらなと思います。

謝辞を。担当のY様、この巻では特に盛り沢山のご意見をいただきありがとうございました。自分でも悩んでいた章なので、かなり良いものになったと思います。イラストレーターのイコモチ様、忙しい中も素晴らしいイラストの数々をいただきありがとうございました。近年のご活躍は目覚ましく、私も精力的に活動していきたいです。

最後に、ガルドコミックス担当作画の佐和井ムギ先生と、担当編集H様。水面下で長い期間動いていただき、また私の数々の注文に応えてくださりありがとうございました。ちょうどこれを書いている現在、コミックガルドにて遂《つい》に『黒鳶《くろとび》の聖者』の漫画が連載開始されました。念願のコミカライズ、とても丁寧に仕上げて下さっています。小説では書かれていない部分の話などもありますので、是非そちらもチェックしてくださいませ。

次の巻では、いよいよジャネットがラセルの前に登場します。彼女も複雑な内面を持つ人物であり、四巻ではジャネットが大きく活躍する話となっています。

私もお気に入りのキャラクターですので、是非次の巻でその活躍を目に焼き付けていただけたらと思います。

黒鳶の聖者 3
～追放された回復術士は、有り余る魔力で闇魔法を極める～

発　　行　2021 年 10 月 25 日　初版第一刷発行

著　　者　まさみティー
発 行 者　永田勝治
発 行 所　株式会社オーバーラップ
　　　　　〒141-0031　東京都品川区西五反田 8-1-5
校正・DTP　株式会社鷗来堂
印刷・製本　大日本印刷株式会社

©2021 MasamiT
Printed in Japan　ISBN 978-4-8240-0018-7 C0193

※本書の内容を無断で複製・複写・放送・データ配信などをすることは、固くお断り致します。
※乱丁本・落丁本はお取り替え致します。下記カスタマーサポートセンターまでご連絡ください。
※定価はカバーに表示してあります。
オーバーラップ　カスタマーサポート
電話：03-6219-0850 ／ 受付時間 10:00 ～18:00（土日祝日をのぞく）

作品のご感想、ファンレターをお待ちしています

あて先：〒141-0031　東京都品川区西五反田 8-1-5 五反田光和ビル 4 階　オーバーラップ文庫編集部
「まさみティー」先生係 ／「イコモチ」先生係

PC、スマホからWEBアンケートに答えてゲット!

★この書籍で使用しているイラストの『無料壁紙』
★さらに図書カード（1000円分）を毎月10名に抽選でプレゼント!

▶https://over-lap.co.jp/824000187
二次元バーコードまたはURLより本書へのアンケートにご協力ください。
オーバーラップ文庫公式HPのトップページからもアクセスいただけます。
※スマートフォンと PC からのアクセスにのみ対応しております。
※サイトへのアクセスや登録時に発生する通信費等はご負担ください。
※中学生以下の方は保護者の方の了承を得てから回答してください。

第9回 オーバーラップ文庫大賞
原稿募集中！
イラスト：KeG
紡げ、魔法のような物語！
【賞金】
大賞…300万円
（3巻刊行確約＋コミカライズ確約）
金賞……100万円
（3巻刊行確約）
銀賞………30万円
（2巻刊行確約）
佳作………10万円
【締め切り】
第1ターン 2021年6月末日
第2ターン 2021年12月末日
各ターンの締め切り後4ヶ月以内に佳作を発表。通期で佳作に選出された作品の中から、「大賞」、「金賞」、「銀賞」を選出します。
投稿はオンラインで！ 結果も評価シートもサイトをチェック！
https://over-lap.co.jp/bunko/award/
〈オーバーラップ文庫大賞オンライン〉
※最新情報および応募詳細については上記サイトをご覧ください。
※紙での応募受付は行っておりません。